ICEBERG Ltd

Né en 1951, Serge Brussolo se consacre au thriller, explorant le suspense sous toutes ses formes. Doué d'une imagination surprenante, il est considéré par la critique comme un conteur hors pair, à l'égal des meilleurs auteurs du genre, et certains n'hésitent pas à lui trouver une place entre Stephen King et Mary Higgins Clark. Il a reçu le prix du Roman d'aventures 1994 pour *Le Chien de minuit*, paru au Masque, et son roman *Conan Lord, carnets secrets d'un cambrioleur*, a été élu Masque de l'année 1995. *La Captive de l'hiver* est le dernier ouvrage publié chez cet éditeur en 2001.
Grand maître des atmosphères inquiétantes, Serge Brussolo a également reçu le Grand Prix du jury RTL-*Lire* pour *La Moisson d'hiver* (éditions Denoël) en 1994.

Paru dans Le Livre de Poche

LE CHIEN DE MINUIT
(Prix du Roman d'Aventures 1994)
CONAN LORD
LE SOURIRE NOIR
LA MAIN FROIDE
LA ROUTE OBSCURE
LA FILLE DE LA NUIT
LE NUISIBLE
LE MURMURE DES LOUPS
LE CHÂTEAU DES POISONS
LES ENFANTS DU CRÉPUSCULE
L'ARMURE DE VENGEANCE
AVIS DE TEMPÊTE
LE LABYRINTHE DE PHARAON
LES PRISONNIÈRES DE PHARAON
BAIGNADE ACCOMPAGNÉE
LA CHAMBRE INDIENNE
LES EMMURÉS
LE MANOIR DES SORTILÈGES

SERGE BRUSSOLO

Iceberg Ltd

GÉRARD DE VILLIERS

Note à l'intention des lecteurs

On appelle « floe », ou « tabulaire », un iceberg plat, dont la taille peut au demeurant se révéler imposante, mais dont la configuration se rapproche davantage d'une plaine que d'une montagne. Ces dénominations seront souvent employées dans le récit qui va suivre.

Avertissement

Les personnages décrits par l'auteur sont imaginaires. Si, par coïncidence ou malice, des noms de personnes ou d'organismes réels venaient interférer avec la fiction, il ne pourrait s'agir que d'un pied de nez du hasard ou d'une farce désagréable d'une quelconque entité démoniaque, par conséquent le lecteur serait prié de ne point y prêter attention ou de réciter la célèbre formule des frères jésuites dont les derniers mots — *Ipse venena bibas* — ont pour fonction de retourner le maléfice à l'envoyeur, ce qu'en termes de démonologie on appelle tout simplement un « effet retour ».

SB

1

Rolf sait que le cauchemar est revenu, mais il n'y peut rien. C'est toujours pareil, il entend craquer la coque du bateau. Il sent la pression des glaces sur les membrures, de part et d'autre du bastingage. Peu à peu, le mouvement de tenaille que la banquise fracturée exerce sur le navire se transfère sur les flancs du dormeur. Il semble alors à Rolf que sa cage thoracique est prise elle aussi dans un étau, et qu'un bourreau invisible serre, serre... jusqu'à ce que les os commencent à grincer. Rolf étouffe, il ne peut plus respirer. Il guette avec terreur le moment où ses côtes, lasses de plier, vont casser avec un bruit de brindilles et lui perforer les poumons, le cœur. Il souffre du même mal que le bateau prisonnier des glaces flottantes. Il ne pourra plus résister très longtemps. Il se raidit, contracte ses muscles, comme s'il allait communiquer sa force aux membrures du vaisseau. Peine perdue, la banquise est plus forte, elle emboîte méthodiquement ses fragments. Le puzzle des glaces à la dérive se recompose, se soude, et le bateau de Rolf est là, coincé au beau milieu du labyrinthe, ne pouvant ni avancer ni reculer. Le lent mouvement de compression va le broyer, le faire éclater telle une coquille de noix coincée dans les mâchoires d'une tenaille. Rolf réalise à quel point cette image éculée est juste. On ne pourrait pas en trouver de meilleure pour expliquer ce qui va arriver d'un instant à l'autre. Il n'est pas le premier à périr ainsi, il ne sera pas le dernier. Il y aura toujours des navigateurs assez imbus d'eux-mêmes pour se croire capables de déjouer les pièges de la mer de glace.

Il se réveille en happant l'air comme un homme en train de se noyer. Il roule sur le flanc, cherche à tâtons l'inhalateur et le porte à sa bouche. C'est à peine s'il lui reste assez de souffle pour aspirer le remède.

« Crises d'asthme psychosomatiques », a diagnostiqué le toubib en l'encourageant à consulter un analyste. Rolf a haussé les épaules. Il ne croit pas à ces médecines de charlatan. Il a une idée très précise de ce qu'il doit faire pour guérir. Il attend simplement d'en avoir le courage.

Il se lève sans actionner l'interrupteur. Le bateau est à quai, il ne bouge presque pas. Par le hublot pénètrent les lueurs du port, de la ville. Des éclats électriques de néon auxquels Rolf n'est plus habitué. Il tend l'oreille, écoute les bruits du navire, le ronronnement lointain du groupe électrogène. Il n'y a plus personne à bord. L'équipage s'est empressé de descendre sitôt les amarres nouées. La plupart ne reviendront pas, Rolf le devine. Ils ont peur. Ils considèrent qu'il a le mauvais œil. Les Esquimaux sont superstitieux. Il a de plus en plus de mal à trouver des marins, sa mauvaise réputation fait le vide autour de lui. On chuchote dans les bars à matelots. Il doit désormais se contenter de la lie des ports, des types dont aucun capitaine ne veut à son bord : alcooliques, paresseux, incompétents, cinglés. Cela commence à lui poser des problèmes. Heureusement, la terreur sourde qu'il inspire à son équipage lui assure une certaine autorité.

À tâtons, il cherche son T-shirt et s'essuie la poitrine, le cou. Il est en sueur bien que la cabine soit peu chauffée.

Les images du cauchemar continuent à le hanter. Il

lui semble entendre les hurlements de Birgit et du gosse. Il revoit le visage de sa femme dans la timonerie... le visage qu'elle a eu à ce moment-là, quand elle a compris que la coque allait éclater sous la pression des icebergs tabulaires. Il y avait moins de peur dans ses yeux que de colère. De la colère, oui. Et même de la haine, du mépris. Pendant la dernière seconde où ils ont pu se regarder en face, Rolf a lu une condamnation dans les pupilles de Birgit, quelque chose qui disait : « Sale enfoiré de prétentieux ! Le grand Rolf Amundssen, le prince de l'Arctique ! le gentleman du Pôle... Un connard aux yeux plus grands que le ventre, oui ! Espèce de pauvre con ! Tu ne comprends pas que tu es en train de nous tuer ? »

Elle l'a haï de toutes ses forces, de toute son âme, durant la dernière minute qui a précédé sa mort. Juste avant que l'océan ne l'engloutisse, elle n'était plus qu'une boule de rage, de mépris. Si la mer lui en avait laissé le temps, elle aurait crié : « Tu nous as assassinés, ton fils et moi, tout ça parce que tu te croyais le plus fort. Je te déteste. »

Mais elle n'a pas eu le temps de proférer sa malédiction car le plancher s'est ouvert sous ses pieds, brusquement. La coque venait d'éclater, le bateau était en train de se fendre en deux. Le pont supérieur explosait comme sous l'effet d'un tremblement de terre. Birgit est tombée dans l'abîme liquide qui emplissait déjà la cale tandis que Rolf se cramponnait à la roue du gouvernail.

Mille fois, il a revécu ce moment en rêve. C'est comme un film monté en boucle. Il revoit chaque seconde au ralenti, avec un luxe de détails insupportables.

Il n'y a rien de plus affreux qu'un naufrage nocturne, quand la mer et les ténèbres conspirent pour vous tuer. Tout n'est qu'abîme, gouffre sans fond. Le ciel et l'océan s'unissent pour vous donner le vertige. La nuit coule des nuages ; liquide, elle se mêle à la mer. On se noie dans du goudron, dans de l'encre. Non, il n'y a rien de pire que cet engloutissement aveugle.

Rolf ne sait pas très bien ce qui est arrivé ensuite. Il a été projeté hors de la timonerie, il est passé par-dessus bord, a roulé sur la banquise...

C'est ce qui l'a sauvé. Le choc l'a étourdi, il est resté cramponné au morceau de glace sans pouvoir se relever. Il pense même qu'il a perdu connaissance. Quand il a rouvert les yeux, le bateau avait disparu et le couloir s'était refermé.

Il était seul, debout sur un morceau d'iceberg à la dérive. C'était il y a dix ans.

Il était jeune à l'époque... et stupide, et arrogant comme on peut l'être à trente ans. Il se croyait le roi de la mer de glace, l'éclaireur indien seul capable de s'orienter dans le labyrinthe des icebergs. Il prenait des risques insensés et s'en sortait toujours. En quelques années, il était devenu une légende vivante. « Le Grand Rolf », le vagabond du Pôle, l'homme qui traversait la mer Arctique en sautant d'un iceberg à l'autre, comme l'on fait des cailloux lorsqu'on passe un ruisseau. Il avait fini par se laisser griser, par croire à sa chance insolente. Il relevait tous les défis, par principe... avec une nonchalance teintée d'ennui puisqu'il avait la certitude que, tôt ou tard, il triompherait.

Et puis il y avait eu cette dernière course, les réticences de Birgit, sa femme. Depuis la naissance de Leif, leur fils, elle ne voulait plus prendre de risques, la mer lui faisait peur.

— Le temps des dingueries, c'est terminé ! ronchonnait-elle quand Rolf s'étonnait de son manque d'enthousiasme. On n'est plus seuls maintenant, il y a le petit, tu devrais t'en rendre compte. Tu ne peux plus continuer à te comporter comme un adolescent irresponsable.

Mon Dieu ! avait-il pensé en la regardant. *Va-t-elle devenir chiante, comme toutes les autres ?*

On l'avait prévenu. Avec la maternité, les femmes se transforment. On finit par ne plus les reconnaître. Du jour au lendemain elles deviennent de parfaites inconnues, ne se souciant plus que de leur rejeton. Birgit-la-dingue, celle avec qui il avait fait les quatre cents coups, allait-elle, elle aussi, subir cette pénible métamorphose ?

Il ne l'avait pas écoutée. Il avait relevé le défi. Du fret à livrer en temps limité à une équipe de scientifiques installés sur un floe. De quoi réparer leur appareillage météo détruit par la tempête... Rolf avait décidé de couper au plus court, par le labyrinthe des glaces flottantes, en glissant son navire dans les couloirs étroits qui séparaient les icebergs tabulaires. Il avait toujours été le plus fort à ce petit jeu. Jusqu'à présent une sorte d'instinct mystérieux l'avait guidé. Il s'était chaque fois montré capable d'estimer à la minute près le temps pendant lequel un chenal de circulation resterait ouvert entre deux plaques flottantes. Il s'y engageait, sachant qu'en cas d'erreur les deux falaises de glace se refermeraient sur lui et le broieraient. Plus d'un s'était fait prendre à ce jeu. Au-delà d'une certaine hauteur, on ne pouvait rien contre les icebergs tabulaires. La machinerie des bateaux restait impuissante. On se retrouvait coincé entre l'arbre et l'écorce, dans un étau qui ne cessait plus, dès lors, d'accentuer sa pression. Bien des explorateurs polaires avaient péri de cette façon, parce qu'ils avaient sottement cru qu'il suffisait d'un brise-glace pour s'ouvrir un chemin en n'importe quelle circonstance.

— Ne le fais pas, avait dit Birgit. J'ai un mauvais pressentiment.

Ce jour-là, son joli visage de Suédoise avait pris une expression à la fois agressive et apeurée.

Je ne pourrai plus l'emmener, songea Rolf. *Elle sera toujours là à me casser les pieds. Il va falloir la laisser à terre. L'installer dans une maison, avec le petit.*

Ce n'était pas ce dont il avait rêvé... ce dont ILS avaient rêvé. Avant de faire le gosse, ils avaient caressé des résolutions utopiques : Leif serait le premier enfant à ne jamais poser les pieds sur la terre ferme. Jamais il n'aurait à supporter la pollution des villes, la puanteur des autoroutes, les *fast-foods.* Ce serait le fils des océans. Il parlerait dix langues, saurait manœuvrer un navire avant d'avoir fêté ses huit ans. Oui, souvent, après l'amour, ils avaient remué ces rêveries : les sept mers pour seul territoire. Un jour ici, le lendemain ailleurs. Pas d'école, pas de bureau, pas de maison... Ils avaient imaginé Leif se frottant à toutes les religions, à toutes les croyances, faisant son marché au grand bazar spirituel de l'île de Pâques, nourri d'Atlantide et de vaudou. Pourquoi pas ?

Et maintenant... Ce rapetissement, ce réveil. Les yeux plissés de Birgit. Cette soudaine frilosité.

— N'entre pas là-dedans, avait-elle dit. C'est trop instable.

Rolf s'était sentit piqué au vif. Pour qui le prenait-elle ? Pour un régateur de pacotille, un plaisancier, un petit navigateur solitaire en mal de médiatisation ? Il n'avait rien de commun avec les aventuriers du petit écran, les branleurs qui pilotent des barcasses aérodynamiques en fibre de verre et arborant, sans honte, le pavillon d'un marchand de téléphones cellulaires.

— Tu t'embourgeoises, avait-il ricané. Bientôt tu voudras une belle maison avec des géraniums sur le rebord des fenêtres.

Birgit avait quitté la timonerie sans répondre. Ils ne s'étaient plus adressé la parole de la journée, chacun boudant à une extrémité du navire.

*

Les heures passent... Rolf s'est enferré dans son entêtement. Comme tous les marins, il est superstitieux. Il veille à ne jamais embarquer de lapins, même en image, car depuis toujours cet animal porte malheur aux navigateurs, c'est un fait avéré. On ne doit même pas prononcer son nom, et n'y faire allusion qu'en employant des périphrases du style : « l'animal qui se nourrit de carottes... » Cela lui a d'ailleurs valu de belles disputes avec Birgit quand le gosse s'est mis en tête de grimper à bord avec des BD de Bugs Bunny. Rolf croit à la destinée, à la bonne étoile, à toutes ces foutaises. Il a la conviction que la peur attire le danger comme l'odeur du sang fait venir le requin. Si l'on ignore la crainte, il ne vous arrive jamais rien. Il a fait de ce théorème sa devise. Fort de cette conviction, il engage le bateau dans l'un des couloirs du champ de glaces flottantes. De cette manière, il va couper l'obstacle en diagonale au lieu de le contourner. S'il livre vite, on lui a promis une prime conséquente. Faire le tour par le nord lui demandera trois jours de plus, il n'en est pas question.

*

... Rolf réalise soudain qu'il est debout dans l'obscurité de la cabine depuis un temps inappréciable. Cela lui arrive de plus en plus souvent. Les images le submergent et il se réveille sans pouvoir déterminer combien de minutes a duré cette absence. En pleine mer, ce n'est pas trop gênant ; s'il était chauffeur routier, cela lui aurait coûté la vie depuis longtemps. Il enfile un jean, passe un blouson de cuir matelassé et sort sur la passerelle. Il se heurte au froid comme on se cogne à une vitrine réfrigérée. – 20 °Celsius. Il sent la sueur se changer en givre sur sa peau, mais cela lui fait du bien. Il a toujours aimé l'hiver perpétuel du Pôle. Les Tropiques le mettent mal à l'aise, tout y pourrit trop vite, les fruits et les hommes... Il y a des fous de la montagne, des fous du désert ; Rolf, lui, est un fou de l'Arctique. Au Groenland rien ne se corrompt jamais. Il n'y a ni vers ni pourriture, tout ce qui meurt se pétrifie. C'est là une idée qui lui plaît, qui le rassure. Le froid suspend l'écoulement du temps. Chaque fois qu'on dégage du cœur d'un iceberg le cadavre d'un explorateur disparu il y a cent ans, on s'aperçoit qu'il est resté intact.

Rolf Amundssen fait quelques pas sur la passerelle. De l'autre côté des docks une fille éclate d'un rire forcé. Rolf cherche une cigarette dans sa poche et l'allume au moyen de son vieux Zippo. Des brins de tabac embrasés tombent dans sa barbe blonde où se multiplient les poils gris. Il n'y prête pas garde. C'est un homme grand et fort. Un géant nordique aux yeux clairs. Le blizzard l'a vieilli avant l'âge, donnant à sa peau un aspect de vieux cuir strié de coups de rasoir, mais il est resté beau et continue à attirer les regards des femmes. Il descend rarement à terre. On le connaît, ceux qui veulent passer un contrat avec lui savent où le trouver.

Il aspire la fumée, goulûment. Les images du cauchemar l'ont déjà repris. Il voit le navire se glisser dans le couloir, entre les murailles de glace. Il sent leur odeur, mélange d'eau croupie et de terre humide. De chaque côté, à bâbord, à tribord, la falaise flottante grimpe à hauteur du mât de charge. Ce n'est pas une petite tranchée de rien du tout dont on peut se dégager en poussant les moteurs à fond et en travaillant de l'étrave, non, c'est un canyon, une vallée... Si elle se referme, vous êtes aussitôt avalé. Pourtant, il ne doute pas d'avoir raison. Il est Rolf Amundssen, l'homme qui se rit des boussoles, des sextants, celui qui se dirige en goûtant l'eau des fjords ou en reniflant l'odeur des banquises. Il est le navigateur instinctif des premiers âges, le descendant direct des Vikings, il est comme ces oiseaux qui savent toujours où est le nord, il entretient avec les éléments une complicité magique qui le dispense de la grande quincaillerie technologique — GPS, sonar — dont s'embarrassent ses confrères.

Et pourtant, aujourd'hui, tout va aller de travers, sa chance va l'abandonner. Dans une heure, les falaises de glace se rapprocheront l'une de l'autre. La plaie ouverte dans la banquise va se suturer.

Il n'y croyait pas, il pensait être le plus rapide. Il croyait être sorti du corridor avant que le danger ne devienne réel.

Il voit la haine sur le visage de Birgit. S'ils avaient survécu, elle l'aurait quitté, il en a l'intuition. Elle ne lui aurait pas pardonné sa forfanterie. Il a honte. Jamais il ne retrouvera la paix, pas après avoir vu ces yeux, cette expression...

Elle a dû penser : *Foutue connerie de macho !* ou quelque chose d'approchant. À deux ou trois reprises, elle lui avait dit, déjà : « Il faudrait que tu cesses de te parfumer aux hormones, tu es père de famille maintenant. » Mais il avait une réputation à soutenir ce sont des choses qu'une femme ne peut pas comprendre. Qu'espérait-elle ? Qu'il allait vendre son bateau, se faire embaucher dans une conserverie de poissons ? Il a vu des Esquimaux se conduire ainsi. Abandonner la banquise, la chasse à l'ours blanc pour se reconvertir dans la conserve... et l'alcoolisme. Il a toujours su que rester à terre le tuerait.

... Mais le craquement est dans ses oreilles. Le craquement du pont qui s'entrouvre pour avaler Birgit. Il n'a pas vu tomber le gosse. Le naufrage n'a pas duré plus d'une minute. Lui, le choc l'a catapulté dans les airs. Il se rappelle du contact du blizzard sur sa peau. – 35 °C. Un vent chargé de lames de rasoir. Personne ne peut survivre plus d'une minute dans une eau aussi froide. S'il n'avait pas roulé sur la plaque de glace, il serait mort d'hypothermie. Il a eu de la chance. Une chance qu'il ne méritait pas.

Certains soirs, il se dit que c'est peut-être la punition qu'on a imaginée pour lui : le laisser vivre.

Oui, en fait de torture, on n'aurait rien pu trouver de mieux.

2

Peggy Meetchum regarde le visage ravagé de « Cachalot » Tuna James à travers la fumée des cigarettes. Elle voudrait baisser les yeux mais quelque chose l'en empêche, une fascination dont elle a honte. Cachalot a une soixantaine d'années, des cheveux blancs hirsutes qu'il laisse pousser dans l'espoir de dissimuler les deux trous qu'il a de part et d'autre de la tête. Ses oreilles ont gelé, il a fallu les couper avant que la gangrène ne s'en occupe. Il a fait le travail lui-même, avec un couteau de chasse et le petit miroir qu'il utilisait pour se raser. Le Grand Nord fourmille d'histoires analogues. Barbares, sanglantes. Cachalot porte l'uniforme des travailleurs du Pôle : parka de l'armée américaine dont on a décousu les insignes et, par en dessous, les six ou sept épaisseurs de vêtements réglementaires, bien lâches pour superposer les couches d'air. S'habiller et se déshabiller pose un réel problème, on passe sa vie à s'éplucher ou à s'emmailloter.

Peggy déteste ce pays. Elle se surprend à regretter la Floride, Key West, où le ciel perpétuellement bleu finissait pourtant par lui donner la nausée. Elle n'avait jamais pensé qu'elle aurait un jour aussi froid. En plein midi, il règne une température de – 20 °Celsius dans les rues du port. La nuit, cela peut descendre jusqu'à – 25°, – 30°. Personne ne s'en étonne. Pire : ils ont l'air d'aimer ça. Elle a l'impression d'avoir rejoint les rangs d'une secte : les mystiques du froid, les hallucinés de la banquise. Ils communient dans la neige. Ils sont fiers de vivre hors du monde, dans un enfer blanc, un congélateur géant où la moindre somnolence peut vous changer en statue de glace.

— Je connais bien Rolf, dit Cachalot Tuna James de sa voix éraillée. C'est un torpilleur, un chasseur de primes. Lui et moi, nous sommes des tueurs d'icebergs, c'est pour ça qu'on nous paye. La seule différence entre nous, c'est que moi je travaille avec mon zinc, et lui avec son bateau. On nous engage pour faire exploser les gros icebergs, ceux qui sont réellement dangereux pour la navigation. Les méga-montagnes flottantes qu'aucun brise-glace ne peut découper. Le genre éventreur de paquebot, tu vois ?

Peggy hoche la tête. Ils sont rencognés au fond d'un bar bruyant, sale, qui sent l'huile de phoque et la bière. La musique évoque un pilonnement d'artillerie.

Je commence à vieillir, pense la jeune femme. *Quand la musique devient trop forte, c'est qu'on passe une frontière.*

La chaleur lui met le feu aux joues. Ici, tout le monde sent la sueur à cause des vêtements superposés. Les combinaisons puent ; dès qu'on en abaisse la fermeture Éclair, une bouffée de crasse macérée vous saute au visage.

— Je décolle avec mon hydravion, explique Cachalot. (Il fait des gestes explicatifs avec les mains, comme un gosse simulant une bataille aérienne.) Et je commence à chercher ma cible. Quand je l'ai trouvée, je la bombarde au napalm. Rien de tel pour faire fondre ces saloperies. Les icebergs, c'est beau sur les photos, mais dans la réalité, ça pue l'eau croupie, la vieille chiotte, la tombe fraîchement creusée. Ça n'a rien de romantique. Rolf Amundssen, lui, a opté pour une autre technique. Il prend une chaloupe et rame jusqu'à l'objectif. Il y aborde, localise les lignes de faille, les fêlures, et y plante quelques bons paquets de dynamite. Il allume la mèche puis se tire, vite fait. Parfois, ça ne marche pas du premier coup, il faut recommencer. Le but de la manœuvre, c'est de disloquer la montagne, de la réduire en une infinité de fragments inoffensifs.

Cachalot fixe Peggy de ses yeux fiévreux. C'est un ancien pilote de l'armée de l'air. Il a fait le Viêt-Nam. Il ne supporte la vie qu'aux commandes d'un avion. La jeune femme a d'abord cru qu'il pourrait l'emmener là où elle doit aller, mais il a refusé, en dépit du montant élevé de la prime.

— C'est trop loin, a-t-il répondu. Vous allez grimper vers des régions où la température tombe à – 45, – 50 °Celsius. Le carburant finit par geler dans les tuyaux, même si on l'additionne des 10 % de glycérine réglementaires. Mon zinc ne tiendra pas le coup. Et puis on n'aura pas assez de gazoline pour le retour. C'est trop haut. Ce qu'il vous faut, c'est un bateau, un bateau piloté par un type assez barge pour s'engager dans le labyrinthe des glaces flottantes. Il n'y a que Rolf Amundssen pour faire ça. Rolf, le Suédois.

C'est ainsi que le nom du Capitaine Suicide a été prononcé pour la première fois. Capitaine Suicide... c'est son sobriquet ici, à Sanashtawa Harbor, ce petit port de bateaux phoquiers accroché à la côte d'Alaska, avec vue imprenable sur le Pôle. Jadis, tous les dépeceurs de baleines y faisaient escale. Des milliers de barils de graisse fondue y transitaient. L'huile de cachalot, le meilleur lubrifiant au monde, un taux de viscosité jamais égalé dans toute l'histoire de la chimie ! Les quotas, l'écologie, ont mis un terme aux grandes chasses, aux harpons à tête explosive traînant un kilomètre de corde de chanvre. Finie la grande aventure des bouchers de la mer qui, au début du siècle, abattaient couramment leurs huit baleines bleues par jour (1 500 tonnes d'huile !). On s'en désole, personne ici n'est assez riche pour se permettre de pleurnicher sur le sort des mammifères marins. Le port n'est plus qu'une escale technique, un comptoir où l'on se fournit en pièces détachées, en alcool, en biscuits de marin et en putains. Les installations sont laides. Une agglutination de bicoques préfabriquées, de cubes métalliques empilés les uns sur les autres et reliés par des passerelles. Dans les ruelles, la neige est noire, souillée. On y chercherait en vain, comme à Nantucket, les souvenirs d'un âge d'or où se profilerait, en surimpression, la figure mythique de Moby Dick. À Sanashtawa, les bâtiments sont reliés par d'étranges couloirs pneumatiques qui ressemblent à des soufflets d'accordéon. Ces boyaux vous permettent de circuler sans avoir à vous dévêtir chaque fois que vous pénétrez dans un lieu chauffé, mais ils confèrent à la ville un curieux aspect « intestinal », un peu comme si chaque maison était rattachée à sa voisine par un cordon ombilical de plastique rose.

— Seul Rolf vous prendra à son bord, a répété Cachalot Tuna James. Il est dingue, tout le monde sait qu'il cherche à se suicider depuis qu'il a perdu sa femme et son gosse dans un naufrage. Il n'a pas le courage de se tirer une balle dans la tête, alors il tente le diable, en espérant que le Pôle finira par lui régler son compte. Il a de plus en plus de mal à trouver des marins, c'est ça le problème. Son bateau est amarré au quai n° 8, à l'écart des autres. Il est bourré d'explosifs et les autorités portuaires n'aiment pas beaucoup le savoir dans le coin. Chaque fois qu'il lève l'ancre, les gens de la capitainerie font une prière pour ne jamais le revoir, mais Rolf est toujours revenu. Il est increvable. Vous savez, c'est toujours comme ça, suffit d'en avoir assez de la vie pour que la mort vous tourne le dos et fasse semblant de ne pas vous voir.

Peggy s'agite. Elle est lasse du romantisme de taverne de Tuna James. Pour qui la prend-il ? Elle n'a rien d'une touriste. Le Pôle la hérisse, elle déteste être ici. Si elle avait le choix, elle sauterait dans le premier avion pour Los Angeles. Le folklore des grands vagabonds de la banquise lui tape sur les nerfs.

— Ce naufrage, continue Cachalot, ça l'a tué. Il ne s'en est jamais remis. J'ai bien connu Birgit, et son gosse, le petit Leif. Une chouette famille. Ils étaient d'une beauté incroyable, sauvage, brute. Je les revois dès que je ferme les yeux. C'était il y a dix ans.

— Quel âge a ce... Rolf ?

— Quarante, à peine. Un marin comme on n'en fait plus. Un type d'avant l'électronique, les ordinateurs, toute cette merde qui transforme un bateau en juke-box flottant. Je peux le contacter si vous voulez, lui mettre le marché en main. C'est ça ou rien, de toute façon.

— Okay, soupire Peggy. Je suis au motel *Smiling Bear*, à l'entrée de la ville.

Elle griffonne son nom et son numéro de téléphone sur une pochette d'allumettes. Elle est fatiguée, elle a mal à la tête. Elle appréhende de franchir le sas qui va la propulser en plein blizzard. Elle se lève sans finir son verre. Dans le vestiaire, elle se glisse dans l'énorme combinaison qui l'empêchera de mourir gelée dans la minute à venir. Elle a l'impression d'entrer à l'intérieur d'une peau d'ours. Le scaphandre est matelassé, imperméable pour éviter les fuites de chaleur, mais il pue. Elle l'a acheté d'occasion au drugstore du comptoir indien. Elle n'a plus beaucoup d'argent et elle doit faire attention. Cette odeur masculine de vieille sueur l'indispose. Elle ne parvient pas à s'y habituer. Elle rabat la capuche sur sa tête et sort. Aucun soûlard ne la harcèlera. Ainsi déguisée, on ne risque pas de s'apercevoir qu'elle est une femme. De dos, elle doit avoir l'air d'un ours en maraude. Un ours qui pue l'homme.

Elle marche dans les rues étroites. Ses bottes malaxent la neige noire avec un bruit écœurant. Elle a peur. Elle ne veut pas s'embarquer. Depuis son arrivée à Sanashtawa, elle ne rêve plus que de naufrages, d'icebergs éventreurs. Elle se voit couler dans les eaux glacées. Pour une nageuse professionnelle, le Pôle est un territoire inhabitable. Plonger c'est mourir. On n'a pas cessé de le lui répéter. Elle est dans une impasse.

Après l'affaire du club des Dévorés Vifs [1], elle a dû fuir la Floride, une mallette pleine de liasses de billets de 100 $ à la main. C'était cela ou tomber sous le coup d'un mandat d'arrêt. Elle a filé ventre à terre en abandonnant tout derrière elle. Elle a traversé les États-Unis pour aller s'installer à Los Angeles, car elle ne concevait pas de vivre loin de l'océan. À Laguna Beach, elle a ouvert une boutique de planches à voile, de location de bateaux, mais l'affaire a périclité sans qu'elle sache vraiment pourquoi. Peut-être parce que la petite société des surfeurs a boycotté cette étrangère peu au fait des coutumes locales. Les billets verts ont fondu trop vite, la mallette s'est vidée.

Un soir, une fille a franchi le seuil du bureau désert. Une Japonaise vêtue d'un tailleur noir, apparemment très coûteux. Approchant la trentaine, belle mais hautaine, habituée à être obéie. Elle semblait nerveuse et fatiguée, usée par trop d'insomnies.

— Je suis Yuki Saiko Onoshita, a-t-elle dit. C'est vous que je cherche. Je viens de la part de Dexter Wong [1]. J'ai besoin d'une plongeuse. Une plongeuse expérimentée.

Oui, c'est ainsi que les choses ont commencé.

---

1. Voir *Baignade accompagnée*, Le Livre de Poche, n° 17158.

*

Peggy arrive enfin à l'entrée du motel. Elle commence à transpirer. C'est très mauvais par grand froid. La sueur gèle sur les vêtements, durcissant l'étoffe jusqu'à lui donner la consistance de la pierre. Les gens d'ici racontent d'abominables histoires d'explorateurs polaires dont les combinaisons, imprégnées de transpiration, se seraient changées en armures aux articulations verrouillées, leur interdisant le moindre mouvement. Faut-il les croire ? Peggy n'en sait rien. Lorsqu'ils vous déballent ces anecdotes abominables, leurs yeux brillent d'excitation et d'orgueil. On les sent fiers d'habiter l'enfer.

Yuki Saiko Onoshita l'attend dans la chambre. Elle a refusé de sortir, elle ne veut pas se mêler à la faune du comptoir ni s'abaisser à mener des tractations. Elle ne connaît rien au monde réel. Elle a toujours vécu dans le circuit très protégé des yuppies. Jamais elle n'a fréquenté les pauvres, jamais elle n'a eu à s'occuper elle-même de choses aussi matérielles que la nourriture ou la location d'une voiture. Elle a eu des employés de maison, des avocats, des masseurs, des professeurs de tennis, d'art floral. Aujourd'hui, les paravents qui l'isolaient de la réalité se sont écroulés les uns après les autres. La vulgarité lui galope aux trousses comme une meute de chiens enragés. C'est une belle poupée froide qui prononce des mots coupants et promène sur ce qui l'entoure un regard condescendant. Mais depuis son arrivée à Sanashtawa, son assurance s'est effritée. Le réel est là, qui l'encercle, qui la grignote. C'est lui qui abat les bonnes cartes. Yuki n'a plus, pour toute arme, que son mince attaché-case rempli de dollars neufs.

Hélas, les liasses s'amincissent au fil des locations, des pots-de-vin, des primes...

— Que me voulez-vous ? lui a demandé Peggy le premier soir, lorsque Yuki est entrée dans la boutique de location.

Le tailleur chic, noir, décolleté au carré, de l'Asiatique contrastait étrangement avec les planches de surf bariolées.

— Je veux vous engager, a-t-elle répété de cette voix, élégante elle aussi, dont l'accent sent la grande école. Je dois retrouver mon père. Son avion s'est écrasé. Les organismes officiels ont abandonné les recherches, moi je veux continuer. Je paierai tous les frais.

Là, elle s'avançait un peu. Elle n'est plus aussi riche qu'elle prétend, Peggy n'a pas tardé à le découvrir. La tirelire se résume au bel attaché-case ultraplat.

— Je ne suis pas une professionnelle du sauvetage, a rétorqué Peg. On vous a mal renseignée.

— Peut-être, mais vous connaissez Dexter Wong. J'ai toute confiance en lui. Il m'a assuré qu'on pouvait se fier à vous, totalement. Je ne vous mentirai pas, je suis seule et je joue ma dernière carte. Vous serez rétribuée, ne craignez rien.

En entendant ces mots, Peggy a pensé : *Moi aussi je suis seule, et je joue ma dernière carte.*

Yuki est belle mais peu sympathique. Ce qui la rend attendrissante, c'est son ignorance du monde réel. Son incapacité à acheter un ticket de bus, sa peur d'entrer dans les supermarchés... C'est une Martienne tombée de l'espace. *La princesse échouée chez les prolos...* pense Peggy. On finit par lui pardonner, même si elle devient facilement garce.

En cette minute, elle est allongée sur le lit du motel *Smiling Bear*, à Sanashtawa Harbor, enveloppée dans une couverture, ses jolies petites bottines aux pieds. La mallette est posée sur l'oreiller.

— Alors ? demande-t-elle dès que Peggy a refermé la porte du sas qui isole les cabines du froid.

— Tuna James va s'occuper du *deal*, répond Peg. Ça va marcher. Vous pouvez considérer qu'on a un bateau.

3

Le soir où Yuki Saiko Onoshita est entrée dans la boutique de planches à voile, elle a dit :

— Ma démarche n'a rien d'officiel. Il faudra agir dans la clandestinité. Je suis en danger. Aujourd'hui, tout le monde est contre moi. Personne n'a intérêt à ce que je réussisse.

Peggy a hésité un moment. Pourquoi a-t-elle accepté en définitive ? Parce qu'elle arrivait au bout de son pécule... ou parce qu'elle a eu soudain peur du vide, de l'ennui ?

Elle a murmuré : « Racontez-moi. »

Alors Yuki a expliqué quelque chose à propos d'un père génie de l'informatique, programmeur visionnaire, concepteur en systèmes. Cryptologue, spécialiste des codes et des dispositifs antipiratage. Peggy a senti la somnolence la gagner. Ces histoires de réseaux, d'espace cybernétique l'ennuient. Elle ne comprend pas qu'on puisse rester enfermé avec un ordinateur alors qu'il suffit de traverser une plage et de plonger dans les vagues bouillonnantes pour être délivré de tout. Le virtuel reste pour elle synonyme de névrose schizoïde. La Japonaise a deviné son agacement.

— Mon père est très connu chez nous, a-t-elle soufflé. Il a conçu l'architecture informatique de plusieurs groupes industriels. Au Japon, on a très peur du piratage. C'est le gangstérisme de demain. Même ici, aux États-Unis, les hold-up virtuels deviennent de plus en plus courants, mais le mot d'ordre est de ne jamais en parler. Les banques sont terrifiées à l'idée que leurs clients pourraient perdre confiance. On se tait... Mon père est en quelque sorte un expert en coffres-forts cybernétiques.

— Et il a eu un accident, c'est ça ? lance Peggy, soucieuse d'interrompre le panégyrique paternel.

Yuki ouvre la bouche, choquée par tant de grossièreté occidentale.

— Oui, balbutie-t-elle. Son jet privé a disparu au-dessus du Pôle. Je suis persuadée qu'il s'agit d'un sabotage. Les recherches ont été menées en dépit du bon sens, elles ont été bâclées. On a exercé des pressions sur les sauveteurs.

— Qui « on » ?

— Les yakuzas.

Voilà autre chose, pense Peggy tandis que son estomac se noue. Elle ne garde pas un très bon souvenir des tueurs nippons qui l'ont assiégée et terrorisée à Key West.

— Je sais qu'il est toujours vivant, halète Yuki. Je le sens. C'est un ascète, il pratique le zen, le yoga. Il est capable de survivre dans des conditions extrêmement précaires. Il a conservé l'esprit samouraï, il ne se laissera pas abattre. S'il a pu s'aménager un abri dans la carcasse de l'avion, il va chasser, pêcher. Il survivra en mangeant des lichens, du krill...

Elle s'enflamme. Peggy ne veut pas la contrarier. En matière de survie, tout est possible, même l'irrationnel. Elle n'est pas qualifiée pour émettre des pronostics.

— Il faisait souvent retraite sur le mont Fuji, enchaîne Yuki. Il prenait des bains de neige. Je l'ai vu se contenter d'une poignée de riz par jour et rester nu dans l'eau glacée d'un torrent...

Elle dévide son catéchisme d'amour filial avec une naïveté désarmante. C'est d'ailleurs la seule fois où Peggy la verra à « visage découvert ». Très vite, elle reprendra son masque d'impassibilité.

— Beaucoup de gens ont intérêt à ce que mon père ne soit pas retrouvé, dit-elle soudain d'un ton dur. Il y a des problèmes de clefs, de codes informatiques. On lui a demandé de verrouiller certains secrets, et l'on ne tient pas à ce qu'il communique à d'autres les codes qui permettraient d'accéder à ces fichiers. On a voulu le supprimer pour assurer la sécurité de ces banques de données confidentielles.

Jadis, songe Peggy, *les pharaons faisaient mettre à mort l'architecte qui avait conçu les pièges défendant la chambre funéraire de leur pyramide. Le temps passe mais les bonnes habitudes demeurent.*

— Je ne vous mentirai pas, lance Yuki. Je suis dans une situation difficile. Dès qu'on a su mon intention de financer une mission de secours privée, on n'a cessé de me mettre des bâtons dans les roues. Les irrégularités se sont multipliées, les fraudes, les accusations mensongères. Tous les comptes bancaires de notre famille ont été gelés pour les besoins d'une enquête absurde. Le scandale a été orchestré par les yakuzas. On voulait me clouer sur place.

Elle s'échauffe de nouveau, redevient vivante.

— Mon père avait prévu des caches, chuchote-t-elle, pour son argent. Je les connais toutes.

— Que voulez-vous ? insiste Peggy.

— Vous organiserez l'expédition, énonce la Japonaise. Vous vous chargerez des détails techniques, de la location du matériel, de toutes les choses qui n'entrent pas dans ma sphère de compétence. Dexter Wong m'a affirmé que vous n'aviez peur de rien et qu'on pouvait vous faire totalement confiance. Si nous réussissons, vous toucherez une grosse récompense... Je veux parler d'un million de dollars. Mon père est riche. En attendant, je puis vous avancer dix mille dollars à titre symbolique.

— Quelle sera la première escale ?

— L'Alaska, c'est de là que mon père s'est envolé. J'ai toutes les cartes, les plans de vol, les dernières coordonnées. Je ne pars pas en aveugle.

Peggy ne sait que répondre. Une gosse de riche qui se lance dans la grande aventure. On dirait le début d'un roman pour adolescents. Et puis Yuki est si... anglo-saxonne, quoi qu'elle s'imagine. Peg connaît bien ces filles du Soleil Levant qui viennent se réfugier aux USA pour fuir les contraintes de la société nippone. D'ailleurs pourquoi ne se sentiraient-elles pas chez elles puisque les grandes firmes japonaises ont racheté jusqu'aux studios d'Hollywood !

Peggy accepte, sur un coup de tête. Elle ne veut surtout pas réfléchir. Son instinct lui souffle que Yuki ne lui dit pas *toute* la vérité. Son histoire est trop belle, trop exemplaire... Il y a forcément autre chose. Un squelette dans le placard qu'il faudra bien se résoudre à exhumer, tôt ou tard. Elle bourre à la hâte un sac de voyage. Elle n'a même pas à prévenir quelqu'un de son départ, elle ne connaît personne. Son installation en Californie a tourné au fiasco. Elle n'a pas réussi à s'intégrer à cette mégapole où tout lui a semblé artificiel, factice et clinquant. Elle regrette Key West, ses petites maisons de bois, cette sensation d'être au bout du monde. Et puis les Glades, le grand bourbier, le marécage, la soupe tropicale où les crocodiles mijotent dans leur jus, la gueule ouverte pour se donner de l'air.

À partir de ce jour, elles roulent, se relayant au volant quand la fatigue leur brouille les yeux. Yuki ne veut pas prendre l'avion à cause des contrôles. Elle dit que la Yakuza a des espions partout. Il va falloir gagner l'Alaska par la route, c'est la seule solution. Le voyage se révèle vite monotone. La Japonaise ne desserre pas les dents. Elle scrute le rétroviseur, obsédée par l'idée qu'on puisse les prendre en filature. Peggy se décide à lui poser des questions mais les réponses demeurent réticentes. Yuki Saiko Onoshita n'a visiblement pas l'habitude de bavarder avec les domestiques. La première fois, quand Peg lui a demandé de la remplacer au volant, elle a écarquillé les yeux, incrédule. Peut-être était-ce la première fois de sa vie qu'on lui donnait un ordre ?

Quand elle daigne parler, c'est pour disserter sur le génie de son père, le maître des codes, des clefs. Le sorcier du verrou binaire, celui grâce à qui les pirates informatiques se trouveront réduits au chômage. Peggy l'écoute d'une oreille distraite. Il y a longtemps qu'elle n'a plus touché un ordinateur.

— Aujourd'hui, chuchote Yuki, on n'enferme plus les secrets d'État dans le coffre d'une banque, on les code, on les crypte, puis on les grave sur un disque. Quand le code est bon, on peut laisser traîner ce CD n'importe où, personne ne parviendra à le lire. Mon père a inventé la serrure virtuelle parfaite. Si on essaye de la forcer, elle génère des virus extrêmement offensifs qui détruisent en l'espace d'une seconde l'ordinateur du pirate. Ces virus peuvent créer dans le système des pannes qui provoquent des surtensions, des surchauffes de l'alimentation, si bien que le terminal prend feu et que l'installation électrique de l'immeuble est elle-même mise hors service.

Peggy se garde bien de lui demander quelles archives le maître des clefs a commis l'erreur d'encoder. Quoi qu'il en soit, il est évident que le commanditaire de l'opération entendait bien être le seul à posséder la clef du « coffre » !

Elles roulent, s'arrêtant la nuit dans des motels. Yuki ne veut pas dormir seule. Elle exige une chambre à deux lits. Elle a peur.

De mieux en mieux, pense Peggy, *voilà qu'on va nous prendre pour des gouines !*

Yuki dort mal. Elle s'agite, gémit dans son sommeil. Les cheveux dénoués sur l'oreiller, elle devient très belle, d'une beauté féodale. Peg ne trouve pas d'autre mot. Elle a l'air de sortir d'une estampe. Parfois, elle pleure sans se réveiller, ou murmure quelques mots en japonais. Peg, elle, reste les yeux ouverts dans l'obscurité, à fixer le plafond, ou bien les lumières des voitures qui passent sur la route. Elle se demande ce qu'elle fait là. Elle se répète que, depuis l'assassinat de sa sœur [1], elle a définitivement perdu le contrôle de sa vie. Tout est devenu glauque autour d'elle. Si elle était superstitieuse, elle penserait qu'elle s'est changée en une sorte de pôle magnétique

1. Voir *Les Enfants du crépuscule*, Le Livre de Poche, n° 17064.

attirant les forces obscures. La névrose, les mauvaises fréquentations ont créé un enchaînement de circonstances négatives dont elle ne parvient plus à se dégager. Fuir ne l'aide en rien, puisque toujours on la retrouve. Comment Yuki a-t-elle su qu'elle se cachait à Laguna Beach ? Quels informateurs clandestins l'ont renseignée ?

Cela voudrait dire que quelqu'un me surveille en permanence ? pense-t-elle avec un frisson. *Mais qui ? La Yakuza ?*

C'est vrai que dans l'affaire du Club des Dévorés Vifs elle a plus ou moins fini par devenir leur complice, mais elle n'avait pas le choix.

En pensée, elle revoit Dexter Wong, le beau Wong... Quel est son rôle dans cette affaire ? Il est vrai qu'au Japon la corruption est partout et que le Crime Organisé noyaute les sociétés les plus prestigieuses, voire les banques et les ministères.

Yuki gémit dans son sommeil. La nuit, elle perd son masque hautain, elle se dépouille de son maquillage de mépris, et l'on ne peut s'empêcher d'être ému par cette beauté fragile d'orchidée poussée en serre. Et c'est cette fleur rare qui veut affronter les blizzards du Pôle ? Peggy grimace. Elle a l'impression que toute cette histoire va mal finir.

*

Elles roulent. Étape par étape, elles se rapprochent de l'Alaska. C'est un voyage éreintant et tendu. Dès qu'elles croisent un Asiatique dans un supermarché ou dans la salle d'un restoroute, Yuki se crispe. Parfois, le matin, elle exige que Peggy inspecte le dessous de la voiture pour s'assurer qu'on n'y a pas fixé une bombe. Peg s'oblige au calme, mais elle devient nerveuse. La peur de l'autre se fait contagieuse. Yuki parle très peu d'elle-même. Des bribes de confidences laissent entrevoir une adolescence dorée, une pension en Suisse, des vacances d'hiver à Aspen, à Lake Tahoe. Quelques flirts poussés avec des vedettes d'Hollywood. Pour s'occuper, elle écrit une thèse sur l'art du bouquet — l'Ikébana — repensé en termes de calcul fractal. *La théorie du Chaos traitée par les plantes*, ricane intérieurement Peggy.

Tout cela est très lisse, trop lisse. Yuki ne laisse rien dépasser. Peg avait espéré qu'une certaine complicité s'installerait au bout de quelques jours, mais cela n'en prend pas le chemin. Quand Yuki devient nerveuse, elle la traite comme une domestique, d'une voix sifflante, exaspérée.

— Ne dormez pas, ordonne-t-elle un soir au moment de se mettre au lit. Je veux que vous restiez assise à mon chevet, pour me veiller. Sinon je ne pourrai pas dormir. À Tokyo, ma vieille gouvernante faisait ainsi. C'était merveilleusement apaisant.

— Je ne suis pas votre *mama-san*, coupe Peggy. Nous ne sommes pas au Japon, et j'ai huit heures de conduite dans les pattes. Il va vous falloir apprendre à dormir sans qu'on vous tienne la main.

Yuki l'agace et l'émeut, ce n'est pas une situation confortable. Si son côté « pauvre petite fille riche » l'horripile, elle ne peut néanmoins se départir d'un désir de protection qui prend parfois des allures désagréablement maternelles.

Elle sait très bien d'où vient ce besoin. Il se nourrit de la culpabilité qu'elle a éprouvée à la mort de sa sœur. Plus exactement lors de son assassinat. Tout au fond de sa conscience, une voix lui chuchote qu'elle aurait pu l'empêcher si seulement elle avait été là...

Si seulement elle ne s'était pas enferrée dans une brouille stupide, une querelle de gamines ayant dégénéré en affection chronique au fil des années.

Depuis, elle s'obstine à vouloir secourir les autres, principalement ceux qui se trouvent acculés au fond d'une impasse. Cela la conduit à se lancer dans des croisades impossibles, et souvent perdues d'avance, mais elle ne peut s'en empêcher. Elle a tendance à ne choisir ses relations que parmi des perdants, des professionnels de la névrose d'échec. « Ne cherchez pas à jouer les saintes », lui a conseillé son analyste, mais elle ne l'a pas écouté, c'est plus fort qu'elle.

Elle est assez lucide pour se rendre compte que Yuki est en train de jouer le rôle de petite sœur... voire de substitut d'enfant. Hélas, le savoir n'arrange rien. C'est comme si elle posait volontairement le pied dans un piège à loup.

*

Parfois, elles s'écartent de la route pour faire des détours. C'est pour que Yuki aille récupérer de l'argent dans des caches mystérieuses. Peggy a l'impression de jouer à *L'Île au trésor*. Il faut toujours creuser, déplacer des pierres. Au fond du trou, il y a un container métallique qui attend depuis des années.

— Je n'arrive pas à déterminer si votre père était paranoïaque ou seulement prudent, murmure Peg.

— C'est parce que vous raisonnez avec un esprit de femme blanche, siffle Yuki. Au Japon, nous savons que tout peut être remis en question du jour au lendemain. Les tremblements de terre, les typhons sont là pour nous le rappeler. Il est possible d'habiter un palais, et de se retrouver, trois heures plus tard, en train de s'abriter sous un morceau de carton au milieu des décombres. Nous sommes des professionnels de la catastrophe, des spécialistes de la fin du monde. Il nous faut tout le temps repartir de zéro. Mon père n'était qu'un enfant lorsque vos compatriotes ont largué la bombe sur Hiroshima, mais il a su en tirer la leçon qui s'imposait. Rien n'est jamais acquis, il faut se préparer à tout perdre d'une seconde à l'autre, et s'organiser en conséquence.

L'attaché-case se remplit. Au fil des jours, elles montent vers le froid. Yuki a entouré d'un cercle de crayon-feutre un point sur la carte. Sanashtawa. Un ancien comptoir phoquier. L'antichambre du Pôle. C'est de là qu'il faudra partir à l'aventure.

4

Peggy ouvre la porte de la cabine et sort. Elle vient de se coller un patch contre le mal de mer car elle commençait à se sentir nauséeuse. Yuki reste allongée sur sa couchette, les yeux clos, très pâle. Le bateau bouge beaucoup depuis qu'il a quitté le port. Peg n'avait pas prévu d'être malade si tôt. Elle sait qu'il ne faut pas prendre le mal de mer à la légère. Il vous déshydrate aussi sûrement que la dysenterie, et l'on peut mourir à force de vomissements répétés. Jadis, au temps des trois-mâts, cela arrivait fréquemment. Les pastilles transcutanées de scopolamine sont efficaces mais pas inépuisables. Peg se dit qu'elles auraient dû en acheter davantage. On a toujours tendance à penser que le mal de mer disparaît au bout de quelques jours, c'est faux. Certains matelots ne s'y habituent jamais, même après des années de navigation.

Elle allume une cigarette et manque de se brûler le nez tant le pont danse sous ses pieds.

Le bateau est une immense ferraille. Pour la jeune femme, il évoque beaucoup plus une usine flottante qu'un navire. Tout est rouillé, la peinture grise s'écaille comme l'épiderme d'un éléphant galeux. Quand elle y est montée pour conclure l'affaire avec Rolf Amundssen, son premier réflexe a été de tourner les talons et de chercher un autre capitaine. Hélas, Cachalot Tuna James a été formel : personne n'a accepté de les transporter là où elles désirent se rendre ; c'est trop loin, trop dangereux. Alors il a bien fallu se résoudre à voyager sur l'épave du Capitaine Suicide. C'était ça ou rester à quai.

Peggy se cramponne à la rambarde. Le bateau, en guise de nom de baptême, porte sur son étrave l'inscription *Iceberg Ltd*. C'est à la fois épouvantablement romantique et faussement rationnel. Le cargo paraît bon pour la casse avec sa coque tavelée d'oxydation. Tuna James, lui, affirme qu'il ne faut pas se fier aux apparences.

— Si vous saviez le nombre d'épaves flottantes qu'on voit passer ici, a-t-il ricané quand Peg lui a fait part de ses inquiétudes. Tenez, les bateaux de croisière par exemple ! Ils sont toujours fringants, étincelants, au point qu'on dirait des jouets tirés de leur boîte... mais dessous la peinture, c'est pourriture et compagnie, au point que même le Hollandais Volant ne voudrait pas y embarquer. Vous fiez jamais à la peinture, ma p'tite dame, c'est un trompe-couillon, un cache-misère.

Okay, okay, a dit Peggy, mais l'angoisse ne l'a pas quittée pour autant. Le navire de Rolf Amundssen lui fait l'effet d'une boîte de conserve ballottée par les vagues. On se demande si quelqu'un la dirige ou si l'on s'en va au hasard des courants. Ça n'a rien de réconfortant.

Il y a trois jours qu'ils ont pris la mer. L'équipage s'est révélé des plus réduits. Des Esquimaux pour la plupart, baragouinant quelques mots d'anglais. D'emblée, Rolf a conseillé aux deux jeunes femmes d'éviter le plus possible les contacts avec les matelots.

— Si vous pouviez rester dans vos cabines, ce serait aussi bien, a-t-il conclu le nez baissé sur les cartes marines étalées sur la table du carré.

Peggy a serré les dents pour ne pas répliquer vertement. C'est un bel homme, grand. Une sorte de Viking qui vient de passer du mauvais côté de la quarantaine. Les poils blancs dans la barbe blonde sont attendrissants, mais bon... cela n'autorise pas le machisme primaire. Il a des yeux d'un bleu délavé, des yeux de chien de traîneau, de husky. Quand il vous fixe, c'est comme s'il ne vous voyait pas. Un regard d'aveugle qui met mal à l'aise. La gueule est superbe. Cuite à point, hollywoodienne en diable, constellée de coupures de rides juste là où il faut, mais l'homme est glacé. Pire : absent. Ce n'est plus du flegme, c'est du somnambulisme ou de la décérébration. *Il avance en pilotage automatique,* a aussitôt pensé Peg. Un signal d'alarme s'est allumé dans son esprit : « À éviter à tout prix. » Elle sait cependant qu'elle n'en tiendra pas compte. Elle n'est pas naïve. Un bateau, c'est comme un ascenseur en panne, très vite les fantasmes y macèrent à l'étouffée. L'oisiveté, la claustration favorisent les histoires de peau. Ce n'est pas forcément un bien car, à l'instar de tout lieu clos, les tensions entre les membres du groupe peuvent devenir infernales... voire meurtrières. Peggy, qui a assuré quelques stages de plongée au large de Key West, connaît le problème.

Dès qu'elle quitte l'abri des superstructures, le vent lui donne un coup de tête en pleine poitrine. Elle a l'illusion qu'on va lui arracher ses vêtements. Pour le moment elle ne souffre pas du froid car sa combinaison est doublée de fils thermiques alimentés par une batterie accrochée à sa ceinture. C'est un peu comme si on lui avait taillé un scaphandre dans une couverture chauffante. Un gadget coûteux qui a fait ricaner Rolf. La batterie assure cinq heures de chauffage pourvu qu'on ne la sollicite pas avec excès.

— Une belle saloperie, a grogné Amundssen. Un truc pour touriste. Vous vous mettrez à transpirer dès que vous commencerez à bouger vraiment. Votre combinaison se transformera alors en sauna ambulant et, quand la batterie sera déchargée, la sueur gèlera sur vos vêtements.

Merde, a répliqué mentalement Peggy. Elle devine qu'il dit vrai, mais il l'agace.

On ne peut pas lui reprocher de chercher à jouer les charmeurs, ce serait plutôt le contraire. Il prend ses repas seul et ne quitte jamais la timonerie où il reste bouclé tout le jour, les mains rivées à la barre, l'œil fixé sur la ligne d'horizon.

Depuis le début de la traversée, Peggy n'a guère pu discuter qu'avec Ignouk, le cuistot du bord. Un Esquimau ventripotent et borgne qui a perdu l'œil gauche dans un accident de chasse. Il est d'une résistance au froid prodigieuse et se promène sur le pont seulement vêtu d'un pull irlandais effroyablement crasseux.

— Tu es trop maigre, rigole-t-il en tâtant de l'index les flancs de Peggy. Femmes blanches toujours squelettiques, c'est pas bon pour le Pôle. Il faut avoir du lard pour survivre.

Le premier jour, il a tiré de sa poche un morceau de graisse de phoque dans lequel il a mordu à belles dents. L'odeur rance a fait chavirer l'estomac de Peg.

— Tiens ! a lancé Ignouk, mange, c'est ce qu'il te faut. Avec la graisse du phoque tu te nourris, tu te chauffes, tu t'éclaires, tu te frottes la peau. C'est bon pour tout. Besoin de rien d'autre. Toujours garder graisse de phoque dans son paquetage, oui, oui.

Il est sale comme un peigne et dégage une odeur de vieux mammouth. Ses cheveux paraissent trempés dans de l'huile de vidange. Rencogné dans sa cambuse, il pèle des pommes de terre en radotant, et ponctue ses propos de petits rires, à la façon des Asiatiques. Pour Peggy, il est le seul individu sympathique de ce vaisseau fantôme. Elle lui rend visite plusieurs fois par jour, bien que l'odeur de graillon qui plane sur les fourneaux lui donne la nausée.

— Le capitaine, murmure Ignouk, quand la nuit tombe, c'est un chasseur triste. Il fait la guerre à la banquise, aux icebergs... Il ne peut pas gagner. Le Pôle est plus fort que lui. C'est un homme avec des fantômes dans le cœur. Pas bon, pas bon du tout. Il ne faut pas trop penser aux morts, sinon on les fait revenir. Si on ne les laisse pas tranquilles, ils se mettent en colère.

Ignouk a connu Rolf Amundssen jadis, et Birgit sa compagne... et l'enfant aussi, le petit Leif. Il dit : « Belle famille. Femme aussi jolie qu'une Blanche peut l'être. » C'est un grand compliment dans sa bouche car il ne trouve pas les Blanches très comestibles avec leur chair couleur de poisson bouilli. Plus tard, quand il a ajouté du rhum dans le thé bouillant, il laisse transparaître ses peurs et ajoute :

— Ce bateau, personne ne sait où il va. Si nous coulons, personne nous portera secours. C'est pas bon.

Pourquoi s'est-il embarqué ? lui demande alors Peggy. Il hausse les épaules avec fatalisme. Il est mauvais cuisinier, personne ne veut plus de lui. Il parle trop, son penchant superstitieux flanque la pétoche aux équipages. Peg hoche la tête. Cachalot Tuna James lui a glissé à l'oreille que le cuistot avait, de plus, une sale affaire d'empoisonnement sur le dos.

— On n'a jamais rien pu prouver, a grogné l'aviateur, mais cette vieille carne d'Esquimau aurait fait crever son capitaine en lui faisant bouffer des conserves avariées. Il est un peu dingue. Il s'imagine des choses, il voit des fantômes. Les esprits du blizzard lui murmurent des trucs à l'oreille. Il a été nourri de chamanisme toute son enfance, ça laisse des traces. Faites attention à ne pas le contrarier. Et touchez le moins possible à sa tambouille. On raconte qu'il trimballe avec lui des boîtes de conserve datant de 1945, de vieilles rations de G.I. Et qu'il les sert aux gens dont la tête ne lui revient pas. Le botulisme, ça ne pardonne pas, surtout en mer. Une soupe en sachet peut vous tuer aussi sûrement qu'une cuillerée de cyanure.

Peggy ignore quel crédit accorder à ces ragots. Effrayer les « touristes » est le sport favori des habitués du comptoir, c'est qu'on manque parfois de distraction entre deux tempêtes de neige...

Cela dit, un rapide coup d'œil sur l'équipement du navire lui a permis de voir que Rolf Amundssen ne s'embarrassait pas de modernisme. Tout est vétuste, rafistolé. Les fils des écouteurs du poste émetteur-récepteur sont constellés d'épissures improvisées avec du sparadrap. La dernière couche de peinture doit dater de la capitulation du Japon. Quant aux couvertures, elles sont si usées qu'on peut voir le jour au travers si l'on commet l'erreur de les tenir devant un hublot.

Peggy fait quelques pas en direction du gaillard d'avant. Surtout ne pas se faire mouiller par les éclaboussures qui crépitent à la proue. Elle sursaute. Elle ne s'est pas encore habituée au choc des morceaux de glace contre la coque. Chaque fois, elle a l'impression que l'eau va s'engouffrer dans les cales. C'est assez désagréable.

Il y a trois jours, lorsque Yuki a déployé sur la table du carré la carte où se trouve pointé l'emplacement supposé du crash, Amundssen a esquissé un sourire en coin.

— Vous êtes certaine de vos coordonnées ? a-t-il demandé. Il n'y a que deux façons de se rendre sur place : la première, celle qu'emprunterait tout capitaine ayant deux sous de jugeote, consiste à contourner le champ de glaces flottantes. Mais dans ce cas, le voyage risque de durer trois semaines, peut-être davantage. La seconde, c'est de couper à travers les icebergs, d'entrer dans le broyeur. À cette époque de l'année, les couloirs sont étroits et instables, ils peuvent se refermer brusquement. Si on ne se fait pas aplatir en route, la traversée, dans ce cas, ne dépasse pas six ou sept jours, mettons dix en cas d'obstruction.

— Je veux être sur place le plus rapidement possible, a répliqué Yuki. Mon père est déjà là-bas depuis trop longtemps. Il ne survivra pas éternellement dans les débris de son avion.

— Je vous préviens que c'est dangereux, a lâché Rolf. Je ne peux pas vous garantir que nous arriverons au bout du voyage. Le broyeur, c'est comme un labyrinthe dont les couloirs ne cesseraient jamais de modifier leur topographie. Si le vent se lève, il peut pousser les icebergs droit sur vous, comme un bateau qui manœuvrerait pour en aborder un autre.

— Je m'en fiche, a coupé Yuki de son ton de fille gâtée qui n'entend pas se laisser dicter sa conduite par le petit personnel.

— Okay, a ricané Rolf, mais ce sera cher.

Bizarrement, Peggy n'a pas l'impression que l'argent soit sa motivation principale. Lorsqu'il feint de vouloir faire monter les prix, il joue un rôle. C'est visible.

On dirait qu'il attendait qu'on lui fournisse un prétexte pour aller là-bas, c'est tout, songe-t-elle. *Nous sommes le coup de pouce du destin qu'il souhaitait.*

Elle en a parlé à Yuki, mais la Japonaise a haussé les épaules. Elle n'a pas l'habitude de s'interroger sur les états d'âme des domestiques. De plus elle trouve les Occidentaux incompréhensibles, illogiques et grossiers. Il y a longtemps qu'elle a abandonné l'idée de communiquer avec eux.

— Nous n'habitons pas sur la même planète, a-t-elle dit. Nous sommes condamnés à rester chien et chat.

*

Peggy localise l'écoutille menant à la cale principale. Elle veut faire l'inventaire du matériel péniblement rassemblé à Sanashtawa et surtout vérifier qu'il est bien arrimé. Elle a tout de suite l'illusion de descendre dans les profondeurs d'une usine mal éclairée. Il y fait humide et chaud. Le vacarme des machines constitue une véritable agression physique. Elle ne s'est jamais sentie à l'aise sur les cargos... sur les voiliers non plus, d'ailleurs. Autant elle aime nager, se déplacer au sein des courants marins dans une sorte de corps à corps liquide, autant elle déteste entendre clapoter les vagues derrière le métal d'une coque en mauvais état. Il lui semble qu'elle va soudain voir sauter les soudures et l'eau gicler avec la puissance d'une lance d'incendie.

Elle s'oriente tant bien que mal. Les soutiers lui jettent des regards sournois et échangent des plaisanteries qu'elle préfère ne pas entendre. Il y a trois jours à peine que le bateau a quitté le port, et l'atmosphère est déjà lourde. Elle trouve enfin ce qu'elle cherche et s'agenouille pour examiner le matériel de plongée. Elle s'attarde tout particulièrement sur la combinaison spéciale conçue pour l'immersion en eau glacée. Un circuit de chauffage interne alimenté par batterie permet au plongeur de résister au froid pendant soixante minutes. C'est un gadget coûteux, qui peut vous tuer s'il tombe en panne alors que vous êtes à 90 mètres de profondeur, avec l'obligation de respecter un palier de décompression. Dans une eau aussi froide, on succombe à l'hypothermie en moins de soixante secondes, on ne le répétera jamais assez. Toutes les fonctions vitales sont paralysées. Si elle doit plonger, Peggy devra donc faire attention à ne pas tomber en panne de chaleur artificielle. Elle consulte les tables de performance de la combinaison. Celles-ci décroissent au fur et à mesure qu'on descend. Le fabricant conseille aux utilisateurs de ne pas s'immerger sans emporter une batterie de secours bien chargée.

La jeune femme referme la caisse. Elle n'a pas eu le temps de procéder à des essais avant de lever l'ancre, elle ne sait même pas si le scaphandre fonctionne correctement. Elle maudit Yuki qui a précipité le départ comme si les yakuzas allaient venir lui trancher la gorge au motel de l'Ours Souriant.

Peggy se lève. Au moment où elle va quitter la cale, elle aperçoit une porte verrouillée par une chaîne et un énorme cadenas. Une autre cale sans doute. Mais pourquoi tant de précautions ?

C'est peut-être la réserve d'explosifs, pense-t-elle. *La sainte-barbe, comme on disait jadis, au temps des corsaires.*

Elle se secoue, ce n'est pas parce que le capitaine est bizarre qu'il faut voir des mystères partout !

5

Peggy est nerveuse, inquiète. Elle a passé une mauvaise nuit. Des heures durant, quelqu'un s'est promené dans les coursives. Errer serait le mot juste, car cette marche hésitante semblait n'avoir aucun but. Allongée sur sa couchette, la jeune femme est restée les yeux ouverts dans l'obscurité, guettant le cheminement à travers le dédale des couloirs. Par deux fois, les pas se sont rapprochés de la porte de sa cabine, ont marqué un temps d'arrêt, puis se sont éloignés. Malgré la température très basse, Peggy a senti la sueur lui couler le long du dos, et elle a cherché instinctivement une arme sur la table de chevet. Elle n'a rien trouvé qu'une grosse bible écornée. Qui se promène ainsi à la tombée de la nuit ? Quel insomniaque ? Quel somnambule ?

Si une main s'était posée sur la poignée de la porte, elle n'aurait pu s'empêcher de hurler. Les battants des cabines sont équipés d'un loquet symbolique, analogue à ceux des toilettes publiques, et qu'on peut facilement manœuvrer de l'extérieur avec un simple tournevis à section carrée. Un cargo n'est pas un hôtel, seule la cabine du commandant possède une vraie serrure.

Pendant une longue minute, le marcheur s'est tenu immobile devant la porte. Comme s'il hésitait sur la conduite à tenir. Puis il s'est remis en route, du même pas inégal.

Un pas de somnambule, s'est répété la jeune femme. Son premier réflexe a été de suspecter l'un des matelots. *Il était venu tenter sa chance, mais il s'est dégonflé à la dernière minute,* pense-t-elle. *Ou bien il jouait à me faire peur.* Elle essaye de se rassurer en se disant que ce n'est que cela... et rien d'autre. Une blague stupide de marin émoustillé par la présence des femmes à bord. Pourtant, elle doit s'avouer qu'elle n'y croit guère. L'image d'un somnambule errant dans les coursives, les yeux vitreux, continue à la hanter.

Ce matin, elle en a parlé à Yuki. La Japonaise n'a rien entendu. Les remèdes qu'elle absorbe contre le mal de mer ont sur elle le même effet que des soporifiques. Elle a dormi d'une traite, au fond de son sac de couchage chauffant dont la batterie se recharge sur circuit électrique du bateau. Peggy n'insiste pas. Elle ne veut pas alarmer sa compagne, mais elle a décidé de rapporter l'incident à Rolf Amundssen. Après tout c'est lui le capitaine, il doit faire régner la discipline sur son vaisseau.

Elle est nerveuse, déstabilisée par les événements de la nuit. Elle a conscience de donner trop d'importance à une anecdote somme toute mineure. C'est à cause de cette traversée, elle ne se sent pas à l'aise sur le navire. Tout est trop flou. Lorsqu'elle l'interroge, Yuki reste dans le vague. Quant à Rolf, il ne desserre pas les dents.

*

À peine sortie de la cabine, Peggy recule, aveuglée par la lumière. Elle a failli oublier ses lunettes noires. Pas question de s'en passer si elle veut échapper à l'ophtalmie des neiges. À cette latitude, la cornée est brûlée en quelques secondes. La lésion est indolore, mais au bout de cinq minutes on a l'illusion de se déplacer dans un brouillard laiteux, et c'est à peine si l'on parvient encore à distinguer ses mains. Il est facile de devenir aveugle si l'on n'y prend garde. Même à travers les verres filtrants, les scintillements du soleil sur les glaces flottantes ont quelque chose de douloureux. Chaque fois qu'elle les regarde, Peg sent une épingle de lumière lui percer la rétine.

Elle se cramponne à la rambarde et se hisse sur la passerelle de commandement. Plus on s'élève, plus l'effet du tangage est perceptible. La jeune femme se félicite de s'être collé un nouveau patch à la scopolamine sur la peau. Le vent lui oppose un mur élastique. Il voudrait la pousser par-dessus bord, c'est évident. Elle doit bander ses muscles pour lui résister et s'avancer vers la timonerie. Elle frappe à la porte pour qu'on lui ouvre, mais le battant reste obstinément fermé. Elle tambourine, puis se résout à appeler :

— Amundssen ? Vous êtes là ?

Quelle question stupide ! Devant l'absence de réponse, elle décide de faire le tour pour jeter un coup d'œil à travers les vitres du poste. Elle entend le crissement régulier des essuie-glaces extérieurs et intérieurs, les premiers balayant les embruns, les seconds ôtant la buée qui se dépose sous l'effet du chauffage. Amundssen est là, dans la timonerie, les mains rivées à la barre, torse nu, le regard fixe. De la sueur ruisselle sur son front, sur sa poitrine. Il doit faire une chaleur infernale dans le poste. Peggy frappe sur le pare-brise, du plat de la main, pour attirer son attention, mais le Suédois ne bronche pas. On dirait qu'il n'a pas conscience de sa présence. Il a l'air drogué... absent. Ses pupilles sont dilatées et il regarde droit devant lui sans rien voir. La jeune femme s'acharne. Sa paume gantée ne produit qu'un son étouffé, dérisoire, lorsqu'elle heurte le vitrage de polycarbonate à haute résistance.

Elle jure entre ses dents. Il lui semble que Rolf Amundssen est nu, abîmé dans une transe hallucinatoire.

Au moment où elle s'apprête à donner des coups de pied dans la porte, Ignouk la tire en arrière.

— Ça sert à rien, souffle-t-il. Il n'y a plus personne à l'intérieur de sa tête. Seul son corps est ici, son esprit est parti à la recherche de sa femme et de son fils. Il ne t'entend pas, c'est rien qu'une enveloppe de viande. Il faut attendre que son âme revienne.

Peggy est sur le point d'injurier le cuistot, quand soudain elle réalise qu'il dit la vérité.

— C'est toi, lâche-t-elle. C'est toi qui lui as donné quelque chose, n'est-ce pas ? Une drogue...

Le gros Esquimau baisse la tête, faussement contrit.

— Pas pu faire autrement, grogne-t-il. Il en a besoin. Il deviendrait méchant sans ça. Dangereux même. Tu préférerais qu'il jette le bateau sur un iceberg pour en finir ?

— Merde ! s'insurge la jeune femme, mais c'est justement ce qui risque d'arriver ! Tu ne vois pas qu'il dort les yeux ouverts ? Il ne sait pas où il va ! Le navire file droit devant. Si une montagne de glace nous coupe la route, nous lui rentrerons en plein dedans.

Elle écume de rage. Ignouk la force à descendre.

— Bon sang ! reprend-elle. Je suis sûre qu'il n'y a pas de système de détection automatique des icebergs, je me trompe ?

— Non, admet le cuisinier-chaman. Pas de choses perfectionnées à bord. Pilotage à l'ancienne, avec les yeux et les jumelles. C'est tout.

— Tu veux dire que le pilote automatique ne sera pas en mesure de nous dérouter si un obstacle se présente ? balbutie Peg.

— Non, confirme Ignouk. Ici, tout est vieux, mais Rolf bon capitaine, son instinct se manifestera le moment venu, oui, oui. Il faut lui laisser le temps et ne pas le réveiller. C'est très dangereux sortir du sommeil un homme dont l'esprit est en voyage astral. On casse le fil, et alors l'âme ne peut plus retrouver le chemin du corps. Il devient un fantôme.

Peggy se dégage. Le baratin occulte du cuisinier l'exaspère. Elle ne voit qu'une chose : le cargo file à l'aveuglette à travers le champ de glaces flottantes. Hors d'elle, elle gagne la cabine de Yuki. La Japonaise est pâle, elle vient de vomir une fois de plus. Une odeur aigre flotte dans la pièce. Peg lui expose la situation.

— Bordel ! soupire-t-elle. C'est comme si un chauffeur de poids lourd fonçait sur l'autoroute les paupières closes.

Yuki frissonne et s'approche du hublot. Des cernes bleuâtres soulignent ses yeux bridés. Elle paraît épuisée. En quatre jours ses joues se sont creusées. Peggy a la conviction qu'elle a maigri de deux ou trois kilos.

— Je suis tellement malade que tout le reste m'est indifférent, murmure Yuki. Je n'aurais jamais cru qu'on pouvait se sentir aussi mal.

Peg l'aide à se rallonger. Elle ouvre la combinaison, relève la manche de la jeune femme et lui colle deux patches à la saignée du coude. Yuki lui adresse un faible sourire.

— Que ferons-nous quand il n'y en aura plus ? chuchote-t-elle.

Peggy ne sait que répondre.

— Avez-vous bu de l'eau sucrée ? demande-t-elle.

— Je ne supporte rien, gémit l'Asiatique.

Sa tête s'affaisse sur l'oreiller. Ainsi, elle a l'air d'une petite fille perdue, décapée de toute crânerie. Peggy se retient de lui caresser la joue. Pas de familiarité, après tout il s'agit de sa patronne. Néanmoins, si les symptômes persistent, il faudra la placer sous perfusion glucosée.

— Essayez de dormir, lui conseille-t-elle. Je vais voir ce que je peux faire avec Amundssen.

Elle referme sa combinaison et sort dans la coursive. Elle devine qu'elle n'obtiendra d'aide de personne, et surtout pas d'Ignouk. Qu'est-ce que ce vieux dingue a fait absorber au Suédois ? Des lichens hallucinogènes ? Du venin de poisson à dose infinitésimale ? — cela se pratique chez certaines peuplades du Grand Nord. Elle frissonne en songeant qu'Amundssen est là-haut, barricadé dans la timonerie, aussi aveugle que si on lui avait cousu les paupières. Chaque fois que l'étrave cogne contre un morceau de banquise, Peggy tressaille, se préparant au pire. La lame du brise-glace peut s'ouvrir une route à travers les floes de moindre importance, il n'en ira pas de même si une muraille se dresse sur sa route. Lorsqu'un bateau heurte de plein fouet un iceberg, il arrive que le sommet de ce dernier se détache et s'écrase sur le pont, aplatissant tout ce qui s'y trouve. La collision se double alors d'une avalanche. Le pont lui-même peut céder sous le poids des quartiers de glace, les mâts s'abattre, la passerelle de commandement s'effondrer dans les profondeurs du navire...

Ignouk la sort de sa rêverie. Il émerge de la salle des machines où il est allé porter du thé brûlant aux hommes. Il se dandine, une grosse Thermos dans une main, des quarts de métal dans l'autre.

— Pas t'affoler, ronronne-t-il, les yeux réduits à deux traits de pinceau. Ce soir le corps du capitaine sera de nouveau habité.

Il tend à la jeune femme une tasse de breuvage bouillant. Elle n'ose refuser. Elle réalise qu'elle a un peu peur de lui.

— Okay, capitule-t-elle en se forçant à sourire. Si tu le dis !

— Capitaine parti en avant pour signer une trêve avec les morts, explique le cuisinier-chaman. C'est important d'obtenir armistice, sinon les défunts s'acharneront sur le bateau.

— Mais pourquoi ? demanda Peggy, presque malgré elle.

— Parce que pas de sépulture, lui confie Ignouk. Cadavres très malheureux au fond de la mer. Pas aimer ça. Vouloir dormir comme les Blancs, couchés dans la terre noire avec les vers.

Il ricane de manière déplaisante. L'espace d'une seconde, une étincelle mauvaise passe dans ses yeux, et Peggy a l'intuition d'entrevoir une autre facette de sa personnalité.

*

Peg a regagné la cabine de Yuki après être passée par la cuisine. Elle a obtenu d'Ignouk un pot isotherme rempli de soupe et un pichet de thé vert. Elle a bourré les poches de sa combinaison de petits pains. Elle espère que la Japonaise sera capable de conserver cette nourriture car elle ne pourra plus se passer de manger longtemps encore. Assises sur la couchette, elles grignotent en silence.

— Ne me laissez pas, implore Yuki. Pas cette nuit. Je ne me sens pas en sécurité. Ces hommes... les matelots... ils me font peur.

Elle attire à elle un sac de cuir dont elle tire un fin poignard.

— C'est un kaiken, explique-t-elle. Les épouses de samouraï l'utilisaient pour s'ouvrir la gorge, lorsqu'on leur ordonnait de faire seppuku.

Elle le pose dans la main de Peggy.

— C'est pour vous, fait-elle. Je n'ai pas d'autre arme.

Elles se regardent, sans plus rien dire, solidaires. L'angoisse les rapproche. *Cela ne durera pas,* songe Peggy, nullement dupe de l'atmosphère du moment.

Yuki ne tarde pas à s'endormir. Les cachets dont elle abuse réduisent son temps de lucidité.

Peg regarde le couteau. Il est beau, d'une élégance stylisée, épurée, comme tout ce que produit l'art japonais. Elle le pose sur sa cuisse et attend. Un couinement électronique en provenance de sa ceinture lui signale que la batterie qui alimente son costume est épuisée. Elle doit se raccorder au secteur si elle veut continuer à bénéficier de la chaleur diffusée par le réseau de filaments disposés dans les épaisseurs du vêtement. Elle décide de passer outre pour rester libre de ses mouvements. Liberté toute relative, du reste, car le poids du costume entrave considérablement ses gestes. Yuki s'est endormie, le capuchon de son sac de couchage rabattu sur la tête, comme si elle dormait au milieu de la steppe. La lumière baisse subitement. Le temps se couvre, il va neiger. Peggy frissonne à l'idée que la visibilité va encore diminuer et que le navire devra tracer sa route dans cette tempête duveteuse.

*

La journée s'est écoulée dans l'ennui, comme c'est souvent le cas à bord d'un bateau quand on n'est pas astreint au déroulement d'une manœuvre précise. Peggy abhorre cette atmosphère de déliquescence où le temps file en paraissant immobile. Elle s'est assoupie mais le froid l'a réveillée. La scopolamine des patches anti-nausée lui empâte l'esprit, elle réfléchit au ralenti. Depuis qu'elle est à bord, elle se sent lente, inefficace ; elle ne fonctionne pas à plein rendement. Elle a l'impression d'escroquer Yuki, de ne pas mériter sa prime d'engagement. Avec l'obscurité, la peur se réveille. Elle guette le bruit des pas. Elle se prépare à l'entendre monter du ventre du vaisseau. Elle appréhende le moment où il s'arrêtera devant sa porte, attendant on ne sait quoi...

Elle crispe la main sur le manche du kaiken, fait coulisser la lame hors du fourreau. Le fer, admirablement poli, scintille. Et soudain, le pas claudicant retentit, déformé par l'écho métallique de la coque.

Le fantôme a repris sa ronde de nuit. Il erre, s'arrête, repart...

Il ne va tout de même pas nous terroriser tous les soirs ! s'insurge Peggy. Son courage lui revient d'un coup. Elle se dresse, le couteau à la main. Cette fois elle est bien décidée à ouvrir la porte et à affronter l'ennemi sans visage. S'il s'agit d'un matelot, elle lui posera sa lame en travers de la gorge pour lui donner une leçon.

Elle se plaque contre le chambranle, le kaiken levé à hauteur des seins. Elle est désagréablement impressionnée par le caractère erratique des pas. *Somnambulisme,* pense-t-elle de nouveau, *est-ce rassurant ou non ?*

Elle a envie que cela finisse. Tout à coup, elle réalise qu'elle en a assez d'attendre. Elle ouvre la porte pour aller à la rencontre de la menace. Quelle menace d'ailleurs ? Il ne faut tout de même pas exagérer ! Dès qu'un problème s'installe dans un lieu clos, on a toujours tendance à le surévaluer.

*

Un quart d'heure durant, elle traque un écho qui s'éloigne, qui semble fuir. Puis le silence revient. Le fantôme s'est évaporé. Peggy ravale sa déception. Ce soir, elle avait envie d'en finir, de crever l'abcès. C'est raté.

La poursuite l'a amenée aux abords des quartiers du capitaine. La cabine de Rolf est là. Peg hésite, quelque chose la pousse à aller de l'avant. Elle range la lame dans son fourreau et pose la main sur la poignée de la porte. Le battant est entrebâillé. Le souffle d'un halètement emplit la pièce. Une respiration pénible d'agonisant, presque un râle. Elle entre. Une odeur de sueur masculine lui saute au visage. C'est Rolf. Il est là, effondré sur sa couchette, nu. Il transpire et s'étouffe, victime de ce qui semble être une crise d'asthme des plus sévères. Peggy se penche sur lui. Il est inconscient, les yeux clos. La bouche grande ouverte, il essaye d'aspirer l'air que ses poumons obstrués par les sécrétions réclament désespérément. Ses mains griffent le matelas. Il a quelque chose d'une grande statue abattue. Un aspect massif et guerrier qui contraste avec son état de faiblesse. *Un chevalier égaré en Terre sainte, et victime de la malaria,* pense stupidement Peggy.

Elle s'en veut de cet excès de romantisme. Malgré elle, elle ne peut s'empêcher de détailler l'anatomie d'Amundssen. C'est un bel homme, puissamment bâti. Le torse, le ventre sont d'une grande pâleur par rapport au visage recuit. Une blancheur presque lunaire, qui reste l'apanage des peuples nordiques. Peggy pose le bout des doigts sur la poitrine du capitaine. Elle ne peut se défendre d'un frisson. Il y a toujours quelque chose d'excitant à caresser une brute en son moment de plus grande faiblesse, lorsqu'elle est « désamorcée ».

En cette seconde, elle ressent un désir violent pour ce corps couché, livré. Un spasme lui noue le ventre. Il y a des mois qu'elle n'a pas fait l'amour. Jusqu'à présent, elle n'avait pas souffert du manque, mais cette carence lui est soudain révélée, là, dans l'intimité de la cabine où la lumière de la lune s'infiltre par un hublot sali de sel et d'écume. Elle appuie sa paume sur la peau humide du Suédois. Elle sent vibrer toute la machinerie dissimulée sous la chair blanche. Elle a honte, sans toutefois parvenir à se ressaisir. C'est plus fort qu'elle. Elle laisse ses doigts courir sur le ventre de l'homme, touche son sexe. Elle découvre à quel point cela lui manquait, à quel point elle a refoulé tout besoin sexuel depuis son départ de Floride.

Pour un peu, elle poserait sa bouche sur le pénis de cet homme inconscient. À ce moment précis Rolf gémit, et elle se reprend. Malgré la crise d'étouffement, il ne réussit pas à s'arracher au sommeil, sans doute à cause des drogues que le cuisinier-chaman lui a fait avaler. En se penchant, Peggy découvre des hématomes sur ses flancs. S'est-il donné des coups de poing ? Les côtes saillent, la cage thoracique paraît bloquée en position d'inspiration, comme si Amundssen se défendait contre l'étreinte d'un boa constrictor. S'il continue ainsi, il va s'étouffer. Les ecchymoses sont énormes, elles s'étendent des hanches jusqu'aux aisselles. Sont-elles le produit d'une flagellation... ou faut-il voir en elles des stigmates ?

Brusquement, Peggy se fige. Elle a la certitude que quelqu'un vient de pénétrer dans la cabine et se tient derrière elle, dans l'obscurité. Elle cherche déjà le kaiken dans sa poche quand la voix d'Ignouk se met à chuinter.

— Les démons le torturent, dit-il. Son corps est comme un bateau pris dans les glaces, c'est mauvais. Ça veut dire « fantômes mécontents ». Un jour, ils l'étoufferont... ou alors ses os craqueront. Cage thoracique pas résister éternellement.

— Ce n'est qu'une crise d'asthme, coupe la jeune femme, agacée par ces balivernes. Il doit bien y avoir un remède quelque part.

— Remède des Blancs sans effet sur les fantômes, ricane le cuisinier.

Peggy examine la table de chevet. Elle y découvre un inhalateur en plastique gris. Elle en a souvent vu de semblables dans les mains des vieillards, à Key

West. Elle glisse l'embout entre les lèvres de Rolf et presse sur le déclencheur. La cartouche vaporise sa solution dilatatrice dans la bouche du Suédois.

— Ça marchera pas, répète le chaman. Juste petite amélioration.

— Qui pilote le navire en ce moment ? interroge la jeune femme.

— Pilotage automatique système D, gouvernail attaché avec ficelle, grogne Ignouk avec un haussement d'épaules. Vitesse réduite. Pas d'officier en second pour prendre la relève. Captain Suicide toujours faire comme ça.

Merde ! jure intérieurement Peggy. Elle essaye de ne pas trop penser à ce que cela implique. Il n'est guère agréable de se découvrir passagère d'un vaisseau fantôme avançant à l'aveuglette. Elle se lève, tire le drap sur le corps d'Amundssen. Aussitôt, elle regrette son geste qui a fait naître un sourire moqueur sur le visage du chaman.

Elle le pousse, pressée de quitter la cabine. Elle sait cependant que l'image du corps pâle va la poursuivre jusque dans son sommeil.

Qui marchait dans les coursives ? Rolf, Ignouk... quelqu'un d'autre ?

6

Elle passe le reste de la nuit assise sur sa couchette, dans l'attente d'une éventuelle collision. Des bribes de lecture tournent dans son esprit. Elle se rappelle tout ce qu'elle a lu à propos des naufrages survenant à cette latitude. Un bateau peut couler en deux minutes. L'eau glacée la terrifie. Elle n'a pas l'habitude du froid. À l'aube, Yuki s'est réveillée. Elle allait mieux. Peg lui a raconté sa mésaventure nocturne. La crise d'étouffement dont Rolf a été victime.

— C'est psychosomatique, a diagnostiqué la Japonaise. Je pourrais m'occuper de lui, je connais bien l'acupuncture, cela le soulagerait.

Ne t'approche pas de lui, lui interdit mentalement Peggy. Cette absurde bouffée de jalousie la stupéfie. Que lui arrive-t-il ? Est-elle en train de perdre la tête ?

Pour masquer son trouble, elle propose à Yuki d'aller chercher du thé et des biscuits de marin. Comme si le hasard avait décidé de lui adresser un pied de nez, elle se heurte à Rolf Amundssen au moment où il gagne la passerelle de commandement. Il la salue et elle se sent rougir. Il semble avoir recouvré ses esprits et sa respiration est redevenue normale. Peggy bredouille qu'elle descendait à la cuisine, mais il la saisit par le bras et lui demande de l'accompagner jusqu'à la timonerie. Elle n'a pas la force de se dégager. Elle lui en veut d'exercer sur elle cette emprise animale. Le poste empeste la sueur, le tabac, le vieux cuir.

— Je voulais vous remercier, pour cette nuit... dit-il sans la regarder. Ignouk m'a expliqué. Les crises me tombent dessus dès que je me rapproche de l'endroit où ma famille s'est noyée. Je suppose qu'on vous a raconté l'histoire, non ?

— Un peu, murmure la jeune femme. Je ne tiens pas à être indiscrète.

Rolf hausse les épaules. Sa combinaison doublée de fourrure lui fait une carrure d'ours.

— Vous n'êtes pas indiscrète, soupire-t-il. Tout le monde est au courant, ce n'est pas un secret. Je n'y peux rien, les étouffements deviendront de plus en plus forts au fur et à mesure que nous avançons. Ignouk va me préparer un remède de sa composition. Il ne pense pas en terme de maladie mais de malédiction. Selon lui, je ne serai pas libéré de ce fardeau tant que je n'aurai pas donné une sépulture décente aux membres de ma famille. Qu'en pensez-vous ?

Il a posé les mains sur la barre et corrige le cap, les yeux fixés sur la ligne d'horizon. Ses lunettes noires ne permettent pas qu'on distingue son regard.

Comme elle esquisse un pas vers la sortie, il la rappelle, d'un bref aboiement.

— Non, lance-t-il, restez. J'ai besoin de parler. Je suis seul depuis trop longtemps. Excusez-moi, je n'ai plus l'habitude de m'adresser à des gens normaux. À Sanashtawa, on ne pratique pas beaucoup la discussion de salon... Vous devez penser que je suis fou, n'est-ce pas ? Au comptoir, tout le monde en est certain. Mais je n'y peux rien, c'est comme si je les entendais m'appeler... Ma femme, mon fils. Vous ne pouvez pas comprendre. J'entends leurs voix dans le vent. Ils me font des reproches. C'est difficile de vivre avec ces mots dans la tête. Ces paroles amères.

Il déglutit. Ses mains serrent la barre avec tant de force que ses phalanges deviennent blanches.

— Nous nous sommes quittés sur une dispute, murmura Rolf. C'est cela le plus dur. Ses dernières paroles... Je les ai toujours dans l'oreille. Et son regard. Elle m'a haï, juste pendant cette dernière minute. Elle n'est pas partie en paix. Je le sais. Je l'ai lu dans ses yeux. Elle m'a maudit. Elle a pensé que j'étais responsable de tout.

Il parle à mi-voix, mécaniquement, dévidant un monologue intérieur répété un million de fois. Il ne prête même plus attention à la présence de Peggy. Il raconte le naufrage. Au milieu de l'étau des glaciers se refermant sur le navire, il ne voit que le regard de sa femme, Birgit, lourd de colère, qui le rabaisse au rang d'adolescent attardé toujours en quête de vaines prouesses. Elle l'insulte entre ses dents, et ses paroles font plus de bruit que la banquise occupée à broyer la coque du bateau. Elle lui crache de vilaines petites injures coupantes, prosaïques, vulgaires. C'est curieux, cette scène de ménage au bout du monde, en cette seconde de cataclysme absolu. On la voudrait plus noble, historique... mais non, elle crisse comme les dents d'une fourchette au fond d'une assiette. Dans une minute, les abîmes du Pôle vont l'avaler, mais la femme ne prononce que des mots affreusement ordinaires. Une querelle de coin de cuisine, où le fracas de la porcelaine brisée est remplacé par celui des icebergs partant à l'abordage les uns des autres. Rolf voudrait dire à sa femme qu'il ne faut pas, qu'ils ne peuvent se quitter ainsi, mais elle brûle de haine, elle ne pense qu'à l'enfant, qu'à Leif. Elle pousserait son mari dans l'océan sans hésiter si cela pouvait sauver le gosse. Amundssen le lit sur son visage. En cet instant, il ne pèse plus rien, il n'a plus aucune valeur. Elle voudrait pouvoir acheter la survie du mioche avec la mort de Rolf. Qu'on lui présente le contrat et elle signe tout de suite, elle s'ouvre les veines du poignet avec ses dents pour y tremper sa plume. Vite !

Elle l'a nié, en cette seconde définitive. Elle est partie en lui criant qu'il n'était rien qu'un imbécile, qu'un grand gosse uniquement soucieux de défis, de triomphes vains, de gloriole.

Amundssen livre tout cela en vrac, comme il l'a sans doute déjà fait des centaines de fois au cours de beuveries avec Cachalot Tuna James. Ça ne le soulage nullement, ça ne crève pas l'abcès. Parler, se confier, ne sert pas à grand-chose. Peggy l'a appris après la mort de sa sœur. On ressasse sans espoir. Rien n'apaise, jamais.

Il y a quelque chose de dérisoire et d'incroyablement petit dans sa lamentation. La jeune femme se dit qu'elle espérait mieux. Mais, en même temps, elle ne parvient pas à se cacher qu'elle est remuée, émue.

Il parle à présent de ses étouffements. Sa voix se fait plus sourde, à peine audible.

— C'est comme si je devais me retenir de respirer sous peine de me noyer, poursuivit-il. Comme si j'étais sous l'eau... en apnée. Oui, je crois que c'est exactement cela. Je plonge... Je plonge pour aller les retrouver, tout en bas, pour les rejoindre. Et je retiens mon souffle. Le plus longtemps possible. Je sais que si j'ouvre la bouche, je me noierai, moi aussi. Alors je dois tenir...

Il se voit descendre, il l'explique. Il nage dans l'eau trouble chargée de particules de glace et de krill. Il a l'illusion de nager dans du lait. Tout est trouble, il ne voit rien, alors il descend, plus bas, encore plus bas. La pression augmente, elle lui broie les côtes, ses poumons sont des sacs en papier qu'on froisse. Il ne lui reste plus une miette d'air dans les bronches. L'asphyxie le gagne. Il suffoque... et pourtant il sait qu'il doit continuer à nager. Il doit les retrouver.

— Dans le rêve, confie Rolf, je sais qu'à un moment je vais les voir surgir, et qu'ils me tendront les mains.

En l'écoutant, Peggy sent l'oppression s'emparer d'elle. Elle étouffe elle aussi. Elle se surprend à ouvrir la bouche pour augmenter sa provision d'air. Elle déteste cette histoire d'apnée. Elle pense que Rolf pourrait bien en mourir.

— J'ai vu un psy, grommelle le Suédois qui, pour la première fois depuis le début de sa confession, paraît embarrassé. Un type chauve avec des lunettes, au dispensaire du comptoir. Le pauvre gars avait l'air aussi mal à l'aise qu'un chihuahua sur la banquise. Il prétend que ces crises d'asthme ne sont qu'une noyade de substitution. Elles trahissent mon sentiment de culpabilité et mon désir inconscient d'être mort, moi aussi. J'essaye de me noyer chaque nuit... dans mon lit, en restant au sec. Vous pouvez croire un truc comme ça, vous ? Les trucs de magie de ce vieux dingue d'Ignouk me paraissent plus crédibles.

Peggy ne répond pas. Elle pense qu'elle-même n'a jamais réussi à se réconcilier avec sa sœur avant que celle-ci ne soit assassinée. Elle a connu cette torture. Elle s'est longtemps répété : *Je ne savais pas que ce serait la dernière fois...*

Elle s'imagine sans peine ce que Rolf doit ressentir.

Le silence s'installe, gênant. La jeune femme comprend qu'Amundssen regrette déjà de s'être ouvert à elle. Elle en est dépitée. Pourquoi pense-t-il qu'elle n'est pas à la hauteur ?

Elle rajuste son capuchon, ses lunettes de soleil, bredouille une vague excuse et quitte la timonerie.

7

La neige encercle le cargo. La visibilité est nulle. Parfois, quand le vent se lève, les flocons se changent en glaçons, et on les entend crépiter sur le pont comme des débris de verre. Si l'on veut circuler à l'extérieur, mieux vaut porter un masque de protection, sinon l'on risque d'avoir le visage labouré par les rafales chargées d'aiguilles de glace.

Yuki va beaucoup mieux. Elle a rendu visite à Rolf pour débattre avec lui de la route à suivre. En a-t-elle profité pour lui proposer de bénéficier de ses connaissances en acupuncture ? Peg serait prête à le parier. Elle soupçonne la Japonaise d'avoir deviné l'attirance que Rolf exerce sur elle.

Elle va essayer de me le piquer, pense-t-elle. *Non parce qu'elle en a envie, mais parce qu'elle doit faire partie de ces filles qui ne peuvent s'empêcher d'emballer le petit ami de leur meilleure copine. Comme ça, pour se prouver que rien ne peut leur résister. À elle le capitaine, à moi les matelots... c'est sans doute ainsi qu'elle voit la chose.*

Peggy enrage. La claustration la rend folle. Le bateau avance avec une lenteur infinie car Amundssen redoute de se trouver nez à nez avec un iceberg. Des stalactites se sont formées un peu partout, festonnant les superstructures du vaisseau. Il ne faut rien toucher à main nue, ni la glace ni l'acier sous peine d'y rester collé.

— C'est pour ça qu'on fabrique des fusils recouverts de plastique, lui a expliqué Ignouk. Sinon, quand le chasseur met la proie en joue, sa figure adhère au métal. Pas rigolo du tout. Touristes faire même erreur avec caméra ou appareil photo. Leica rester collé au nez d'explorateurs du dimanche... Esquimaux rirent très fort.

Peggy se demande si l'accent du cuisinier-chaman n'est pas en grande partie fabriqué. C'est un manipulateur, elle le sent. Il prend un malin plaisir à jouer les lourdauds.

Un soir, il énonce avec une hargne à peine dissimulée :

— Ton amie, la Japonaise, elle essaye de soigner le capitaine avec des petites aiguilles. Elle se croit meilleure que moi. Tu ne devrais pas la laisser prendre ta place dans le lit du Suédois. Si tu veux, je peux fabriquer philtre d'amour et le verser dans le thé d'Amundssen. D'accord ?

Peggy refuse avec une imperceptible hésitation qui n'échappe pas au chaman, et le fait sourire.

*

On jette du sel sur le pont pour essayer de le dégager. L'équipage n'est pas assez nombreux pour assurer la maintenance habituelle d'un cargo, et tout va de travers. Yuki ne raconte rien de ses rencontres avec Rolf. Pas de confidences aux domestiques. Pour tuer le temps, elle travaille à son traité d'interprétation fractale de l'ikebana. Il est visible qu'elle prend un malin plaisir à laisser traîner des feuillets couverts d'équations, c'est un peu comme si elle disait : « Que peux-tu y comprendre, toi qui vendais des planches à voile à Laguna Beach ? »

Garce.

Peggy s'efforce au calme. L'enfermement ne lui vaut rien. Certains explorateurs polaires sont devenus fous à force de vivre reclus dans un espace étroitement délimité. Dans les ports, il arrive qu'on évoque en chuchotant des missions célèbres dont les membres ont fini par s'entre-tuer, incapables de se supporter plus longtemps.

— Officiellement, lui a, un soir, déclaré Cachalot Tuna James, on accuse les loups ou les ours, mais les animaux ont bon dos ! Le plus souvent, ce sont les hommes eux-mêmes qui s'entre-dévorent. L'histoire du Pôle est truffée de cas d'anthropophagie célèbres. La banquise rend fou, c'est connu. Les humains ne sont pas faits pour affronter le désert blanc.

*

Quand Yuki s'en va sans dire un mot, son coffret d'aiguilles à la main, Peggy serre les dents. La jalousie l'épingle au creux de l'estomac, le souffle lui manque... Elle sait ce qui motive la Japonaise : le sport, le défi... Il est vrai qu'il y a quelque chose d'excitant à rendre l'envie de vivre à un homme ravagé par le chagrin. « Un garçon triste, c'est sexy », a lancé un jour une amie de collège. À l'époque, elle n'avait pas compris ; aujourd'hui, elle réalise combien c'est juste. Elle voudrait être celle qui arrachera Rolf Amundssen à ses fantômes, celle qui l'apprivoisera et parviendra à lui faire tourner les yeux vers l'avenir.

À d'autres moments, elle s'ébroue, retrouve sa lucidité et songe qu'elle est victime de fantasmes nés de l'oisiveté et de la claustration. Rien de plus. Elle n'est pas amoureuse du Suédois, c'est juste un leurre dans lequel son esprit torturé par l'ennui a choisi de mordre. Hélas, ces accalmies ne durent jamais bien longtemps, alors elle trouve refuge auprès d'Ignouk. Lui non plus n'aime pas beaucoup Yuki.

— Ton amie, grogne-t-il, elle n'arrangera pas les choses de cette façon. Les morts n'ont pas peur de ses petites aiguilles. Elle pourra en planter autant qu'elle veut dans peau du capitaine. Spectres renonceront pas à nager dans sillage du bateau. Je les ai vus. Birgit et Leif, la femme, l'enfant. Ils nagent avec leurs membres tout pâles. Ils nous suivent. Peut-être bien qu'ils vont finir par monter à bord pour venir chercher Amundssen. Ça se pourrait, oui, oui.

Peggy se retient de frissonner. Ailleurs, en un autre temps, autre lieu, l'histoire lui aurait fait hausser les épaules, mais ici, dans cette coquille de fer perdue au milieu du blizzard, elle la juge affreusement crédible. Déjà, elle imagine les deux noyés se hissant sur le pont et clopinant au long des coursives. La femme, les cheveux trempés se chargeant de longues stalactites de glace ; l'enfant, éberlué, la chair plus blanche que celle d'un poisson bouilli... Dieu ! Quelle imbécillité ! Des poncifs de film d'épouvante.

— Ils vont venir, continue Ignouk, content d'avoir obtenu son petit effet. Ils s'en prendront aux passagers. Ils les jetteront par-dessus bord, les uns après les autres, jusqu'à ce qu'ils se retrouvent seuls avec Amundssen, pour régler leurs comptes entre eux. Oui, oui, je le sais.

Des contes à dormir debout, se répète Peggy, *comme en chuchotent les adolescents autour des feux de camp, les nuits d'été, après avoir fait griller de la guimauve.*

Malgré elle, en quittant la cuisine, elle marche vers la poupe pour scruter la mer à l'arrière du cargo. Il neige trop, elle ne distingue pas la surface de l'eau. Elle se traite d'idiote mais ne peut s'empêcher de penser à ces pas claudicants la nuit dont l'écho peuple les coursives. *Et s'ils étaient déjà à bord ?*

Elle se dit qu'elle est peut-être en train de basculer dans la folie. Les psychologues ont l'habitude de répertorier cette affection sous le terme de *cabin fever*. Ils estiment que certaines personnalités y sont plus exposées que d'autres et peuvent très vite perdre contact avec le réel.

La jeune femme regagne sa cabine. Elle voudrait

qu'il se passe quelque chose, n'importe quoi, mais que cette attente cesse enfin.

8

Le soir, Yuki tire de ses bagages un magnétophone minuscule dans lequel elle insère un disque brillant. Quand elle appuie sur la touche LECTURE, une voix lointaine s'échappe du haut-parleur. Une voix d'homme qui s'exprime en japonais au milieu d'un concert de parasites.

— C'est mon père, murmure la jeune femme. C'est son dernier message tel qu'il a été capté par le satellite de télécommunication.

— Que dit-il ? demande Peggy.

— Il explique que l'avion a été saboté, il donne ses coordonnées, souffle Yuki. Il annonce qu'il va essayer de se poser sur la banquise.

Elle repasse l'enregistrement, encore et encore. Le timbre de l'homme est viril, nullement effrayé. Sans trop savoir pourquoi, Peggy s'attendait à un chevrotement de vieillard. Où est-elle allée pêcher ça ? Resterait-elle prisonnière des éternels clichés du savant à barbiche blanche ? Après tout, le père de Yuki n'a guère plus de cinquante ans... C'est un homme dans la force de l'âge, sûrement séduisant si l'on en juge d'après les traits de sa fille.

Yuki s'allonge sur sa couchette, pose le magnétophone sur son ventre, ferme les yeux... et réécoute les derniers mots du disparu. Cette litanie devient vite insupportable. Peggy se lève et s'en va, incapable d'endurer une audition de plus.

*

Dans la nuit, l'alimentation électrique des cabines est coupée de manière inexplicable. Les sacs de couchage thermiques s'éteignent ; quant au chauffage, il s'arrête purement et simplement. À une telle latitude, il n'en faut pas davantage pour assassiner quelqu'un durant son sommeil. Peggy, qui par chance ne dormait pas, consulte le thermomètre. Il fait – 20 °Celsius dans la cabine. À tâtons, elle branche l'une des batteries. Le téléphone intérieur ne fonctionne pas non plus. Elle tape du poing contre la paroi pour réveiller Yuki. Si la Japonaise a pris des somnifères, elle pourrait très bien mourir de froid sans même en avoir conscience.

Peg claque des dents. Elle enfile sa combinaison en grelottant. *On a essayé de nous tuer*, pense-t-elle avec effroi.

C'est très facile, il a suffi de tourner une manette, d'ôter un fusible...

Elle passe dans le couloir et tambourine à la porte de sa compagne. Yuki ne répond pas. Alarmée, Peggy sort son couteau multilame et s'en sert pour faire sauter le loquet. La couchette est vide.

Merde, siffle-t-elle entre ses dents. *La salope...*

Elle vient de comprendre que la Japonaise est chez Rolf. *Dans le lit de Rolf.* La séance d'acupuncture a dû dégénérer en massage plus approfondi. Elle en est mortifiée. Par réflexe, Peggy actionne l'interrupteur. La lumière jaillit. Ici, le chauffage fonctionne. Le sabotage ne visait donc qu'elle seule. Mais qui donc aurait intérêt à ce qu'elle meure de froid dans son sommeil ? A-t-on voulu lui donner une leçon ? S'amuse-t-on à la terroriser ? Elle voit défiler les visages d'Ignouk, et des matelots... mais elle pense également à Yuki. Elle imagine très bien la belle Asiatique prenant plaisir à effrayer ses servantes.

Elle remonte la coursive et localise bientôt la boîte de connexion. Rebrancher les fusibles ne lui prend qu'une seconde.

Si j'avais été sous somnifères, pense-t-elle, *l'hypothermie m'aurait tuée sans que j'en aie conscience.*

C'est souvent de cette manière qu'on passe de vie à trépas au Pôle Nord. Elle regagne sa cabine en claquant des dents. Elle plonge dans son sac de couchage sans se déshabiller. Il lui semble qu'elle ne réussira jamais à se réchauffer. Elle se dit qu'elle doit puer. Elle n'a pas pris de douche depuis que le navire a levé l'ancre.

Elle ne parvient pas à se rendormir. Des images l'assaillent : Yuki penchée sur le corps nu et blanc de Rolf Amundssen. Yuki et ses petits seins dressés de très jeune femme...

Elle se traite d'idiote, de collégienne en chaleur.

Elle entend Yuki rentrer très tard. Alors, seulement, elle ferme les yeux et s'endort.

9

La neige ne tombe plus. Les matelots dégagent le pont en cassant à coups de masse les plaques de glace qui se sont formées sur les écoutilles. Ils n'ont pas l'air de bonne humeur et chuchotent entre eux.

Ignouk fait passer des gobelets de thé brûlant. Certains y font dissoudre de la graisse de phoque rance. Ici, il est important de manger gras, seuls les apports lipidiques protègent des basses températures. En outre, il convient d'éviter d'absorber des aliments froids car l'organisme s'épuise à les réchauffer. *Manger froid fatigue*, Peggy connaît désormais ce théorème par cœur.

Amundssen a mis le navire en panne. Il a décidé d'aller dynamiter un iceberg qui croise à deux encablures du cargo. Yuki a protesté, cela va leur faire perdre du temps, mais Rolf a haussé les épaules. Il se fiche pas mal des caprices de la Japonaise. Il entasse de la dynamite dans un canot. Au comble de la fureur, Yuki l'injurie dans sa langue natale. Peggy identifie le mot *Baka*, qui n'a rien de très valorisant.

— C'est son métier, plaide Ignouk. Il faut casser les montagnes flottantes, ça les fait fondre plus vite.

Peg regarde Rolf s'éloigner à la rame, seul, le cordon Bickford roulé sur l'épaule. Si les matelots voulaient se mutiner, il leur serait facile de le faire maintenant, pendant que le capitaine est loin du navire. Un cargo, cela peut se revendre sans mal à un épaviste de la mer qui le maquillera avant de le remettre dans le circuit. Peg a envie de crier à Amundssen de revenir. Elle ne se sent pas en sécurité au milieu des hommes d'équipage aux regards fureteurs. Un bateau et deux femmes, ce serait un beau butin, à n'en pas douter. Pendant une minute, elle sent que l'idée est dans l'air. La tentation bourdonne comme une guêpe prisonnière d'un verre retourné. Elle voit les marins s'interroger du regard. *Oui ? Non ?* Qu'est-ce qui les retient ? La personnalité de Rolf, sûrement. Ils ont peur de lui. Peur d'Ignouk, également, le chaman déguisé en cuisinier, et de ses diableries. Ils piétinent, grognent, les orteils au bord du gouffre. Ont-ils entendu Yuki crier de plaisir dans la cabine du capitaine ? Ce détail a avivé leur colère. L'équipage n'aime guère découvrir que le commandant s'envoie en l'air alors que lui-même en est réduit à la plus stricte abstinence.

Pendant un instant, Peggy les voit sur le point de passer à l'action. Il suffirait de peu de chose pour les décider. Que l'un d'eux prenne l'initiative, entraînant les autres. Mais personne ne se décide.

L'explosion les fait tous sursauter. L'iceberg est en train de se fendre en deux dans un grand geyser de poudre blanche. La montagne flottante s'éboule sur elle-même. Déjà, Rolf amarre son canot à l'échelle de coupée.

Peggy pousse un soupir douloureux. Elle se rend compte qu'elle est en sueur.

10

Il arrive à Peggy de passer des journées entières dans un état d'hébétude suspect, au point qu'elle se demande si Ignouk ne s'amuse pas à saupoudrer la nourriture de produits hallucinogènes. Elle perd alors la notion du temps, les heures semblent se contracter en un clignement de paupières, les secondes s'étirent à l'infini.

À Sanashtawa, l'embarquement s'est fait avec une telle précipitation qu'aucune des deux jeunes femmes n'a pensé à faire provision de lecture. Elles se retrouvent aujourd'hui confrontées à l'ennui terrible des voyages en cabine. Peg, après avoir fouillé en vain les alentours, a mis la main sur un paquet de revues pornographiques défraîchies, une bible volée dans un hôtel, et un manuel de mécanique rédigé en chinois. Pas de quoi se meubler l'esprit.

Yuki a été répudiée... c'est du moins ce que Peg se plaît à penser. En réalité, elle n'est même pas certaine qu'il se soit passé quelque chose entre le capitaine et la belle Japonaise. Ce serait bien dans le style de Yuki de s'appliquer à créer de fausses évidences. Comment savoir ? Cette fille est insaisissable. Elle parle très peu, et quand elle ouvre la bouche, c'est pour vanter les mérites de son père. Un père qu'elle a, au demeurant, rarement côtoyé durant son enfance européenne. Quoi qu'il en soit, Yuki ne découche plus, et la trousse contenant les aiguilles d'acupuncture reste désormais dans sa valise. Peg n'ignore pas qu'elle a tendance à diaboliser sa compagne de voyage, mais elle ne peut s'en empêcher. Cette fille l'agace avec ses silences, ses regards hautains, ses calculs griffonnés d'une écriture en pattes de mouche.

Et puis il y a le rituel de la cassette... les derniers mots du disparu nasillant dans le haut-parleur du magnétophone. Cela finit par former une comptine étrange qui résonne de l'autre côté de la cloison. Yuki les écoute dix, quinze fois d'affilée. Mais comment lui en vouloir ? Peggy, si elle possédait des enregistrements où se trouverait mémorisée la voix de sa sœur assassinée, les écouterait sans doute aussi fréquemment.

*

Sous un prétexte futile, Rolf l'a fait monter dans la timonerie. Il avait envie de parler. Il ne lui demande pas son avis, il veut simplement qu'elle reste plantée dans un coin du poste à l'écouter. Il a besoin d'une oreille docile, capable de supporter son monologue sans faillir. Quand il dévide ses souvenirs, il enjolive niaisement, comme dans un roman rose. Peggy, à deux ou trois reprises, a manqué de lui dire que la situation n'était sûrement pas aussi simple. Elle commence à se faire une bonne idée de Birgit. Une petite routarde n'ayant pas froid aux yeux, et qui, au lieu de se diriger vers la Californie, a préféré l'Alaska, les dures réalités du Pôle. L'âge de raison lui est venu avec la naissance de l'enfant, comme la plupart des mères, et, soudain, son regard a changé. Elle a considéré sa vie avec Rolf d'une manière nouvelle. L'aventure est devenue synonyme d'instabilité. Témérité s'est mis à signifier immaturité. Elle n'a plus éprouvé aucune excitation à tout remettre en jeu d'un jour sur l'autre. Désormais elle avait un but dans la vie, et Rolf ne l'a pas compris. Rolf empêtré dans ses défis machistes d'éternel adolescent...

Si elle n'était pas morte elle t'aurait quitté, mon pauvre vieux, pense méchamment Peggy. *Vous ne rouliez plus à la même vitesse, elle et toi. Vous n'aviez plus les mêmes priorités.*

Elle fixe le profil d'Amundssen. S'en doute-t-il seulement ? Oui, probablement, mais la catastrophe est tombée à pic, il lui a permis *in extremis* de préserver son beau roman d'amour. Deux jours de plus et Birgit faisait sa valise. La banquise l'a avalée au bon moment.

Dix ans qu'il remâche un conte à dormir debout dont il n'est peut-être même pas dupe ! Peg a un peu pitié de lui.

— Votre amie, lance soudain Rolf, la tirant de ses

pensées, c'est une enfant gâtée, elle ne veut rien entendre.

— De quoi parlez-vous ? balbutie Peg.

— Les coordonnées du crash, reprend le Suédois, je lui ai expliqué dix fois que ce ne sont pas celles d'une banquise. Si vous les reportez sur une carte, vous verrez que le point déterminé se situe en pleine mer. Cela signifie que l'avion s'est posé sur un iceberg tabulaire. Un morceau de glace plat, géant, et à la dérive... Il peut se trouver n'importe où aujourd'hui. Vous comprenez ?

— Je crois, murmure Peggy. C'est comme un radeau. Un radeau gigantesque porté par les courants.

— Exactement, confirme Amundssen. Malgré cela, Yuki s'obstine à exiger que nous ralliions le lieu du crash. Pas moyen de lui faire entendre que ce lieu a changé... Pire, qu'il change toutes les heures. Quand on essaye de lui expliquer ce phénomène, elle se braque. C'est une petite personne qui n'a pas l'habitude qu'on lui dise non, n'est-ce pas ?

— Je ne sais pas, lâche la jeune femme. Je ne la connais pas. Je ne suis que son employée, comme vous. Elle nous paye pour un service, rien de plus.

Pendant qu'elle parle, une pensée sournoise s'insinue en elle. Elle se demande soudain si, après avoir eu Yuki, Rolf n'essayerait pas de l'avoir, elle...

Et si toutes les pleurnicheries du Suédois n'étaient en fait qu'une parade de séduction, un simulacre pour attirer les femmes ? Elle se raidit. Elle ne veut pas passer après Yuki. La bonniche après la patronne, non, pas question.

— Essayez de la raisonner, persiste Amundssen. Faites-lui entendre que le but de notre quête se déplace sans cesse. Ce n'est pas un point fixe. Cet iceberg tabulaire, c'est un peu l'histoire de la savonnette qu'on tente d'attraper avec des mains mouillées, sous la douche.

— Croyez-vous que son père puisse être encore en vie à l'heure qu'il est ? s'enquiert la jeune femme.

Rolf hausse les épaules.

— S'il n'a pas été blessé lors du crash et s'il a des notions de survie, pourquoi pas ? marmonne-t-il. Il a pu se fabriquer un igloo. C'est très facile de chauffer un igloo dès lors qu'il est bien maçonné. On peut y brûler de l'huile dans une boîte de conserve. Si l'avion n'a pas pris feu lors de l'impact, le type a pu récupérer du carburant dans les réservoirs, ou vidanger l'huile dans différents circuits. Il dispose donc d'une réserve de combustible impressionnante, de quoi chauffer une tribu d'Esquimaux pendant un an !

— Et pour la nourriture ?

— S'il n'est pas manchot, il peut pêcher, ou ramasser du krill en se fabriquant un filet. Il peut également bricoler un piège à phoque. Moins élégant, mais encore plus efficace, il peut manger les passagers qui voyageaient avec lui.

Peggy grimace.

— Ne jouez pas les pucelles, grogne Amundssen. On préfère passer ça sous silence, mais c'est très fréquent en cas de naufrage. Évidemment, après coup, personne ne s'en vante. L'avantage du froid, c'est que les corps se conservent très bien. Il suffit de les couper en quartiers et de les laisser à l'extérieur. Ils prennent aussitôt la consistance de la pierre. On ne décongèle que ce qu'on veut consommer. Ce mec, ce génie de l'informatique, il avait un pilote et un copilote. C'est plus qu'il n'en faut. Avec une telle réserve, il peut se nourrir pendant des mois. Vous savez, en Alaska, lorsqu'on laisse un morceau de viande dehors pendant l'hiver, il faut le débiter à la tronçonneuse si l'on veut en cuisiner une tranche. Rien ne pourrit.

— Donc, abrège la jeune femme, le père de Yuki pourrait très bien avoir survécu. Cela ne vous paraît pas invraisemblable.

— Non, confirme le Suédois. Tout dépend s'il a été ou non blessé lors du crash. Il est raisonnable d'espérer. Le vrai problème, c'est de savoir où il est en ce moment, et combien de temps l'iceberg tabulaire restera entier. Si l'île de glace se fragmente, s'émiette brusquement, il est foutu. Il suffit parfois d'une grosse vague, d'une collision, et la plaque se fend par le milieu. C'est comme un puzzle qui exploserait dans tous les sens.

*

Peggy essaye d'aborder le sujet avec Yuki, mais, aussitôt, la jeune femme se rétracte, s'accroche à ses convictions intimes. À l'écouter, elle est presque en contact télépathique permanent avec son père. Elle délire, elle puise dans le grand foutoir irrationnel de la parapsychologie pour se rassurer. À bout d'arguments, elle exhibe tout de même un boîtier noir sur lequel palpite une lumière rouge.

— C'est un détecteur de balise, explique-t-elle. Mon père porte un émetteur autour du cou. Dès que nous serons à moins de cinquante kilomètres de lui, cet appareil sera pris de folie et l'ampoule se mettra à clignoter de plus en plus vite. Vous voyez, nous n'en sommes pas réduits au seul hasard. N'écoutez pas les propos d'Amundssen, c'est un raté et un défaitiste.

*

Tout à l'heure, quand Peggy a voulu grimper dans la timonerie, elle a découvert Ignouk à la barre.

— Où est le capitaine ? a-t-elle demandé.

— Fait retraite, a grogné l'Esquimau. Toi pas aller le déranger.

— Qu'est-ce que tu racontes ? a sifflé la jeune femme. Quelle retraite ? De quoi parles-tu ?

Le chaman a eu son sourire torve.

— Rolf besoin de méditer, a-t-il répondu en faisant mine d'avoir de la difficulté à s'exprimer.

Peggy connaît son truc. Dès qu'on l'entraîne sur un terrain brûlant, le cuisinier se met à parler « petit nègre ». À force de le tisonner, elle a fini par comprendre qu'Amundssen est sujet à des crises subites le poussant à s'isoler. Il délaisse alors ses responsabilités et se terre au fond de la cale, en un lieu dont il a fait son jardin secret. Ces poussées cyclothymiques sont imprévisibles. Un bref moment d'exaltation peut être suivi d'une longue période de désespérance.

— C'est comme fièvre, a conclu Ignouk. Faut attendre qu'elle retombe. Alors je tiens la barre. Pas avoir peur, Ignouk sait conduire la grosse barque de fer des Blancs.

Il en rajoute dans le folklorique pour se payer sa tête. Elle a envie de le gifler. Elle quitte la passerelle de commandement.

— Non, hurle soudain le chaman cessant de jouer au bon sauvage. N'y va pas. C'est dangereux. Il ne faut pas l'approcher quand il est dans cet état.

Elle décide de passer outre. Elle croit savoir où se cache Amundssen. Elle se rappelle la cale cadenassée non loin de celle où elle a entreposé son matériel de plongée. Elle ne restera pas les bras croisés à attendre que le capitaine daigne sortir de sa camisole de force, non... Elle veut voir ça de plus près.

Elle s'oriente à travers les coursives et descend dans le ventre du navire. Certaines sections sont plongées dans l'obscurité totale, l'éclairage étant à cet endroit défaillant. Il faut alors se résoudre à progresser en aveugle, les mains tendues. Le fracas des machines fait vibrer les tôles et certaines conduites laissent fuir de la vapeur sous pression. Peggy ralentit et prend soin de se déplacer à l'abri des zones de ténèbres. Elle voit tout de suite le cadenas sur le sol, la chaîne qui pend. On a libéré l'accès de la cale interdite. Doit-elle réellement continuer ? Que s'attend-elle à trouver ?

Une fumerie d'opium privée, songe-t-elle, *un matelas déroulé sur le sol, des pipes... et Rolf qui tire sur le bambou jusqu'à sombrer dans l'hébétude.*

Au contraire des autres drogues, l'opium vous fait glisser dans un puits d'anesthésie douce, un non-être délicieux. Elle a la conviction qu'Amundssen s'isole pour fumer en cachette. Elle renifle. Elle a beau insister, nulle part elle ne réussit à détecter le relent douceâtre et résineux du pavot. La curiosité la torture. Elle n'est plus capable de faire demi-tour. Lentement, elle se glisse vers la porte métallique en se demandant si elle sera capable de l'entrebâiller sans attirer l'attention du capitaine. Elle vérifie que les gonds sont bien graissés, et pose la main sur la manette de verrouillage. Doucement, elle fait jouer le loquet de fer et pousse le battant.

La cale interdite est violemment illuminée. Au milieu du vaste espace jadis réservé au fret, il y a maintenant un jardin, et une jolie petite maison.

11

Peggy reste quelques secondes frappée de stupeur. Elle ne peut y croire. Le sol de la soute est tapissé d'une moquette plastifiée verte, imitant l'herbe. Sur les parois, on a peint un ciel bleu, naïf, parsemé de gros nuages floconneux. Une barrière blanche entoure ce jardin factice. Une boîte à lettres en tôle, le drapeau relevé, attend le passage d'un improbable facteur.

La jeune femme retient son souffle. La maison est du type préfabriqué. C'est probablement celle que la famille Amundssen habitait à terre... ou plutôt celle dont rêvait Birgit, lasse des déambulations océanes de son mari. La bâtisse — murs blancs, volets bleus — pourrait sortir d'un dessin animé de Walt Disney. C'est l'exemplaire type « famille heureuse » à commander dans le catalogue du bonheur par correspondance. Rolf a dû la faire livrer en grand secret et l'assembler lui-même, au prix d'immenses difficultés. La cale a les dimensions d'un terrain de volley-ball, et la maison y tient à l'aise. Tout autour, le jardin est encombré de jouets laissés à l'abandon : tricycle rouge vif, ballon, animaux en plastique gonflables, trompette... Peg note également la présence d'une balançoire. Elle a l'impression de se tenir dans la coulisse d'un théâtre, et de regarder le décor dressé sur la scène. Tout lui semble si étrange que la naïveté de l'arrangement prend un aspect inquiétant. Le ciel peint, la fausse pelouse, la boîte à lettres... C'est comme si elle venait d'entrer de plain-pied dans un dessin d'enfant. En même temps, elle est hypnotisée et ne peut résister au besoin de s'approcher de la bicoque.

Amundssen n'est pas visible. Elle repère un fauteuil à bascule sur la véranda, un nécessaire de fumeur sur une petite table en bois blanc : pipe, blague à tabac. *Les outils de la sérénité retrouvée ?*

Elle se fait l'effet d'une cambrioleuse s'apprêtant à fracturer la maisonnette des sept nains, ou de la famille Ours. Qui est-elle vraiment ? Blanche-Neige ou Boucle d'Or, la pince monseigneur à la main.

Le faux gazon crisse sous ses semelles. Sous l'effet du roulis, le tricycle avance et recule comme s'il était chevauché par un fantôme. Peggy grimace, elle est nerveuse. Alors qu'elle enjambe la barrière, une voix de femme s'élève, la faisant sursauter :

— Rolf, dit-elle, n'oublie pas de ramener du lait et des jus de fruits.

Un gosse se met à hurler.

— Leif, tais-toi, lance la femme, je parle à Papa.

— Papa, papa... répète mécaniquement le mioche.

— Rolf, merde, crache la voix féminine un ton plus bas. Où es-tu encore passé ? Tu sais bien que j'ai horreur de parler à cette foutue machine.

Un déclic annonce qu'elle a raccroché. Peggy pousse un soupir de soulagement. Elle comprend qu'elle vient d'entendre l'enregistrement d'un message laissé sur un répondeur. Pendant une seconde elle a réellement cru que Birgit se cachait à l'intérieur de la maison, et ses cheveux se sont dressés sur sa tête.

Déjà, un autre message résonne, utilitaire, comme le premier.

Bon sang ! pense Peg, *il écoute les vieilles cassettes de son répondeur pour entendre les voix de sa femme et de son fils. Il a dû les repiquer sur une bande spéciale qui les passe en loop, ou encore les faire graver sur un CD.*

Elle s'immobilise, le souffle court. À la fois émue et effrayée. Son cœur bat à tout rompre. La restitution des voix est excellente, et, l'espace d'une seconde, elle s'est imaginé que Birgit allait s'avancer sur le seuil ou que... En fait, elle ne sait pas trop bien à quoi elle a pensé à cet instant précis, mais un spasme de pure panique l'a secouée de haut en bas.

C'est cet abruti d'Ignouk, songe-t-elle. *Lui, et ses histoires de fantômes.*

Elle est mal à l'aise, taraudée par l'impression de violer un sanctuaire, un sépulcre. Elle se dit qu'elle ferait mieux de rebrousser chemin, qu'elle n'a pas le droit d'être là. Cette maisonnette enfouie dans les entrailles du cargo, c'est le jardin secret de Rolf Amundssen, le seul médicament qui lui permet d'apprivoiser la douleur. Elle n'a pas à s'en mêler.

Les volets sont ouverts, elle se colle contre la façade et risque un œil à l'intérieur. La bicoque est meublée dans un style très convenable. *Très convenu*, estime Peggy. Ce n'est certes pas là l'ameublement d'une aventurière du Pôle, mais sans doute faut-il y lire la volonté qu'a eue Birgit de refaire sa vie ? de tourner la page ?

Le salon est la copie conforme de millions de salons comme on peut en commander sur catalogue, standardisés, proprets, dépourvus de la moindre fantaisie. On y chercherait en vain une trace de décoration rocambolesque, genre espadon empaillé, harpon, mâchoire de cachalot, peaux de loup, et toute la quincaillerie dont on peut aisément remplir l'antre d'un bourlingueur professionnel. Ici, dans cet îlot de folie enfoui dans la cale d'un navire dérivant au milieu des glaces, tout n'est que napperons amidonnés, fleurs en plastique, canapés roses et peintures d'Elvis sur velours fluorescent. Un intérieur américain parmi tant d'autres. Rolf est là, effondré sur un sofa. Il porte un T-shirt et un short blanc car il fait très chaud dans la cale. C'est à croire que tout le chauffage du cargo est concentré ici, au détriment du reste du bâtiment. Peggy transpire d'abondance dans sa combinaison. Elle se sent sale, gauche, empaquetée. Elle envie le Suédois, avec sa tenue décontractée, ses pieds nus. Il dort... Du moins, il ne semble pas conscient. A-t-il pris quelque chose ? Un hypnotique ? Un quelconque hallucinogène concocté par Ignouk ?

De nouveau, la voix de Birgit surgit de la chaîne stéréo, diffusée dans toute la maison par un jeu de haut-parleurs. L'enfant lui succède, il bredouille quelque chose d'incompréhensible, chante les premières paroles d'une rengaine. « Dis bonjour à Papa... Dis à Papa qu'il doit rentrer à l'heure », ajoute Birgit en fond sonore.

Peggy s'enhardit. Elle entre par l'une des portes-fenêtres. Amundssen transpire. Il rêve. Il murmure des mots en suédois. La jeune femme fait le tour du salon, s'engage dans un couloir. Il y a une chambre conjugale dont l'armoire déborde de robes très convenables. Il y a une chambre d'enfant décorée de personnages de dessin animé. Tout est impeccablement rangé, épousseté. Dans la cuisine, trois couverts sont mis, les serviettes coincées dans des ronds de bois sur lesquels on a gravé : *Papa, Maman, Leif...*

La maison a-t-elle un jour été habitée, ou bien n'est-ce qu'un décor constitué après coup, après le drame ? Sa famille engloutie, Amundssen s'est-il enfin décidé à construire en secret l'habitation de rêve qu'il avait toujours refusée à Birgit de son vivant ? Possible.

Les vêtements lui semblent trop neufs. Il suffit de les palper pour constater qu'ils n'ont jamais subi le moindre lavage. *Petites offrandes pour apaiser les morts...* pense-t-elle tandis que la chair de poule lui couvre les bras.

Que cherche-t-elle ici ? Elle n'en sait rien. C'est comme si elle visitait le cerveau d'un fou, chaque couloir empruntant les méandres d'une circonvolution cérébrale. Voilà donc ce que Rolf Amundssen a dans la tête : le rêve perdu de sa défunte femme.

Dans la chambre de l'enfant, elle ouvre les tiroirs qui se révèlent remplis de crayons de couleurs, de boîtes de peinture entamées. Les dessins s'empilent en vrac, froissés. Des gribouillis de gamin, mais effroyablement sombres. Peggy, qui s'apprêtait déjà à faire demi-tour, fronce les sourcils. Pas besoin d'être psychologue pour deviner que l'enfant qui a fait ces barbouillages n'allait pas bien.

Elle feuillette les pages amidonnées par trop de gouache. Un bateau noir vogue sur une mer gris foncé. Sur le pont d'un navire, une créature grimaçante semble monter la garde. Sur sa tête, une casquette (de capitaine ?). Représente-t-elle Rolf Amundssen ?

Les dessins se révèlent tous inquiétants, comme si le gosse avait peur de la mer, peur du cargo.

Sa mère a dû lui communiquer son dégoût de la vie maritime, diagnostique Peggy. *Il en a conçu une angoisse terrible pour ce qui s'y rattachait.*

Sur la dernière feuille de papier, le capitaine grimaçant se tient à la proue du navire, la mère (?) et l'enfant (?) à la poupe. On ne peut pas être catégorique, bien sûr, mais l'interprétation est tentante. Leif savait que la situation se dégradait entre ses parents. Pour lui, le cargo symbolisait le lieu de l'affrontement familial, la prison où son père voulait les tenir enfermés.

Peg referme doucement le tiroir. Rolf vient-il ici, plie-t-il son grand corps en trois pour s'asseoir devant le petit pupitre, lit-il sa condamnation dans les dessins de son fils ? Ce doit être dur à vivre.

Quelque part, dans la chambre à coucher, il existe peut-être un journal intime tenu par Birgit qui, pareillement, le charge de toutes les fautes. L'apprend-il par cœur, pour se fustiger, pour boire le calice jusqu'à la lie ?

Peggy sort de la maison en frôlant la boîte à lettres gonflée à bloc. Des factures, des journaux, un magazine... en tombent. Tous vieux d'une dizaine d'années.

C'est le courrier qui l'attendait lorsqu'il a regagné la terre, après le naufrage, songe-t-elle.

C'en est trop. Elle bat en retraite. Elle crève de chaud et craint de tomber en syncope. Il doit faire 30 °Celsius dans la cale et elle est habillée pour supporter une température de 40° au-dessous de zéro. Elle prend la fuite. Rolf ne s'est pas réveillé.

Au moment où elle sort de la cale, elle se heurte au cuisinier-chaman. Cette fois, l'Esquimau ne sourit pas.

— J'espère qu'il ne t'a pas vue, halète-t-il en la saisissant durement par le bras. Tu n'avais pas le droit... C'est son temple. C'est là qu'il fait offrandes à ses morts.

— Il est drogué, riposte Peggy. Tu lui as encore fait avaler une saloperie de ton invention, n'est-ce pas ?

Ignouk ignore sa question. Il continue de discourir :

— Il vient ici pour établir contact avec ses fantômes. Obtenir trêve. La maison, c'est cadeau pour les morts, apaisement.

La jeune femme se dégage.

— C'est toi qui lui as conseillé de la bâtir ? demande-t-elle.

— Oui, proclame le chaman avec fierté. Morts sans sépulture très dangereux parce que toujours en colère. Ils veulent habitation, tombeau. Maison où se reposer. Birgit et l'enfant détestent être au fond de la mer. Tu ne comprends pas. Si Rolf ne parvient pas à signer traité avec eux, ils nous détruiront. Je les sens tout proches. Ils sont à bout. Si nous ne les apaisons pas, personne ne reviendra vivant de cette traversée.

Peggy voudrait ricaner, elle n'y réussit pas. Elle comprend soudain que le cuisinier-sorcier, sous ses airs folkloriques, exerce une terrible emprise sur l'esprit tourmenté de Rolf Amundssen.

Il lui fait faire ce qu'il veut, pense-t-elle avec une pointe d'angoisse.

Elle s'enfuit presque. Ses semelles emplissent les coursives d'un fracas métallique qui domine le bruit des machines. Elle a besoin de parler à quelqu'un. Elle entre chez Yuki et lui raconte son aventure.

— Vous les Blancs, accuse l'Asiatique, vous avez le plus grand mal à entretenir des rapports sains avec vos morts. Chez nous, les défunts sont des amis, des conseillers. Ils interviennent depuis l'au-delà pour aider les membres de leur famille. Ce sont des complices invisibles... des avocats d'outre-tombe, des *coaches.* Les Blancs, eux, ont peur de leurs morts. Ils les détestent, ils les soupçonnent de vouloir se venger. Ils les fuient. La conduite de Rolf ne me choque pas. Il tente une médiation, un *deal* avec les limbes...

Peggy n'insiste pas. Yuki est-elle en train de se moquer d'elle ? Elle en doute mais, un peu vexée, elle se retire.

Une fois dans sa cabine, elle essaye de se laver sans ôter ses vêtements, avec un gant de toilette imbibé d'eau de Cologne. Sa lingerie est moite. Elle se dégoûte, mais il ne fait pas assez chaud pour courir le risque de prendre une douche. Elle ne peut pas se permettre de tomber malade.

*

Le cargo est en pilotage automatique. Ignouk n'est toujours pas remonté de la cale interdite. Que fabrique-t-il en bas ?

Plus le temps passe, plus la traversée devient cauchemardesque. Peggy pense sans arrêt au jardin secret enfoui dans la coque du vaisseau, à cette oasis de chaleur enkystée au milieu des glaces. N'y avait-il pas des palmiers factices aux abords du bungalow ? Dans quel coin Birgit avait-elle souhaité s'installer ? En Floride ? En Californie ?

*

Un matin, Rolf daigne enfin émerger des tréfonds de son fantasme. Il est impassible, lointain, comme d'habitude. À bout de nerfs, Peggy a envie d'aller lui demander comment s'est passée son entrevue diplomatique avec les morts, s'il a réussi à signer un traité.

Le soir même, pendant qu'elle dort, le sac de couchage électrique de la jeune femme prend feu. Elle s'en sort par miracle et étouffe l'incendie naissant avec une couverture. Jusqu'à l'aube, une question va danser dans son esprit : *Défaut technique ou sabotage ?*

12

Une chose devient évidente : Ignouk est en train d'assurer son emprise sur l'esprit de Rolf. De plus en plus fréquemment, l'Esquimau délaisse ses fourneaux pour s'enfermer dans la timonerie, en compagnie du capitaine. Là, il lui parle. Peggy le sait pour avoir observé le mouvement de ses lèvres avec ses jumelles. Que lui raconte-t-il ? Quelles fariboles obscurantistes ? Le chaman a trouvé en Amundssen une recrue de choix, docile, prête à tout accepter pour obtenir la paix de l'âme. On peut tout craindre d'une telle association. Plus le temps passe, plus le cuisinier se dépouille de son déguisement bonasse. Il ne joue plus au sympathique lourdaud désormais, et ne se donne pas davantage la peine de sourire. Son visage s'est changé en un masque de cuir énigmatique. On l'entend psalmodier dans la cambuse, et les matelots commencent à donner des signes d'affolement.

— Je ne sais pas ce que vous en pensez, lâche Peggy en essayant de capter l'attention de Yuki, mais je crois que nous ne contrôlons plus rien.

La Japonaise hausse les épaules.

— Du moment qu'il continue à nous emmener dans la bonne direction... murmure-t-elle sans lever le nez de ses calculs.

Le climat irrationnel qui s'est installé sur le vaisseau ne semble pas l'inquiéter outre mesure. Mais comment savoir ce qu'elle pense réellement ?

*

Amundssen a encore une fois disparu. Ignouk a pris sa place à la barre, dans le poste de commandement. Peggy est descendue dans la cale interdite. Comme la première fois, elle a trouvé Rolf drogué sur le canapé rose du salon, dans la petite maison dressée au milieu de la pelouse synthétique.

Elle s'est penchée sur son visage. Les mouvements rapides de ses globes oculaires montraient qu'il était en train de rêver. Elle a cru l'entendre prononcer le nom de Birgit. Elle en a profité pour reprendre l'exploration du bungalow. Dans la chambre à coucher, elle a longuement regardé les photographies de Birgit Amundssen dans leur cadre en bois vernis. Belle Suédoise, les cheveux de lin, la peau pâle semée de taches de rousseur. Quelque chose d'un elfe mais, dans les yeux, une expression butée qui ne présage rien de bon.

Elle se force à sourire, a pensé Peg. *Les choses ne vont déjà plus très bien entre elle et Rolf.*

Les yeux, très clairs, présentent un aspect inquiétant. Bien que très belle, Birgit a l'air d'une sorcière méditant de jeter un sort à celui qui est en train de la photographier.

Peggy n'aurait pas encadré ce cliché, elle lui trouve une dimension maléfique. Mais n'est-elle pas en train de se laisser contaminer par l'atmosphère délirante qu'Ignouk fait régner sur le cargo ?

Dans les tiroirs, elle trouve des lettres rédigées en suédois. Impossible de se faire une idée du contenu. Elle décide d'abandonner, cette perquisition ne mène à rien.

*

L'incident se produit dans le courant de l'après-midi. Manœuvrier médiocre, Ignouk n'a pas su négocier le parcours du bâtiment au milieu des glaces flottantes. Brusquement, le cargo se retrouve coincé entre deux icebergs tabulaires qui mesurent chacun deux cents mètres de long sur presque autant de large. Pas moyen de faire machine arrière, les turbines ne sont pas assez puissantes pour lutter contre la pression des plaques de glace.

Les matelots montent sur le pont et insultent Ignouk barricadé dans la timonerie. Cette fois, Yuki daigne enfin abandonner ses travaux universitaires pour aller s'accouder au bastingage.

— C'est grave ? demande-t-elle.

Peggy se retient de ricaner.

— Si la pression augmente, la coque risque d'éclater, répond-elle. Tout dépend si les courants vont chasser la glace loin de nous ou, au contraire, pousser les deux floes à s'entrechoquer. Dans ce cas, nous nous retrouverons très exactement entre les mâchoires de l'étau.

On entend crisser les bords de l'iceberg aplati contre la coque. Le bateau est engagé dans la lézarde séparant les deux tabulaires comme un minuscule coin d'acier. Il est évident qu'il ne résistera pas à la pression si celle-ci vient à augmenter.

Une altercation a éclaté entre Ignouk et les marins.

Pourvu qu'ils ne fassent pas sauter la chaudière en essayant de la pousser, songe Peggy.

Elle décide de descendre au jardin secret et de sortir Rolf de sa torpeur. Hélas, une fois en bas, elle a beau secouer le capitaine de toutes ses forces, il n'ouvre pas les yeux. Exaspérée, elle retourne sur le pont et somme Ignouk de lui ouvrir la porte du poste de commandement. L'Esquimau obtempère à regret.

— Qu'est-ce que tu lui as fait avaler ? gronde la jeune femme. Il est totalement *stoned.* Tu dois le réveiller. Il n'y a que lui qui pourra nous tirer de cette merde.

— Pas possible, fait le chaman, buté. Potion pour long voyage au pays des esprits. Capitaine parler avec les morts pour aboutir à compromis.

— Oh ! explose Peggy. Assez de folklore ! Descends et fais-lui prendre quelque chose. Tu veux que la coque se fende en deux ?

Le chaman secoue la tête.

— Moi, pouvoir rien faire, répète-t-il. Potion très puissante. D'ailleurs, impossible d'écarter les glaces puisque ce sont les fantômes qui les ont attirées sur nous.

— Foutaises ! grogne la jeune femme. Tu t'es planté, voilà tout. Tu n'as pas su prévoir que les deux plaques allaient se rapprocher et nous prendre en tenaille.

— Non, pas vrai, s'obstine le cuisinier. Le bateau pouvait passer, ce sont les morts qui ont poussé les tabulaires vers nous. Birgit et Leif, leurs spectres sont là, tout autour. Ils ne cessent de nous harceler.

— Merde ! coupe Peg. Ordonne aux marins de descendre l'échelle de coupée, je vais essayer de placer des charges explosives sur la banquise pour fragmenter la plaque. Avec un peu de chance, cela diminuera la pression et nous pourrons nous dégager.

— Pas faire ça, gémit Ignouk. Fantômes très en colère. Mieux attendre fin des négociations dans les limbes.

— Fais ce que je te dis ! hurle Peggy. Et donne-moi la clef de la soute aux explosifs.

Le chaman obéit en maugréant. Elle sort en claquant la porte. Pendant qu'Ignouk, par l'entremise du haut-parleur, explique aux matelots le sens de la manœuvre, elle descend dans le ventre du navire. Dès qu'elle est sous le pont, les crissements de la glace râpant la coque deviennent encore plus effrayants. On dirait qu'une armée invisible expédie des coups de bélier dans les tôles. Les échos métalliques emplissent toute la chaufferie. La jeune femme ne peut s'empêcher de scruter les parois.

Elle trouve enfin ce qu'elle est venue chercher. La sainte-barbe ne contient aucun matériel sophistiqué. Juste de la bonne vieille dynamite et du cordon Bickford. L'arsenal des mineurs et des chercheurs d'or de la grande époque. Peg n'est pas totalement inexpérimentée dans ce domaine. Jadis, quand elle fabriquait des architectures sous-marines pour parcs d'attractions immergés, elle a dû faire sauter quelques concrétions gênantes, des massifs coralliens le plus souvent. Cependant, elle utilisait alors des charges beaucoup plus sophistiquées, qu'on amorçait par radiocommande. Jamais elle n'a travaillé avec de la dynamite en bâtons.

Sur le pont, Yuki l'observe mais ne propose pas de l'aider. On a largué l'échelle de coupée tribord. La passerelle est festonnée de stalactites. Les marches semblent recouvertes d'une épaisse couche de cristal ou de résine transparente.

Surtout ne pas glisser, pense Peggy.

Elle explique à Yuki ce qu'elle va tenter. La Japonaise ne fait aucun commentaire. Peg descend lentement le long de la coque. Elle est très angoissée à l'idée de quitter le navire. Si les glaces s'écartaient brusquement, elle se retrouverait comme une naufragée sur une île déserte. De plus, elle est quasi certaine que personne ne se soucierait alors de venir la récupérer...

Elle poursuit sa descente, son fardeau détonant sur l'épaule. Elle saute de l'échelle et touche la banquise.

La glace a une odeur particulière, un peu terreuse, bizarre. Elle n'est pas transparente. Des lézardes la sillonnent, sa surface est accidentée et non plane. Des monticules, des collines la parsèment, comme si l'iceberg avait été aplani de manière toute approximative par une canonnade. L'ambiance est lunaire, Peggy ne s'y sent pas trop en sécurité.

Il suffirait d'une grosse vague, se dit-elle, *la plaque casserait en deux et je partirais à la dérive.*

Ce n'est pas une perspective enthousiasmante. Elle décide de faire vite, localise des lignes de faille et y enfourne ses charges par paquets de trois cartouches. Elle ne sait pas comment doser les répartitions. Elle n'a jamais été confrontée à ce type de situation. Si elle se trompe, elle risque d'endommager le navire, d'ouvrir une voie d'eau dans la coque. Elle estime que le tabulaire ne dépasse pas trois mètres d'épaisseur. Comme il est déjà fendillé, une explosion de puissance moyenne devrait achever le travail de dislocation.

Elle installe les mèches, déroule le cordon Bickford. Elle a choisi du brin à combustion lente pour avoir le temps de regagner le cargo. Vu la longueur, elle devrait disposer de trois bonnes minutes pour se mettre hors de danger. Le vent lui souffle au visage une poussière d'aiguilles de glace, et elle éprouve de la difficulté à travailler avec ses gros gants. Quand toutes les mèches sont rassemblées, elle les enflamme et se précipite vers l'échelle. Pendant qu'elle l'escalade, elle entend fuser la poudre des cordons derrière elle. Le Bickford est une valeur sûre, il a été conçu pour brûler dans les conditions les plus défavorables. Dans sa précipitation, Peg dérape sur les marches enrobées de glace et manque de dévaler la passerelle sur le ventre. Yuki pourrait l'aider, lui tendre la main... mais elle ne bouge pas, comme si tout cela ne la concernait pas vraiment.

Furieuse, Peggy se hisse sur le pont et se cramponne au bastingage.

— Ne restez pas là plantée comme une idiote, lance-t-elle à la Japonaise. Des débris de glace vont asperger le bateau. Vous voulez être décapitée ?

Sans ménagement, elle pousse l'Asiatique dans une coursive et referme la porte. Elle ne sait pas exactement ce qui va se passer. Les explosions font vibrer les tôles. Une... deux... trois... Voilà, c'est fini. Peg manœuvre le volant pour déverrouiller le battant métallique. Elle s'élance vers le bastingage. Elle est déçue. Les déflagrations ont ouvert de grands cratères et les fissures se sont élargies, mais l'iceberg ne s'est pas fragmenté.

Ça va venir, pense-t-elle, *les vagues vont achever de le disloquer. C'est une simple question de temps.*

De toute manière, elle ne peut plus prendre le risque de redescendre poser d'autres charges. Le tabulaire pourrait s'émietter brutalement à peine en aurait-elle foulé la surface.

— Pas très spectaculaire, ricane Yuki derrière elle.

Peg se retient de lui expédier une gifle.

*

Comble de malchance, la neige se met à tomber. Le bateau est toujours coincé entre les deux plaques de glace à la dérive. Peggy se répète qu'elle devrait tenter de dynamiter une nouvelle fois l'iceberg de tribord, mais s'aventurer dehors au milieu de la tourmente relèverait du suicide. Sur le morceau de banquise, elle pourrait se mettre à tourner en rond et tomber à la mer. On a coupé les machines pour économiser le fuel. Seuls les groupes électrogènes fonctionnent encore, assurant chauffage et lumière. Le cargo dérive, pris dans la tenaille des deux floes.

Tout d'un coup, alors que l'assoupissement la gagne, Peggy entrevoit une face inhumaine s'encadrer dans la découpe du hublot. Yuki pousse un cri et se redresse.

— C'est un ours, bafouille Peg. Bon sang ! il devait être caché sur l'iceberg. Il est monté à bord par l'échelle de coupée. Un ours blanc...

Elle n'est pas zoologue mais en connaît assez sur le sujet pour savoir que les ours blancs sont féroces et carnassiers. Ils s'attaquent aux loups, aux chiens et aux hommes sans la moindre hésitation, les mettant en pièces à coups de griffes. La bête a sûrement été attirée par les odeurs de nourriture qui flottent autour du vaisseau. Elle se morfondait sur le floe, attendant la mort... ce qui signifie qu'elle est affamée.

— Qu'est-ce qu'il fiche là ? gémit Yuki d'une voix suraiguë.

— Il devait se trouver sur la plaque quand elle s'est détachée de la banquise, chuchote Peg. Il a dérivé avec elle, vivant sur sa graisse. Maintenant il crève de faim. Il va vouloir se mettre quelque chose sous la dent.

Dehors, l'animal s'énerve. Il se dresse sur ses pattes postérieures et s'appuie sur la paroi métallique qui grince. On entend ses griffes crisser en éraflant les boulons. Quand il retombe, son poids fait trembler la passerelle. Peggy se demande s'il pourrait enfoncer la porte ou arracher le hublot. Probablement pas, mais comment sortir tant qu'il sera là ? Elle regrette de ne pas disposer d'une arme. Rolf possède un fusil ; il doit, en ce moment, se trouver cadenassé au râtelier de sa cabine.

Que se passera-t-il si l'ours décide de descendre dans la salle des machines ?

Cédant à la panique, elle l'imagine tuant successivement tous les matelots, puis s'abattant sur Rolf, prisonnier de son paradis artificiel. Ce scénario d'apocalypse n'a rien d'impossible.

L'ours grogne, enragé par les odeurs humaines qui lui parviennent à travers les cloisons. Il va et vient, se dressant parfois pour peser de tout son poids sur une porte. Heureusement, celles-ci sont en métal. Nous sommes sur un cargo, pas sur un navire de croisière. C'est ce détail qui sauve sans doute les deux jeunes femmes. Une porte en teck n'aurait pas résisté aux assauts furieux de l'animal.

La bête a du mal à se déplacer dans l'espace étroit des coursives. Sa fourrure brosse les parois, son odeur de suint saute aux narines.

— Il est parti ? demande Yuki, sur le qui-vive.

Elle est très pâle et, pour une fois, a perdu sa morgue habituelle.

— Je ne sais pas, avoue Peggy. S'il se met à se promener à travers tout le bateau nous ne sommes pas sorties de l'auberge. Il faudrait que quelqu'un se décide à se faufiler dans la cabine du capitaine pour récupérer un fusil. Seulement la clef du râtelier doit être accrochée au trousseau qu'Amundssen garde sur lui en permanence. Et ce trousseau est, en ce moment, dans la cale interdite...

Et cette cale est bien trop loin, beaucoup trop... Elle ne se sent pas le courage de descendre les coursives au risque de se retrouver nez à nez avec le fauve en maraude. Il l'éventrerait d'un coup de patte.

— Il faut patienter, murmure-t-elle. S'il ne trouve rien à manger, il va peut-être repartir comme il est venu.

— Ça m'étonnerait, riposte Yuki. Il va plutôt s'installer dans la cale et attendre que nous nous décidions à bouger. Nous ne pouvons pas rester éternellement bouclées. Il va falloir que nous mangions, nous aussi.

Elle a raison. Seul Ignouk, probablement barricadé dans la cambuse, est à l'abri de ce problème. Les autres, *tous* les autres, devront tôt ou tard se décider à mettre le nez dehors.

Peggy fait l'inventaire des réserves de la cabine. Elle ne rassemble qu'une tablette de chocolat, un demi-paquet de gâteaux et un sachet d'abricots déshydratés. Les matelots ne prendront pas l'initiative. Ils vont verrouiller les cloisons de séparation étanches isolant les cales les unes des autres, et demeurer là, accroupis près des moteurs. Ayant l'habitude de manger en bas, ils ont sûrement à leur disposition plus de vivres qu'elles. Du riz, du poisson séché, du pemmican... Peggy les a souvent vus ronger ces lanières de viande boucanée. Ils peuvent tenir plusieurs jours, tandis qu'elles...

Seul Amundssen peut débloquer la situation, à condition que l'ours ne lui tombe pas dessus alors qu'il est en pleine transe hallucinatoire.

— Et si vous alliez chercher un fusil dans la cabine de Rolf ? propose Yuki au bout d'un moment.

— Il y a une chaîne et un cadenas au râtelier, objecte calmement Peggy. Sans la clef adéquate, il me faudra la faire sauter avec une pince... or je n'ai pas davantage de cisaille que je n'ai de clef.

— Vous avez peur, siffle la Japonaise.

— Bien sûr, rétorque Peg. Vous croyez que j'ai l'habitude de me battre à mains nues avec les ours polaires ? Ces bêtes peuvent casser l'échine d'un chien de traîneau d'un revers de patte. Ce sont des tueurs. Tous les ours sont dangereux, mais eux le sont encore plus.

Yuki lui tourne le dos et se met à bouder. Peggy essaye de décrypter les bruits du navire, mais elle n'entend que le crissement de la banquise rayant la coque.

Une demi-heure s'écoule ainsi... puis un cri de terreur retentit, quelque part. Un marin s'est fait piéger... Yuki sursaute et se bouche les oreilles. Les hurlements de la victime cessent brusquement. Un bruit de reptation leur succède. Peggy comprend que l'ours est en train de traîner sa proie sur le plancher du couloir.

— Il va l'emporter dans sa cache, bredouille-t-elle. Je suppose qu'il va descendre du bateau pour retourner sur la banquise, dans sa caverne...

— Et quand il l'aura dévoré, hurle Yuki, il reviendra chercher quelqu'un d'autre. Nous allons lui servir de garde-manger !

Peg lui intime de se taire. L'animal est justement en train de passer devant leur porte. Elles l'entendent souffler, grogner. Il doit traîner l'homme par le bras ou la jambe, ses crocs plantés dans la chair jusqu'à l'os. Son odeur de bête sature l'atmosphère. Enfin, il s'éloigne, gagne le pont. Peggy se précipite vers le hublot. La glace qui recouvre le verre brouille sa vision.

— Il descend la passerelle de coupée, chuchote-t-elle. Il a attrapé quelqu'un...

Derrière elle, Yuki claque des dents.

Dans cinq minutes j'ouvre la porte et je file chercher Rolf, décide Peg.

Dès que le délai est écoulé, elle sort dans la coursive. À peine a-t-elle fait deux pas à l'extérieur qu'elle entend Yuki verrouiller la porte dans son dos. *Si je devais rentrer en catastrophe elle ne m'ouvrirait pas*, songe la jeune femme en réprimant la panique qui monte en elle. Son premier mouvement est de courir au bastingage. Elle distingue l'ours au loin, sur la banquise. Il marche à reculons, les mâchoires verrouillées sur la jambe droite d'un corps inerte. Le mort a laissé un long sillon rouge dans la neige.

— Il est parti ? lance Ignouk en passant la tête hors d'une écoutille.

Peg tressaille.

— Oui, répondit-elle. Il a pris quelqu'un.

— Motok, l'un des soutiers, précise le cuisinier. Cet idiot s'était caché dans placard à balais. Sorti trop tôt.

— Viens, ordonne Peggy, il faut remonter l'échelle de coupée. C'est par là que l'ours est grimpé.

Tous deux courent maladroitement sur le pont verglacé. Le sang du mort a déjà gelé. Lorsqu'ils atteignent la passerelle, ils réalisent qu'elle est prise dans la glace et qu'il est impossible de la bouger. Le gel l'a soudée à la coque, il faudrait casser les stalactites une par une, au marteau, avant de pouvoir actionner le mécanisme qui permet de replier l'échelle. C'est un travail au-dessus de leurs forces tant la glace est épaisse.

— Il faut distribuer les fusils, décide la jeune femme. L'ours peut revenir. Il est capital d'instaurer un tour de garde armé sur le pont.

Ignouk secoue négativement la tête.

— Capitaine pas vouloir qu'on donne armes aux marins, lâche-t-il. Peur mutinerie.

— Ignouk ! gronde Peggy à bout de patience. Assez de conneries ! Tu sais bien où est la clef. Va la chercher avant que l'ours ne revienne faire son marché sur le bateau. Et par la même occasion, essaye de sortir Amundssen de son trip à la mescaline.

L'Esquimau s'éloigne sans prononcer un mot.

Peggy n'est pas tranquille. Elle craint de voir revenir le fauve. Elle ignore tout de ce qui peut se passer dans la cervelle d'un tel animal. Et s'il se mettait en tête de se constituer une réserve de nourriture en repartant gaillardement à l'attaque ?

Tant que nous ne l'aurons pas tué ou que le cargo ne se sera pas dégagé, nous serons en danger, se dit-elle tandis que le vent la transperce jusqu'aux os.

Ignouk n'est toujours pas revenu. A-t-il peur de déranger Amundssen au beau milieu de ses tractations avec les spectres ? Ou bien Rolf, dans une crise hallucinatoire, lui a-t-il tordu le cou parce qu'il a cru voir dans le cuisinier un quelconque démon échappé des enfers ? Tout est possible sur ce bateau de dingues !

Sur la banquise, l'ours a disparu. Il a dû s'engouffrer dans une déclivité du terrain, une sorte d'igloo naturel où il va tranquillement dépecer sa proie.

Ignouk émerge enfin de l'écoutille. Il a couru, son visage brille. Il montre le trousseau de clefs.

— Pour les fusils, explique-t-il, toi et moi seulement. Pas avoir confiance dans les matelots. Pourraient se mutiner et vendre le cargo aux pirates. C'est courant.

— Okay, capitule la jeune femme.

Ils descendent. La coursive est pleine de sang. L'odeur de l'ours s'attarde dans l'air. Le matelot s'est vidé pendant le trajet, il est difficile de zigzaguer entre les flaques. Ignouk déverrouille la cabine d'Amundssen et va directement au râtelier. Il y a six fusils. Rien de très sophistiqué. Des 12 à pompe Mossberg qu'on charge au double zéro. Des armes qu'on verrait mieux dans les mains d'un flic ou d'un braqueur que dans celles d'un chasseur. Un seul beau spécimen sur le lot : un Weatherby pour la chasse à l'éléphant. Sans doute le fusil personnel de Rolf ? Ignouk glisse la clef dans le cadenas, enlève la chaîne qui passe au travers des pontets. Il prélève deux armes et remet tout en place. Les cartouches sont elles aussi enfermées dans un tiroir métallique blindé.

— Il faut réveiller Rolf, insiste Peggy. Lui seul peut manœuvrer assez efficacement pour nous tirer de là. L'ours va revenir, tu le sais bien... Demain peut-être. Dès qu'il aura de nouveau faim.

— Pas interrompre discussions du capitaine avec les morts, fait l'Esquimau, buté. Aujourd'hui, ils vont lui dire ce qu'ils veulent. Les conditions de la paix. Il a pris potion pour voyager très loin et très longtemps. Le rêve va lui donner la solution pour en finir avec les fantômes.

Peggy n'a pas envie d'argumenter. Elle enfourne huit grosses cartouches dans le chargeur de son arme. Elle doute que du double zéro puisse arrêter un ours. Mieux vaudrait des balles creuses. De la brenneke à ailettes...

Monter la garde dans ce froid va être une véritable épreuve.

— Toi à la poupe, moi à la proue, commande le chaman.

13

Peggy a passé une nuit abominable. Le froid était tel qu'elle a dû battre en retraite et se réfugier dans la timonerie. Ignouk a allumé les projecteurs qui éclairent le pont dans l'espoir d'effrayer le fauve. L'Esquimau affronte la température avec plus de sérénité que la jeune femme qu'il couve d'un regard amusé. Peg a mal aux orteils, aux doigts. Elle a l'impression qu'une tenaille invisible lui écrase chaque ongle.

— C'est bon, c'est bon, ricane Ignouk. Danger vient quand justement on ne sent plus rien.

Les batteries du costume chauffant se déchargent vite et leurs performances se révèlent assez décevantes.

À l'aube, Rolf Amundssen sort enfin de sa retraite. Il souffre d'une migraine carabinée et s'exprime par grognements. Ses yeux sont injectés de sang. Il écoute distraitement le récit que Peggy lui fait des événements. Pour finir, il chasse tout le monde de la timonerie, beugle une série d'ordres dans le téléphone intérieur qui le relié à la salle des machines, et empoigne la barre.

Il lui faudra trente minutes pour dégager le cargo de l'étau des glaces par une suite de mouvements alternés d'aller-retour dont les vibrations vont conduire les deux tabulaires à s'écarter.

Alors que le navire se glisse dans un chenal, Peggy se retourne. Il lui semble apercevoir, au loin, l'ours qui se dresse au sortir de sa cachette. À la hauteur du poitrail, sa fourrure blanche est devenue rouge.

14

Rien ne va plus.

Amundssen est sorti de son long périple hallucinatoire avec la conviction d'avoir reçu de sa femme et de son fils un message d'outre-tombe qui pose les conditions nécessaires à l'établissement d'une paix durable. S'il observe ces « dernières volontés », Birgit et Leif cesseront de le persécuter dans ses rêves et tout rentrera dans l'ordre. Rolf pourra recommencer à vivre. Fort de cet espoir, il a repris du poil de la bête. Ignouk l'a bien sûr encouragé à respecter la volonté des morts. Les deux hommes passent beaucoup de temps enfermés dans la timonerie à se parler. La mission de secours est de toute évidence passée au second plan. Et Yuki, en dépit de son flegme japonais, donne des signes d'exaspération. Elle ne se mettra pas en colère, Peggy le sait, car les Nippons tiennent ce sentiment en grand mépris et voient dans sa manifestation un aveu de faiblesse, mais elle serre les lèvres et parle d'un débit saccadé.

Peg, soupçonnant une nouvelle absurdité obscurantiste du chaman, décide d'aller aux nouvelles. Ce qu'elle apprend ne la rassure nullement.

— Les morts ont parlé, marmonne le cuisinier d'un ton satisfait. Ils sont décidés à signer la paix. Si l'on fait ce qu'ils veulent, eux cesseront harceler navire, eux n'entreront plus jamais dans tête du capitaine pour pourrir ses rêves.

— D'accord, abrège Peg, mais que demandent-ils ?

— Ils ont dit : capitaine se rendre sur lieu du naufrage, récupérer les corps au fond de la mer, et les ramener en Alaska pour faire sépulture dans la terre à la façon des hommes blancs.

— Quoi ? glapit la jeune femme. Tu veux dire que Rolf va essayer de repêcher les corps de Birgit et de son fils là où ils sont immergés depuis dix ans ?

— Oui, confirme l'Esquimau. L'eau est très froide, cadavres se conservent bien. Pas de poissons à cet endroit. Les morts sont presque gelés, préservés de la corruption.

— Pas pendant dix ans ! proteste Peggy. Un an, voire deux, okay, mais pas dix ! La température de l'eau n'est pas à moins 36 °Celsius. L'océan ne fonctionne pas comme un congélateur. Les corps se sont forcément défaits.

— Non, s'obstine le chaman. Birgit l'a dit au capitaine. Corps sont toujours là, intacts, attendent qu'on vienne les chercher. De toute manière, même si chair disparue, tu trouveras au moins les os.

— Quoi ? halète la jeune femme.

— Oui, explique Ignouk. C'est toi qui vas plonger pour les ramener. C'est ton métier, non ?

*

Amundssen a changé de cap sans demander son avis à Yuki. Aussitôt, la Japonaise est grimpée à la timonerie pour protester. C'est elle, après tout, qui assume les frais de l'expédition. Mais le Suédois lui a ri au nez. Il ne reçoit pas d'ordre des femmes. Il se fiche bien de la mission de secours, il a d'autres chats à fouetter. Comme Yuki insistait, il est devenu grossier, puis carrément menaçant. L'Asiatique a dû se résoudre à battre en retraite.

— Il est fou, a-t-elle glissé à Peggy. Il a perdu la tête. Nous avons complètement dévié de la route à suivre, nous allons prendre un retard considérable. Qu'est-ce que je dois faire ?

Désorientée, elle devient attendrissante, presque sympathique.

— Je crois qu'il va falloir céder à son caprice, lâche Peg d'un ton sinistre. À moins de le jeter par-dessus bord et de prendre le commandement, je ne vois pas comment échapper à la corvée.

Elle fait mine de plaisanter mais elle a peur. Ignouk lui a expliqué très calmement ce qu'on attend d'elle. À la façon dont il a décrit la chose, on voyait bien qu'il n'avait aucune idée de ce que représente une plongée en eau profonde dans un environnement liquide dont la température atteint péniblement 1 degré !

Elle expose à Yuki ce que Rolf veut qu'elle fasse. La Japonaise fronce les sourcils.

— Comment allez-vous procéder ? interroge-t-elle.

— Normalement, expose Peggy, ce type de plongée se fait à l'aide d'un gros scaphandre spécial dans lequel on insuffle de l'air chaud depuis la surface. Je ne dispose pas d'un tel équipement. Je n'ai qu'une combinaison en Néoprène souple, des filaments thermiques sont noyés dans son épaisseur, comme pour une couverture chauffante. Une batterie alimente ce système. Quand elle est déchargée, le vêtement se refroidit en quelques secondes. On ne peut pas résister bien longtemps dans une eau aussi glaciale, vous savez. C'est pour cette raison que les naufragés du *Titanic* sont tous morts en cinq minutes à peine. Si par hasard je tombe en panne je suis foutue. Dans cette affaire, la chaleur en conserve que j'emporterai avec moi sera aussi vitale que les bouteilles d'air que j'aurai sur le dos.

Elle ne peut en dire plus. La peur lui noue l'estomac. À quelle profondeur est échouée l'épave ? Devra-t-elle respecter des paliers de décompression ?

— Si ça se trouve, conclut-elle, je ne pourrai peut-être même pas atteindre le bateau. Il y a des fonds très importants dans ces parages, de véritables gouffres où l'on ne peut s'aventurer qu'en bathyscaphe. Un plongeur équipé d'une simple combinaison autonome ne peut pas accomplir des prodiges. Et puis la carcasse du navire a sans doute dérivé en dix ans. Il existe des courants sous-marins très puissants. Les gens l'ignorent, mais il arrive que les épaves ne touchent pas directement le fond. Bien au contraire, elles restent entre deux eaux, à flotter comme des sous-marins. Il suffit pour cela qu'une poche d'air se forme dans une cale ou une cabine. Le bateau se met alors à naviguer sous la mer, au petit bonheur, et s'éloigne chaque jour un peu plus du lieu enregistré de son naufrage.

Elle se tait. Elle n'aime pas trop cette image : le yacht fantôme aux voiles déchirées qui navigue au milieu des poissons...

— Je vais inspecter le matériel, décide-t-elle, et mettre ces foutues batteries en charge. Je pense qu'il est inutile d'espérer raisonner Amundssen.

Cette visite de routine ne la rassure guère. Elle n'a jamais testé les accus, elle n'a aucune garantie sur leurs performances réelles, une fois immergés dans une eau glaciale.

Elle décide de les charger et de les vider plusieurs fois de suite, afin qu'ils atteignent leur capacité maximum de stockage. Elle remonte, gagne la timonerie. Rolf lui jette un bref coup d'œil sans lâcher la roue du gouvernail. Sans doute s'attend-il à ce qu'elle entonne le même refrain que Yuki ? Elle voit la colère durcir les traits du Suédois et ses phalanges blanchir. Il est à cran, rongé par la culpabilité, prêt à gober n'importe quelle fadaise pour retrouver la paix de l'âme.

— J'ai besoin de précisions sur le lieu du naufrage, lance-t-elle. À quelle profondeur se trouve l'épave ?

Amundssen lâche la barre, enclenche le pilotage automatique rudimentaire, et désigne une carte étalée sur la table.

— Là, dit-il en posant l'index sur le plan. C'est là que ça s'est produit... Il y a un haut fond à 85 mètres. Je pense que le bateau s'est posé dessus. Regardez ! c'est comme une *mesa*... L'Institut national de Géographie affirme qu'elle mesure 300 mètres de long sur 200 de large. C'est un plateau bien horizontal. À mon avis, l'épave est tombée là... même en tenant compte de la diagonale de dérive.

Il essaye de se rassurer. En fait, le bateau fracassé peut se trouver n'importe où... Peggy scrute la carte.

— *Merde !* soupire-t-elle. 85 mètres, vous savez ce que ça représente ? Pour 20 minutes passées en bas, je me taperai 1 h 30 de remontée en respectant tous les paliers. J'aurai dix fois le temps de mourir de froid.

Rageusement, elle sort son ordinateur de plongée et pianote sur le clavier.

— Voilà, grogne-t-elle. 2 minutes d'attente à 15 mètres, 2 minutes à 12 mètres, 10 minutes à 9 mètres, 18 minutes à 6 mètres et 50 minutes à 3 mètres ! Vous imaginez ce que ça représente cramponnée à un câble, immobile dans l'eau glacée ?

Amundssen hausse les épaules pour signifier qu'il s'en fout.

— Si je ne respecte pas les paliers, l'azote se diluera dans mon sang et je ferai une embolie, martèle la jeune femme. Comme il n'y a pas de caisson de décompression hyperbare à bord, ça implique donc que j'y resterai.

— Tu es une professionnelle, s'entête Rolf, tu réussiras...

Puis il se lève et retourne à la barre. L'entretien est terminé, Peggy n'a plus qu'à prendre congé. Elle sort. Ignouk l'attend au bas de la passerelle.

— Tu sais, implore-t-il, c'est sa dernière chance. Il est à bout. Si ça rate, il fera sauter le bateau où nous sommes en ce moment... Il a déjà posé des charges, cachées, partout, dans les cales, sous nos pieds. Boum ! Tu dois plonger, tu dois trouver les morts, sinon nous sommes fichus...

Il frappe du talon sur le pont pour souligner ses paroles.

Si c'est vrai et s'il y a un détonateur, songe Peggy, *il est forcément dissimulé dans le jardin secret, quelque part dans la petite maison des fantômes.*

Elle abandonne l'Esquimau et descend dans la soute, mais la porte de la cale interdite est de nouveau verrouillée. Chaîne, cadenas. Barbe-Bleue a bouclé son cagibi.

15

— Je ne suis pas une spécialiste de la plongée en eau froide, explique patiemment Peggy à la Japonaise une fois revenue dans la cabine. J'ai toujours travaillé dans un environnement tropical, dans une mer à 30°. Ce que demande Amundssen relève du suicide.

— Que risque-t-il de se passer ? s'enquiert Yuki, sans qu'il soit possible de déterminer si elle pose cette question dans un souci de politesse ou parce qu'elle s'inquiète réellement des dangers menaçant Peggy.

— Le problème, répond celle-ci, c'est surtout le choc thermique. Au contact de l'eau glacée, des mécanismes de compensation circulatoire se déclenchent, vasoconstriction, etc. Le froid provoque une chute brutale de la tension artérielle et engendre une syncope. 70 % de la chaleur corporelle fichent le camp par les mains et les pieds, ou encore le visage s'il est découvert. C'est valable à l'air libre, ça l'est aussi dans l'eau. Or il est très difficile de se protéger la figure et les mains aussi bien que le reste du corps. Les « moufles » de plongée réduisent considérablement la capacité de préhension. Cela peut vous coûter la vie en cas d'accident.

Elle hésite avant d'avouer ce qui la préoccupe tout particulièrement :

— Quand le corps ne réussit pas à lutter contre les attaques du froid, la température centrale commence à diminuer progressivement. Le sang cesse d'irriguer les parties les plus exposées, il se contente de circuler dans les deux ou trois organes essentiels à la vie. Tout fonctionne à l'économie. Le cerveau se retrouve mal irrigué, et par conséquent le sujet perd connaissance. À force de marcher en mode ralenti, le cœur finit tout bonnement par s'arrêter. C'est une mort douce. Passé les premiers frissons, on s'engourdit lentement. La plupart du temps, les plongeurs morts de froid ont été retrouvés recroquevillés en position fœtale au fond de l'océan, comme des dormeurs roulés en boule au creux de leur lit. Ce n'est pas spectaculaire, comme une attaque de requin, c'est sournois, lent... mais tout aussi mortel.

Yuki hoche la tête.

— J'ai une théorie... murmure-t-elle après avoir

jeté un bref coup d'œil en direction du hublot comme si elle craignait d'y découvrir un visage embusqué.

— Oui ? l'encourage Peggy.

— Je crois que Rolf a tué sa femme et son fils, souffle la Japonaise. Il savait que Birgit allait le quitter... C'était leur dernier voyage ensemble. Plutôt que de la perdre et de devenir la risée du comptoir, il a préféré se saborder au milieu des glaces. Peut-être avait-il l'intention de mourir avec elle, je ne sais pas, mais le sort en a décidé autrement...

Elle prononce les mots avec réticence, effrayée de sa propre audace.

— Ensuite, ajoute-t-elle, il a été incapable de vivre avec ça, c'était trop dur. Le remords lui a fait perdre la tête, il est devenu fou. Je pense qu'il ne sait même plus ce qu'il fait... La nuit, il a des crises de somnambulisme, il erre à travers le bateau. En fait, il voudrait se saborder, ouvrir les prises d'eau ou faire un trou dans la coque, je ne sais pas, mais il ne va jamais jusqu'au bout de son projet.

— Vous pensez qu'il veut se punir ?

— Oui, il ne supporte pas l'idée d'avoir survécu à son crime, mais il est trop lâche pour en finir une bonne fois pour toutes. Les Blancs n'ont pas l'habitude du suicide, ils gèrent cela très mal, je l'ai remarqué. Au Japon, on admire celui qui met fin à ses jours d'une manière particulièrement somptueuse. Il y a de la gloire à mettre en scène un beau seppuku. En Occident, le suicide est considéré comme une lâcheté, une défaite, c'est stupide... Vous ne comprenez rien à rien.

Peggy la laisse philosopher. La théorie tient debout. Elle l'a elle-même envisagée, un temps, dans un recoin de sa conscience. Elle voit très bien Rolf programmant le dernier voyage de la famille

Amundssen. Il n'a pas envie de s'embourgeoiser, d'ouvrir une boutique d'accastillage, de renoncer à naviguer. Il ne veut pas de la vie minable que leur prépare Birgit, il veut rester le vagabond des mers, l'aventurier du Pôle. Il a décidé de saborder le bateau au milieu du labyrinthe des glaces flottantes. En un lieu où seuls les pingouins pourront être témoins de ses agissements. Mais voilà... il survit au naufrage, par hasard, par malchance... ou par lâcheté. Ce n'est pas ce qu'il avait prévu mais c'est ainsi. Après, il découvre qu'il est incapable de mettre fin à ses jours, alors commencent les travestissements de la conscience, les astuces, les maquillages d'une raison en train de s'envoler. Il s'invente une fable commode, pour atténuer la douleur de la faute. Le déni de réalité s'installe, se conforte, se bétonne... Il n'a tué personne, c'était juste un accident, un naufrage. Le coupable c'est l'iceberg.

— Il a perdu l'esprit, souffle Yuki en se rapprochant de sa compagne. Il veut se mettre en règle avec sa conscience, mais c'est impossible. Ça ne marchera jamais. Et s'il ne trouve pas la sérénité, il nous tuera tous, il jettera le cargo sur un iceberg. Il a atteint le point limite. Il ne supporte la vie qu'au moyen des drogues dont le cuisinier l'abreuve. La plupart du temps, il est dans les nuages, halluciné. Il n'entend même pas ce qu'on lui dit.

— Je sais, fait Peggy en songeant à l'incroyable mise en scène du jardin secret.

Elle réfléchit, puis ajoute :

— Pouvez-vous appeler du secours ? Vous avez bien un cellulaire Marinsat, non ? Avec ce type de matériel, il est possible de téléphoner du fin fond des déserts ou d'une banquise à la dérive. Essayons de joindre Tuna James. Cachalot nous sortira d'ici avec son hydravion, pourvu que vous y mettiez le prix.

Yuki secoue négativement la tête.

— Non, gémit-elle, c'est hors de question. Je ne renoncerai pas à mi-chemin. Je dois retrouver mon père... Et puis vous vous trompez, ce coup de fil nous condamnerait. Les yakuzas le localiseraient grâce au satellite. Ils enverraient aussitôt un hélicoptère pour nous torpiller. Ils sont capables de monter des missions de ce genre, des frappes éclairs. Ils disposent d'énormes moyens logistiques, c'est leur force. On se dit que c'est invraisemblable, on n'y croit pas... et puis ils surgissent du néant et vous tuent. Un hélicoptère, un missile portable, et le tour serait joué.

Peggy se renfrogne. La Japonaise s'exagère-t-elle la puissance de la mafia asiatique ? Elle n'en sait rien. L'informatique haut de gamme a généré une nouvelle forme de paranoïa. Les autoroutes de l'information sont devenues les pistes d'envol de l'espionnage tous azimuts. Désormais, plus personne n'est à l'abri. À votre insu, votre ordinateur est peut-être manipulé par quelqu'un qui vous veut du mal, c'est le trou de serrure par où votre ennemi épie votre vie intime, épluche votre courrier, truque vos comptes bancaires... Elle connaît le refrain. Internet est un nid d'espions, de voyeurs, de corbeaux, et de malades en tous genres. La belle idée a pourri sur pied, donnant naissance à un monstre que personne n'est plus en mesure de contrôler.

— Alors il faut que je plonge, conclut-elle.

16

Durant la nuit, quelqu'un se promène de nouveau le long des coursives. Peggy se colle à la porte de la cabine. Il y a dans l'air une odeur de caoutchouc et de graisse. Elle reconnaît la senteur du Néoprène qu'on utilise pour les combinaisons de plongée. Le fantôme marche en émettant des clapotis, comme s'il avait les pieds mouillés... *comme s'il sortait de la mer.* La jeune femme frissonne. Les contes à dormir debout du chaman lui traversent l'esprit.

À l'aube, quand elle pointe enfin le nez dehors, elle voit les traces sur le sol. Des empreintes de pieds boueuses. Elle en parle à Yuki.

— C'est Rolf, répète la Japonaise. La nuit, il doit plonger pour vérifier que les mines magnétiques qu'il a collées contre la coque sont toujours en place.

Peggy hausse les épaules. Ça ne tient pas. Pourquoi s'embêter à poser des mines externes alors qu'il suffit de cacher quelques kilos de dynamite dans la soute interdite... Sous la pelouse artificielle de la petite maison, par exemple.

Ignouk a une autre explication.

— C'est le démon, gémit-il. Le phoque qui marche comme les humains. Un génie malfaisant. J'ai vu sa peau noire, humide, qui brillait dans la coursive...

— Arrête tes conneries, s'impatiente Peg. C'était simplement Rolf portant une tenue de plongée.

— Non, non, s'entête le cuisinier. C'était le phoque des ténèbres. Il rôdait, il venait choisir ses proies. La nuit, il s'approche des dormeurs et marque au front ceux qui vont mourir. Il fait un geste comme ça, avec sa main palmée...

Les matelots se sont rassemblés, ils écoutent, les yeux écarquillés d'horreur. Ignouk ne se rend même pas compte qu'il est en train de semer la panique... ou bien, au contraire, y prend-il un malin plaisir ? Comment savoir ?

C'est Amundssen, continue à penser Peggy. *Si Yuki a raison, il se promène en état de transe somnambulique pour vérifier que ses charges sont toujours en état de marche. Il craint sans doute qu'on les désamorce dans son dos. Ou bien il les change de place, comme ces avares perpétuellement en quête d'une cachette idéale.*

Quoi qu'il en soit, l'homme-phoque occupe tous les esprits. Les marins arborent des talismans primitifs pour se protéger du mauvais œil. Ils tracent des signes magiques sur les cloisons, les panneaux d'écoutille, afin d'en interdire l'accès au démon. Peg a hissé son équipement sur le pont. Elle vérifie et revérifie de manière obsessionnelle le bon fonctionnement des batteries. Elle chronomètre leur autonomie, tout en sachant que celle-ci s'amenuisera au contact de l'eau glaciale. Yuki l'observe. Pour une fois, elle semble inquiète. Peggy lui fait voir une seringue dans un étui de plastique. On la fixe à la cuisse avec un bracelet de caoutchouc, à la hauteur de l'aine.

— C'est l'astuce de la dernière chance, explique-t-elle, un truc de l'armée. Si l'on presse ici, sur la partie jaune, une aiguille jaillit, traverse la combinaison et s'enfonce directement dans l'artère fémorale pour y injecter un liquide spécial. Le produit provoque une élévation subite de la température du corps. Une espèce de fièvre brutale qui vous permet de résister au froid pendant une vingtaine de minutes. On brûle littéralement, tous les échanges chimiques s'emballent, le cœur bat à toute vitesse. L'adrénaline est pulsée à haute dose dans l'organisme.

— Ce n'est pas dangereux ? s'inquiète Yuki.

— Si, bien sûr, admet Peggy. Si l'on ne sort pas de l'eau avant que l'action du produit ne s'arrête, c'est le choc thermique assuré, l'hydrocution. On meurt foudroyé. La mer vous paraît cent fois plus froide qu'auparavant, on n'y résiste pas. Je ne l'utiliserai qu'en cas de malheur, si je sens la somnolence me gagner.

Elle essaye de se rassurer, mais elle n'a jamais utilisé ce sérum. On lui a raconté des histoires horrifiques à son propos : le sang qui entre en ébullition dans les veines et se change en boudin... le cerveau qui cuit comme un poisson au court-bouillon.

*

Amundssen a lancé le cargo dans le « broyeur », le grand dédale des glaces flottantes dont les couloirs se dilatent ou rétrécissent dix fois par heure. Il faut reconnaître qu'il manœuvre avec une rare habileté, ne se laissant jamais prendre dans la nasse. Il semble jouir d'un don de double vue qui lui permet d'anticiper sur les mouvements des icebergs, de prévoir leurs sautes d'humeur. Il est doué, c'est évident. Il a ce talent inexplicable des grands navigateurs, des stratèges de génie. Une espèce de lucidité intuitive qui lui permet de danser en équilibre au bord du gouffre, de frôler la catastrophe en permanence. Peggy ne peut se défendre d'un sentiment d'admiration pour ce dingue qui, dans quelques heures, va la contraindre à entamer une plongée suicidaire.

— Que fera-t-il si vous ne trouvez rien ? demande Yuki.

Elle n'a pas osé dire « si vous ne remontez pas ? ».

— Je n'en ai aucune idée, avoue Peg. Nous ferions peut-être tout aussi bien de le pousser par-dessus bord pendant qu'il en est encore temps.

Elle ne plaisante pas tout à fait. Yuki lui jette un coup d'œil en coin.

— Vous sauriez piloter ce navire ? poursuit-elle, l'air de rien, pesant déjà le pour et le contre.

— Non, lâche Peggy, je ne connais rien aux cargos, et je n'ai jamais navigué dans ces eaux. Je serais incapable d'accomplir les prodiges que Rolf répète dix fois par heure. C'est un cinglé, un sale con, mais un marin hors pair. Une mutinerie ne nous mènerait nulle part, les matelots nous tomberaient dessus, nous violeraient, vendraient le navire aux pirates. Vous et moi, nous finirions dans un quelconque bordel flottant à l'usage des baleiniers. Je suppose que la chose ne vous tente pas outre mesure ?

La Japonaise baisse les yeux. Peggy songe qu'elle a tout de même posé la bonne question. Comment réagir si Amundssen pète les plombs, s'il décide de faire sauter le cargo ?

— Il faudra le surveiller de près, murmure-t-elle, il est dangereux. La déception risque de le pousser à tenter un acte désespéré.

Mais comment procéder ? On n'assomme pas un géant comme Rolf Amundssen d'une simple pichenette.

Peggy s'organise. Dans une cabine, elle improvise un poste de secours et montre à Yuki le mode d'emploi au cas où elle sortirait de l'eau en état de prostration. Elle lui désigne les couvertures chauffantes, les bouillottes, la Thermos remplie de thé brûlant.

— Maintenez-moi au chaud, recommande-t-elle. Frictionnez-moi avec de l'alcool pour obtenir un effet vasodilatateur de l'épiderme.

Yuki hoche poliment la tête, mais écoute-t-elle ou a-t-elle déjà décidé que Peggy ne remonterait pas ?

Enfin, Amundssen met en panne. Le cargo se dandine sous l'effet d'une houle légère. Les icebergs qui l'encerclent atténuent la force des vagues. *On y est*, pense la jeune femme. Ils ont atteint le lieu maudit où le bateau de Rolf s'est enfoncé, dix ans plus tôt.

*

Peggy enfile plusieurs couches de vêtements thermo-protecteurs, puis elle passe la tenue de plongée. Celle-ci se compose en réalité de deux combinaisons emboîtées l'une dans l'autre telles des poupées gigognes. La première est intérieurement tapissée de filaments chauffants. Un coussin d'air l'isole du second costume de Néoprène. L'ensemble n'est pas très seyant, et la jeune femme, une fois harnachée, a davantage l'air d'un bibendum au bord de l'éclatement que d'une sirène prête à charmer les malheureux matelots. Elle porte un masque et des moufles de caoutchouc, rembourrés, eux aussi. Ni le visage ni les mains ne doivent se trouver exposés au contact de l'eau glacée. Ce sont des points névralgiques qui produiraient un refroidissement instantané de tout le corps. Les trois batteries sont fixées à la ceinture, elles serviront de lest. La publicité certifie qu'elles sont parfaitement étanches et capables de résister à la pression, mais Peg n'est guère rassurée. Qu'un court-circuit se produise, et le chauffage s'arrêtera à l'intérieur de la tenue... Sans ce subterfuge, elle aura le plus grand mal à résister aux assauts du froid, surtout si elle doit respecter de longs paliers de décompression.

L'idée lui est venue de feindre de plonger, de passer sous la coque, et de faire surface de l'autre côté du cargo. Cependant, son instinct lui souffle de ne pas s'y risquer. Amundssen possède, elle en est certaine, l'intuition aiguë des psychopathes. Il devine les choses, pressent les traquenards. Si elle tente de le berner, il le saura et le lui fera chèrement payer. Et puis... *il y a la curiosité,* à quoi s'ajoute un vieux fonds de superstition. Ou encore l'idée plus pragmatique que tout rentrera dans l'ordre si elle parvient à remonter des abîmes un objet fétiche permettant l'inhumation symbolique de Birgit et de Leif sur la terre ferme. Elle pense à un jouet pour l'enfant, une brosse à cheveux pour la femme. Pourquoi pas ? Rolf se contentera peut-être de ces offrandes. Sa colère désarmée, il reprendra le bon cap et Yuki pourra enfin retrouver son père.

Les matelots ont jeté un filin lesté d'une gueuse de fonte à l'endroit du naufrage. De cette façon, Peggy n'aura qu'à suivre ce trait rectiligne plongeant dans les profondeurs. Elle devra s'orienter avec précision et ne pas perdre de vue qu'elle ne pourra aucunement refaire surface si elle s'égare sous la banquise. Elle n'a jamais plongé dans de telles conditions. Jusqu'à présent, elle a toujours pu émerger des profondeurs où bon lui chantait. Il n'en va pas de même ici. Elle doit s'habituer à cette idée désagréable d'avoir un plafond au-dessus de la tête, un couvercle... Elle s'y cognera si elle remonte en catastrophe, à bout d'oxygène. Elle sera réduite à le palper fiévreusement, cherchant en vain une éventuelle sortie, emmurée vive.

Elle s'ébroue, elle ne doit pas penser à cela, pas au moment de se mettre à l'eau.

D'une démarche pataude, embarrassée de ses palmes et de son bi-pack d'air comprimé, elle descend l'échelle de coupée. Accoudés au bastingage,

Amundssen, Yuki, Ignouk et les matelots l'observent. Seul le chaman est tête nue, les yeux dissimulés derrière ces curieuses lunettes esquimaudes constituées d'un morceau d'os percé d'une fente rectiligne. L'objet lui donne l'allure d'un extraterrestre.

Malgré les protections dont elle est caparaçonnée, Peggy perçoit le contact de l'eau glacée à la seconde où elle s'y enfonce. La peau de ses mains, de ses pieds, de son visage, moins bien protégée que le reste du corps, se hérisse déjà sous l'agression. Elle doit s'activer pour maintenir la circulation du sang.

L'eau est trouble, et non pas cristalline comme on se plaît à l'imaginer. Elle charrie des millions d'esquilles de glace, et du krill, ce brouillard de crevettes minuscules, translucides. C'est une purée opalescente, laiteuse, à travers laquelle le rayon de lumière ouvre une tranchée impalpable. Là où la banquise recouvre la mer, interceptant le soleil, le panorama devient bleu nuit.

La jeune femme se laisse couler, la tête en bas. Elle suit le filin tendu et consulte de temps à autre les chiffres qui s'inscrivent sur l'ordinateur de plongée fixé à son avant-bras. Elle espère voir surgir le haut-fond annoncé par Amundssen. Si elle avait la chance de trouver très vite l'épave, elle ne serait pas obligée de respecter de longs paliers lors de la remontée.

Le plateau sous-marin surgit brusquement. La visibilité est mauvaise. Il n'y a ni poissons ni végétation. La couleur a déjà disparu. Comme Peggy s'y attendait, l'épave n'est pas au rendez-vous ; au lieu de tomber à pic, elle a dérivé. Peut-être même a-t-elle raté le haut-fond. Dans ce cas, elle s'est écrasée à 150 mètres de profondeur, si ce n'est plus, et elle ne pourra l'atteindre avec un équipement léger. Elle est déjà à la limite de ce qu'un plongeur autonome peut réaliser avec une combinaison de Néoprène et deux bouteilles d'air comprimé.

Contrairement à ce que s'imagine Yuki, elle n'est pas une professionnelle des abîmes. En réalité, elle déteste la plongée en scaphandre, et s'il lui est arrivé de la pratiquer, c'est pour des raisons financières. Elle a une passion pour la nage de surface, toutes les formes de nage, mais elle répugne à s'enfoncer sous l'eau. Ces descentes dans la pénombre marine provoquent toujours en elle un sentiment de claustrophobie proche de la suffocation.

Ne trouvant rien, elle doit se résoudre à décrire des cercles de plus en plus larges autour du filin lesté. C'est avec répugnance qu'elle s'engage dans la zone sombre, sous le couvercle de la banquise. Sa torche ne porte pas assez loin, et elle appréhende de voir surgir le mufle de l'épave au dernier moment. Les vieilles carcasses immergées lui font peur. Elle ne peut s'empêcher de voir en elles des squelettes gigantesques, hideux. Des cadavres engloutis tout prêts à s'effondrer sur le visiteur qui commettra l'erreur de se glisser entre les os de leur cage thoracique. Il y a quelque chose de morbide dans la chasse aux épaves et elle n'a jamais partagé l'excitation des plongeurs du dimanche qu'elle emmenait patauger dans les eaux de Floride, au large des Keys.

Elle sursaute. D'un seul coup l'épave est là, énorme, fracassée, lépreuse. Elle s'est brisée en heurtant le plateau rocheux, comme c'est souvent le cas. La poupe est identifiable, le reste s'est éparpillé, défait. Le navire évoque un mille-feuille aplati. Les ponts se sont effondrés les uns sur les autres. Il sera difficile d'entrer là-dedans.

Peggy rase le fond, essayant de repérer un objet.

Mais dix années se sont écoulées depuis le naufrage, les sédiments marins ont tout recouvert. Il faudrait sonder la vase, l'aspirer au moyen d'une suceuse à air comprimé, à la manière des archéologues. Elle frôle la coque lacérée. On a l'impression que le navire s'est fait éperonner par le travers. Les marques d'enfoncement sont nettement visibles. C'est comme si un étau l'avait broyé. Peggy répugne à se glisser dans cet enchevêtrement de ferraille passé au laminoir. Elle risque de n'en jamais ressortir. Un frisson la parcourt. La première batterie est vide. Probablement défectueuse. Il faut passer sur la deuxième en espérant qu'elle fonctionnera mieux. De toute façon, il fait trop froid pour le thermostat qui s'épuise à maintenir une température supportable à l'intérieur de la combinaison. Il convient de faire vite. Peggy cherche, effleurant le sol du bout des doigts. Elle espère voir surgir un objet, n'importe quoi. Une petite trompette d'enfant... un sèche-cheveux...

Soudain, elle distingue une silhouette. C'est un cheval à bascule, posé au fond de la mer, étrange idole dressée dans la solitude du plateau. Une poutrelle l'a coincé là, l'empêchant de remonter à la surface, les concrétions marines l'ont ensuite recouvert, le changeant en sculpture de pierre. Peggy essaye de le bouger, il ne fait qu'un avec le rocher. Il faudrait des outils pour le décoller de son énorme socle. Sa présence a quelque chose d'effrayant et la jeune femme s'en éloigne avec précipitation. Elle est angoissée, ce qui est mauvais signe. Les mâchoires serrées sur l'embout, elle se retient de claquer des dents. Elle a de plus en plus froid. Il lui semble que le costume chauffant est tombé en panne, mais c'est faux. C'est simplement que l'eau est trop glaciale pour qu'on puisse y survivre au-delà d'une vingtaine de minutes.

Peg sent la chair de poule lui hérisser les bras. C'est le premier signal d'alarme expédié par son système nerveux central. Il signifie qu'elle est en train de se refroidir et que son organisme tente de se réchauffer en produisant une activité musculaire artificielle. Devant l'inanité de cette réplique, la chaleur va peu à peu se retirer des extrémités, trop difficiles à chauffer, pour se concentrer sur deux ou trois organes vitaux. C'est comme si l'on sonnait la retraite pour entamer une guerre de position, enfoui dans une tranchée. Cette gestion « économique » va entraîner une mise en veilleuse des activités cérébrales. Un engourdissement, une somnolence.

Déjà, elle sent ses paupières devenir lourdes. Nager la fatigue. Elle voudrait se laisser flotter, comme dans une baignoire. Elle ne perçoit plus réellement les limites de son corps. Son champ de conscience rétrécit.

Une voix lui parle à l'oreille, très douce, un peu lasse. C'est celle de Birgit. Elle dit quelque chose à propos de la maison de ses rêves... cette maison dont Rolf différait sans cesse l'achat. Il se sentait mal sur la terre ferme, il exigeait de vivre sur son bateau, sans attaches réelles avec le continent. Birgit, elle, voulait une pelouse à tondre, une boîte à lettres, des volets à ouvrir le matin. Ces détails avaient fini par l'obséder. Elle avait pris le cargo en horreur. L'humidité permanente, les draps poisseux des couchettes, les cafards surgissant du moindre interstice, les rats infestant la cale... Ces désagréments avaient vite tué le romantisme de la grande aventure maritime. Birgit voulait une baignoire. Elle exigeait de pouvoir se laver les cheveux sans s'entendre reprocher de gâcher la provision d'eau douce. Avec la naissance du petit, son regard sur les choses avait changé. Le vrai courage, ce n'était pas de mettre sa vie en jeu en slalomant entre les icebergs pour livrer en un temps record une cargaison, c'était d'affronter l'existence en subvenant aux besoins de sa famille. La vraie force morale, ce n'était pas d'essayer d'abréger sa vie par tous les moyens imaginables, c'était d'affronter l'avenir et d'accepter de vieillir au milieu des siens. Rolf, avec ses rodomontades d'éternel adolescent, l'avait fatiguée. La véritable aventure, c'était de construire une existence, pas de s'ingénier à la détruire...

Et puis il y avait tous les pièges du cargo. La peur que Leif ne passe par-dessus bord en faisant du tricycle, l'angoisse qu'il soit emporté par une lame...

Birgit parle, d'une voix lasse, un peu triste. Elle dit son grand dégoût du bateau, des amitiés de bar, de la saleté permanente, des beuveries des matelots. Elle décrit la maison, la pelouse, la boîte à lettres... et les fleurs qui pousseront un jour. Elle voulait s'installer en Californie, loin de la neige, du blizzard, de l'odeur de la graisse de phoque. Elle en avait assez de s'envelopper des six couches de vêtements réglementaires, de toujours craindre les engelures ou la cécité ophtalmique. C'est qu'il n'est pas facile d'obliger un petit garçon de trois ans à porter des lunettes noires en permanence. Non, il fallait que cela cesse. Elle avait tourné la page de ses années de routarde. L'heure avait sonné pour elle de devenir une adulte. Le romantisme lui avait fait perdre assez de temps.

Maintenant, elle prend Peggy par la main pour la conduire dans la petite maison du jardin secret. Elle lui montre la belle pelouse fraîchement tondue, et la boîte à lettres en tôle, avec son drôle de petit drapeau rouge. Dessus il est écrit U.S. MAIL, *approved by the general postmaster*. Elle en rêvait déjà quand elle était en Suède.

Rolf ne voulait pas nous laisser partir, murmure-t-elle, *il n'admettait pas qu'on puisse désirer mener une autre vie. Alors il nous a tués, Leif et moi. Ici, à cette latitude, à cette longitude. C'est ici que le crime a eu lieu. Un iceberg a servi d'arme. Il disait qu'il voulait mourir avec nous, mais il a eu peur, à la dernière minute, quand le bateau s'est enfoncé. Il a sauté par-dessus le bastingage, sur la glace... Il nous a regardés couler, comme un lâche. Lui, le grand aventurier du Pôle.*

Peggy se laisse bercer par la voix qui n'est ni amère ni vindicative. Elle a les paupières closes maintenant et flotte, bras et jambes à la dérive. Elle a cessé de nager. La deuxième batterie se vide doucement. La température glaciale du fond est en train de réduire ses capacités.

Peggy éprouve une telle fatigue qu'elle a envie de s'asseoir sur le canapé rose du salon. Bien sûr, les bouteilles arrimées sur son dos la gênent, et elle ne peut se résoudre à ôter l'embout du respirateur de ses lèvres pour boire la tasse de café que lui tend Birgit. Malgré cela, elle s'applique à demeurer souriante, aimable (quoiqu'il soit difficile de sourire en conservant un morceau de plastique dans la bouche). Les bulles qui s'échappent de son masque montent droit au plafond de la maison où elles roulent, telles les grosses perles tombées d'un collier de mercure.

Par la baie vitrée, Peggy voit Leif pédaler sur son tricycle. Il fait le tour du jardin en imitant la sirène d'une voiture de pompiers. C'est un gosse adorable, aux cheveux si blonds qu'ils paraissent blancs.

Birgit va dans la chambre. Elle en ramène son journal intime.

— Rolf l'a lu, explique-t-elle, c'est comme ça qu'il a su que je voulais le quitter. Il ne l'a pas supporté. Un héros tel que lui ne pouvait pas être abandonné par sa femme, c'était impensable. Il aurait perdu la face. Alors il a monté cette histoire de naufrage...

Elle tourne les pages du journal, mais l'encre se dilue dans l'eau de mer. Le café a un goût salé. C'est le problème quand on vit au fond de l'océan, soupire Birgit. C'est comme les cheveux, impossible de les coiffer correctement. Quant au maquillage, n'en parlons pas, rien ne tient à cette profondeur. Essayez de vous vernir les ongles par 85 mètres de fond, vous m'en direz des nouvelles !

Peggy glisse au creux du canapé rose. Elle se répète qu'il n'est pas poli de s'endormir lorsqu'on est invitée chez quelqu'un, hélas c'est plus fort qu'elle. Le sommeil la leste de ses gueuses de fonte. Elle coule, coule, toujours plus bas.

À présent, Birgit lui explique qu'elle en a assez de vivre sous l'eau, elle veut remonter, être ensevelie à côté de son fils dans une bonne terre noire et grasse... ou, mieux encore, dans la poussière rouge du désert, dans un endroit d'une sécheresse incomparable. Elle voudrait qu'on l'enterre dans la Death Valley, là où toute humidité est bannie.

Oui, c'est ce qu'elle souhaite. Elle en a assez d'attendre.

— Il faut que vous nous remontiez, mon fils et moi, dit-elle à Peggy.

Elle pose sa main sur le genou gainé de Néoprène de la plongeuse. Sa chair est toute molle, sans couleur. De la chair de poisson en train de se défaire.

— Remontez-nous, insiste-t-elle, ou bien Rolf fera sauter le bateau.

*

Un spasme arrache Peggy aux fantasmes du sommeil. Elle claque tellement des dents qu'elle est sur le point de lâcher son embout. Elle doit remonter, il n'y a rien au fond, que de la ferraille et de tristes fantômes. Ses mains sont des morceaux de glace, elle n'en perçoit plus les contours. L'ordinateur lui indique qu'elle est au fond depuis quinze minutes à peine, la remontée sera néanmoins d'une heure, compte tenu des paliers obligatoires ! Elle enrage, à cinq minutes près, elle n'aurait été que d'une demi-heure ! Foutu rêve !

Disposera-t-elle d'assez de chaleur en conserve pour tenir jusqu'au moment où elle pourra se hisser hors de l'eau ? Elle n'a pas envie de bouger. Elle voudrait se recroqueviller en chien de fusil et retourner dans la petite maison onirique de Birgit. Brasser l'océan glacial lui donne encore plus froid. Elle essaye de retrouver le filin qui la guidera vers la surface. Elle éprouve une terreur soudaine à l'idée de ne plus pouvoir le localiser, de ressortir au mauvais endroit... et de se cogner la tête contre le couvercle de la banquise. Les frissons couvrent son corps, les pointes de ses seins lui font mal.

Elle repère enfin le câble et s'y cramponne. Maintenant, elle doit respecter les paliers, même si le froid la pousse à remonter le plus vite possible. Elle n'a pas le choix. Elle est prise entre deux éventualités également mortelles : mourir par hypothermie ou succomber à une embolie. Elle tâte la seringue fixée à la hauteur de son aine. Si elle presse le piston, le sérum pénétrera dans l'artère fémorale, et la chaleur artificielle la submergera. Elle hésite cependant, par crainte des effets secondaires... Et si son sang se mettait à bouillir ? Elle pense au *sludge*, à l'agrégat plaquettaire... Ces maux qui finissent par transformer les plongeurs en infirmes bouffis, gonflés de cortisone. Des malades dont le sang, boueux, n'arrive plus à circuler normalement au sein du réseau veineux.

Elle diffère le moment d'utiliser le gagdet de la dernière chance. Elle fixe le cadran de l'ordinateur, attendant le « top » qui lui donnera la permission de se propulser vers la surface.

Tout est pris dans la glace, même le temps est en train de geler.

*

Elle s'élève. Il lui semble que les mains de Birgit et de Leif essayent de la retenir en bas, dans la petite maison des abîmes. Le long calvaire de la décompression s'achève. Heureusement, la dernière batterie a tenu le coup.

C'est au moment où elle s'agrippe au filin pour marquer le dernier palier que Peggy aperçoit l'objet fixé sur la coque du cargo, juste au-dessus de sa tête. C'est une mine, une mine magnétique comme les plongeurs de l'armée en posaient pendant la Seconde Guerre mondiale.

17

Peggy garde un souvenir confus de ce qui a suivi. Ainsi, elle ne conserve aucune image du moment où elle a crevé la surface. On a dû la saisir, la hisser à bord, bien sûr, mais elle ne se voit pas sortir de l'eau. Il lui semble qu'à un moment on l'a étendue sur le pont, que Yuki s'est empressée de lui coller une bouillotte brûlante sur le ventre, à la hauteur du plexus solaire, et de l'envelopper dans une couverture. Il lui semble... que Rolf s'est alors penché sur elle, très pâle, le visage secoué de crispations nerveuses. Il lui a posé des questions sur ce qu'elle avait vu en bas. Peggy l'entend encore crier « Est-ce qu'ils étaient là ? » En guise de réponse, elle a bredouillé quelque chose à propos du petit cheval à bascule posé au fond de la mer. Mal lui en a pris, le Suédois l'a saisie par les épaules pour la secouer de toutes ses forces. Elle a cru comprendre qu'il voulait l'obliger à replonger, tout de suite.

— Tu leur as fait peur, hurle-t-il. Ils se sont cachés.

Yuki est sortie de son habituelle réserve pour les séparer. Ensuite, Peg a perdu connaissance malgré le désir qu'elle avait de leur parler de la mine magnétique collée sur la coque, à la hauteur de la salle des machines.

Elle n'a pas senti qu'on l'emmenait et les vociférations d'Amundssen, en pleine crise, se sont estompées jusqu'à s'éteindre complètement.

À présent, elle est réveillée. Elle est couchée dans sa cabine, sous une couverture chauffante. Des bouillottes lui brûlent la peau du ventre et des seins.

— J'ai cru que vous alliez mourir, dit Yuki, assise à son chevet. Vous étiez bleue.

— J'étais en hypothermie, murmure Peggy. C'est comme ça qu'on crève ici.

Les images du fond la submergent. Surtout celle du cheval à bascule recouvert de concrétions marines, ce jouet banal devenu idole des profondeurs... Elle ouvre la bouche pour en parler quand lui revient le souvenir de la mine, enkystée sous la ligne de flottaison. Elle se redresse, véhémente, et explique à la Japonaise ce qu'elle a vu avant de faire surface.

— Ce n'était peut-être qu'un fantasme, hasarde Yuki. Vous étiez déjà à demi inconsciente. Vous avez pu imaginer cette chose...

— C'est possible, admet Peg, mais si c'était vrai ? Si elle était réellement là ?

— Vous pensez que Rolf l'aurait posée ?

— Non, ça paraît absurde. Pourquoi s'embêter à coller une mine à l'extérieur alors qu'il a toute latitude pour installer des explosifs sous les caillebotis des cales ?

Les deux jeunes femmes se regardent. Elles pensent la même chose « Si ce n'est pas Amundssen, *alors qui ?* »

— Les yakuzas, balbutie la Japonaise. Ils nous ont retrouvés. Ils ont envoyé des plongeurs pour faire sauter le bateau là où personne ne s'avisera de le chercher. Ils savent qu'il n'y aura pas d'enquête. Tout le monde croit qu'Amundssen est dingue, qu'il cherche à se suicider depuis des années.

Peggy repousse la couverture. Il se pourrait bien que Yuki ait raison. Chaque minute qui passe les rapproche d'une mort certaine. Elle se lève. Pendant un moment elle s'est répété qu'il s'agissait d'un fantasme, d'une image onirique générée par la perte de conscience progressive due à l'hypothermie. Elle n'en est plus aussi certaine à présent.

— Il faut aller voir, souffle-t-elle. Où est ma combinaison ?

— Vous saurez la désamorcer ? s'inquiète Yuki.

— Vous plaisantez ? crache Peg. Je ne connais foutrement rien aux explosifs. J'en ai vu dans les mains des ouvriers quand je travaillais à remodeler le massif corallien, mais je ne sais pas les faire fonctionner en dehors de la bonne vieille dynamite. Encore moins arrêter le compte à rebours d'une mine enclenchée.

Elle cherche ses vêtements, s'habille. Elle se sent faible. Elle ne sait pas depuis combien de temps elle n'a rien avalé. Elle réclame du chocolat. Yuki lui tend une tablette qu'elle dévore en quelques coups de dents. L'idée de la mine les obsède mais elles ne veulent pas céder à la panique, elles s'obligent à procéder avec méthode. Heureusement, la Japonaise a eu la présence d'esprit de mettre les batteries en charge. Il reste assez d'air dans les bouteilles pour une exploration rapide.

De toute manière, pense Peggy, *s'il y a réellement une bombe plaquée contre la coque, je ne pourrai que donner l'alarme. Rien de plus.*

À moins que l'engin ne tienne par des aimants ? Dans ce cas, elle pourra sans doute le détacher et le laisser couler au fond... Elle enrage de ne rien savoir de ce type de matériel. Un homme connaîtrait ces choses. Elle a remarqué que les plus pacifiques d'entre eux possèdent à la perfection le mode d'emploi des outils réservés à la destruction de la vie humaine. D'où cela vient-il ? Des films de guerre dont on les abreuvait lorsqu'ils étaient enfants, ou bien est-ce génétique, comme les techniques de combat des insectes ?

Yuki l'aide à enfiler sa tenue de plongée. Peggy fouille dans ses souvenirs de cinéphile. Le drame c'est qu'elle n'a jamais aimé les films de guerre. Contrairement à ce qu'imaginent les gens qui la côtoient aujourd'hui, elle n'avait rien d'un garçon manqué lorsqu'elle avait douze ans.

— J'y vais, lance-t-elle.

Elles sortent toutes les deux. Le bateau est toujours en panne au milieu du champ de glace, mais Peggy se méfie. Si Amundssen relançait les machines pendant qu'elle est dans l'eau, elle n'aurait pas le temps de remonter. Elle doit s'arrimer à un filin de sécurité. De cette manière, si le cargo reprend sa course, elle pourra se haler sur l'échelle de coupée. Elle examine le pont. Il est vide, comme la timonerie. Rolf doit s'être une fois de plus réfugié dans la petite maison de la cale interdite. Il faut en profiter. Peggy descend la passerelle et se laisse glisser dans l'eau. Elle suffoque malgré la combinaison chauffante. Elle a l'impression de nager dans du tapioca fluide. Les glaçons et le krill réduisent la visibilité à presque rien. Elle allume sa torche électrique et longe la coque, une main sur l'acier. Elle éprouve une crispation à l'estomac en découvrant la protubérance collée sur la tôle de la quille. Elle n'a pas déliré. On a bien posé une bombe. Elle bat des palmes pour se rapprocher et augmente la flottabilité de son gilet gonflable.

C'est une mine magnétique qui adhère à la tôle au moyen de gros aimants. Un cadran permet de régler le compte à rebours. Il ne s'agit pas d'un affichage digital lumineux mais d'un banal cadran de réveille-matin muni d'une grosse aiguille phosphorescente. Le réglage s'effectue au moyen d'une molette disposée au centre du cadran. Curieusement, l'aiguille est à zéro... comme si on avait oublié de régler le délai avant explosion.

Ou bien comme si le compte à rebours était achevé ! pense Peggy avec un frisson. *Mais oui, c'est ça ! La mine aurait dû exploser ! Si elle ne l'a pas fait, c'est qu'elle est défectueuse.*

Retenant son souffle, elle approche son masque de l'objet. C'est une mine de l'armée américaine, les inscriptions le prouvent. Pourtant, ce matériel semble vétuste. Sa forme, son aspect, sa technologie même, relèvent d'un autre âge.

Du vieux matériel de récupération, songe la jeune femme. *Ça ne tient pas debout, les yakuzas ont tout de même les moyens de se payer autre chose !*

Elle hésite à décoller la bombe. Si quelque chose s'est coincé dans le mécanisme, empêchant l'explosion, une simple secousse peut le débloquer et du même coup déclencher la mise à feu.

Peut-être serait-il plus sage de laisser l'engin de mort là où il est ?

Mais non, se dit-elle. *Un bloc de glace peut le heurter, et le choc sera alors encore plus violent que celui que tu produiras en le décollant.*

Une décision rapide s'impose. Elle a froid. Elle n'a pas de batterie de rechange. Retenant sa respiration, elle saisit la mine entre ses paumes gantées et exerce une traction régulière pour la décoller de la coque. Le pouvoir d'adhérence des aimants est puissant. Peggy sait que la charge risque de lui exploser dans les mains. La secousse risque de débloquer le détonateur coincé par la rouille, ou durci par le gel. La bombe a été conçue pour déchirer le ventre d'un bateau, la jeune femme n'ose même pas imaginer l'effet qu'elle peut avoir sur un corps humain.

Avec un « clong » sourd, la bombe accepte enfin

de se décoller. Peggy la lâche aussitôt et la regarde couler vers le haut-fond. Ses mains tremblent. Elle nage vers l'échelle de coupée et se hisse au sec.

Yuki l'aide à grimper sur le pont.

— Alors ? demande-t-elle anxieusement.

Peg lui raconte ce qu'elle a vu.

— Une vieille mine américaine ? s'étonne la Japonaise.

— Oui, confirme la plongeuse. Du matériel démodé. Vétuste. C'est cela qui nous a sauvés. Le compte à rebours achevé, le détonateur s'est bloqué. Nous devrions tous être morts à l'heure qu'il est.

— Ça n'a aucun sens, soupire Yuki. Les yakuzas disposent des armes les plus perfectionnées, jamais ils n'auraient utilisé du matériel de récupération.

Peggy hausse les épaules. Elle est d'accord avec l'Asiatique. Tout cela la dépasse.

18

Peggy, en voulant descendre prévenir Rolf du danger qui les menace, a trouvé porte close. Le Suédois s'est enfermé dans la cale interdite et a bloqué l'écoutille de l'intérieur. Elle a eu beau tambouriner sur le battant d'acier, elle n'a obtenu aucune réaction. En remontant, elle a croisé Ignouk et lui a vertement reproché d'avoir, une fois de plus, fourni des hallucinogènes au capitaine. Le chaman a hoché la tête avec résignation.

— Toi pas comprendre, a-t-il marmonné en adoptant la diction approximative qu'il aime contrefaire.

C'est fini, c'est ta faute. Tu n'as pas remonté les corps. Rolf désespéré. Il faut s'attendre au pire. Capitaine savoir qu'il n'aura jamais la paix... Oui, oui.

Exaspérée, Peggy lui a tourné le dos.

La nuit venue, Yuki a décidé qu'il était plus prudent pour elles de dormir dans la même cabine. Elles se sont barricadées le mieux possible et ont institué un tour de garde. Bien leur en a pris. À minuit, le fantôme somnambule a recommencé à déambuler dans les coursives. Peggy a flairé la même odeur de caoutchouc mouillé que les autres fois, comme si un plongeur de combat venu de la mer s'était hissé sur le cargo.

— On dirait qu'il cherche, a soufflé Yuki, quelque chose ou quelqu'un...

C'est lui qui a posé la mine, a songé Peggy. *Mais à quoi ça rime ?*

Au matin, on a trouvé un matelot mort dans l'une des cales. Il était sans doute descendu voler de l'eau-de-vie dans la cambuse car on a découvert sur lui le passe-partout artisanal avec lequel il comptait crocheter le cadenas fermant la réserve de vivres. Il a eu le malheur de se trouver nez à nez avec le fantôme de Néoprène. Cela lui a valu d'être poignardé en pleine poitrine. C'est Ignouk qui l'a vu le premier, en allant chercher de la nourriture pour le petit déjeuner. Le marin reposait sur le dos, les yeux écarquillés, la bouche pleine de sang noir.

— C'est l'homme-phoque, bredouille sans arrêt le chaman. Il nous tuera tous, les uns après les autres.

Peggy a décidé de ne pas l'écouter. Les démons de la mer ne se servent pas de mines magnétiques de l'armée des États-Unis, ou alors c'est que les choses ont bien changé au royaume des légendes.

Les matelots ont tenu à jeter le corps par-dessus le bastingage de peur qu'il ne se relève la nuit pour les hanter. C'est contraire à la loi mais ils sont à bout de nerfs et donneraient n'importe quoi pour fuir le cargo.

Peggy, qui observait la cérémonie depuis la passerelle de commandement, a remarqué que le corridor de glace où le navire se trouve engagé est en train de se refermer. Si l'on ne se décide pas à lever l'ancre, le cargo risque d'être broyé par les icebergs tabulaires qui encerclent dangereusement sa coque. Est-ce ce que souhaite Rolf ?

19

Ce matin, Amundssen est remonté de la cale. Il avait l'air hagard et exténué. Il a marché jusqu'à la proue pour regarder la ligne d'horizon. Le vent s'est levé, le flagellant de ses grêlons, mais le Suédois n'a pas bougé.

Au bout d'une vingtaine de minutes, il a regagné la timonerie. Peggy a pensé qu'il allait donner l'ordre de remettre en marche, hélas les haut-parleurs sont restés muets. Elle allait faire part de son exaspération à Yuki quand celle-ci s'est soudain dressée sur sa couchette, les yeux dilatés par la surprise. Un bip-bip lancinant sortait de son sac de voyage. La Japonaise y a plongé la main, exhibant la balise dont l'ampoule rouge clignotait sur un rythme plus rapide qu'à l'accoutumée.

— C'est mon père ! a-t-elle crié. Ça y est ! Nous sommes à portée de son émetteur. Il se rapproche...

Elle était au bord de l'hystérie. Comme Peggy s'approchait d'elle, la voix de Rolf Amundssen a résonné dans le haut-parleur de la coursive. Elle leur demandait de venir au plus vite sur la passerelle de commandement.

*

Elles sont devant le Suédois qui n'a pas écouté un mot des explications de Yuki au sujet de la balise. Plus que jamais, il semble ailleurs, à cheval entre deux mondes. Il a maigri et vieilli depuis le début de la traversée, ou alors c'est un effet des drogues qui le ravagent. Ces marques de faiblesse le rendent encore plus séduisant, c'est une très belle épave, personne ne le contesterait.

— Je vais me saborder, annonce-t-il en regardant tour à tour les deux jeunes femmes. J'ai pris ma décision. N'essayez pas de m'en faire changer, vous perdriez votre temps. Je vais faire sauter le bateau, ici même. Il n'y a pas d'endroit plus approprié. Je vais aller rejoindre ma femme et mon fils. Nous dormirons dans la même tombe.

Il a dit cela sans effet mélodramatique, plutôt avec la lassitude d'un homme qui vient d'avaler un puissant somnifère et qu'on empêche de se mettre au lit. Yuki proteste, non par humanité, mais parce que le suicide d'Amundssen tombe mal, juste au moment où la balise vient de capter le signal émis par son père. Rolf balaye l'argument d'un geste de la main. Il est au-delà de tout ça. Le monde des vivants ne l'intéresse plus.

— Je ne veux pas vous entraîner dans la mort, reprend-il. Mes problèmes ne concernent que moi. Je vous laisserai le temps de quitter le navire. Prenez les deux plus gros canots et entassez-y autant de vivres que vous pourrez. N'oubliez ni les tentes ni le matériel de survie.

— Vous êtes cinglé, vocifère Peggy. Combien de temps croyez-vous que nous allons tenir sur la banquise ?

— Je n'en sais rien et je m'en fiche, lâche le Suédois. Avant de partir, descendez à la cabine radio et expédiez un S.O.S. en donnant votre position. Il se trouvera bien quelqu'un pour capter ce message et venir vous chercher.

Il sort un chronomètre de sa poche et le contemple.

— Vous avez deux heures, décrète-t-il. J'ai déjà actionné la mise à feu. La fusée du détonateur mettra environ 120 minutes pour actionner le percuteur. C'est irréversible. On ne peut plus rien arrêter. La chose est en marche. Dans deux heures, plus ou moins, tout va sauter, que vous ayez ou non évacué le navire. Ce n'est pas le moment d'entamer une polémique. Je ne suis pas intéressé par vos petites affaires. D'autre part, il ne faut pas trop se fier aux retardateurs. Il y a toujours un décalage. Les 120 minutes peuvent rétrécir d'un bon quart. À votre place, je ne perdrais pas de temps en vains palabres.

— Et si nous vous forcions à désamorcer les charges ? lance Peg.

— J'aimerais voir ça... ricane Amundssen en refermant son énorme poing sur la montre d'acier terni.

La jeune femme a l'impression qu'il pourrait broyer l'objet dans sa paume sans plus de difficulté qu'on fait éclater une noix.

— Allez, soupire-t-il, ne perdez pas de temps. Demandez à Ignouk de vous donner un coup de main.

Il connaît bien la banquise, il vous aidera efficacement.

Il n'y a plus rien à faire. Yuki tire Peggy par la manche. Elle veut descendre à la radio.

— C'est inutile, lâche Peg, c'est un appareil vétuste, sa portée est dérisoire. Servez-vous plutôt de votre cellulaire.

— Je dois attendre le passage du satellite, balbutie la Japonaise. Nous ne sommes pas bien positionnés pour le moment. Ça ne donnerait rien. De plus, il ne faut pas épuiser la batterie. Une fois que nous aurons quitté le bateau, il deviendra impossible de la recharger, et avec ce froid...

Elle a raison. Elles dégringolent la passerelle jusqu'à la cabine radio. Là, Yuki manipule l'émetteur sans obtenir autre chose qu'un bruit blanc, un crachouillis de parasites. Peggy lui arrache le micro et répète plusieurs fois le message de détresse en précisant leurs coordonnées. Elle se sent idiote. Personne ne les a entendues, c'est certain. La portée de cette antiquité ne doit pas dépasser la proue du cargo !

Nous sommes foutues, pense-t-elle en posant le microphone sur la table.

— Okay, décide-t-elle après avoir consulté sa montre. Il faut y aller, sinon les matelots risquent de se tirer en nous oubliant à bord.

Elles gagnent le pont. Les hommes s'agitent, affolés. Ils hurlent dans leur langue. Pour les rassurer, Ignouk donne des ordres. Une chaîne s'organise. On ramène des vivres, du combustible pour faire du feu. De la graisse et des bidons d'huile. Peggy se rappelle que l'Esquimau lui a expliqué qu'on pouvait survivre des jours et des jours rien qu'avec une bonne réserve de gras de phoque. Pendant qu'elle s'agite sur le pont verglacé, elle lève les yeux pour regarder Rolf. Il est debout dans la timonerie. Il a allumé une pipe et fume en fixant l'horizon. La voyant rêvasser, Ignouk, un ballot entre les mains, la réprimande. Les deux embarcations se remplissent. Il ne faut rien oublier, on ne sait pas combien de temps les secours mettront à venir... si jamais ils viendront. Yuki est partie dans sa cabine recharger en catastrophe la batterie de rechange du cellulaire. Désormais, leur survie dépendra de cet appareil, de sa capacité à émettre en direction du satellite un appel au secours réellement audible.

Peg est désorientée, elle ne pensait pas que les choses évolueraient de cette façon. Elles n'auraient jamais dû embarquer avec Rolf. Elles auraient dû se fier aux ragots qui couraient sur son compte. Elles...

De toute façon, il est trop tard pour pleurnicher. Le temps leur est compté. Peggy regarde encore Amundssen, seul dans sa cabine. Compte-t-il rester là, la pipe au bec, les mains sur la roue du gouvernail pendant que le cargo s'enfoncera dans les flots ?

Elle se tourne vers Yuki qui s'approche, le précieux téléphone rangé dans sa housse de cuir.

— On ne peut pas laisser Rolf couler, dit-elle. On ne peut pas le laisser se suicider. Il faut l'emmener avec nous.

— Ah oui ? fait la Japonaise d'un ton acerbe. Et comment ferez-vous ? Ce type pèse trois fois plus que vous. Il vous aplatira d'un seul coup de poing. C'est lui qui nous a mis dans ce merdier, qu'il se débrouille.

Peggy se dirige vers Ignouk et lui répète la même chose. L'Esquimau hoche la tête, embêté.

— Donne-lui une drogue, dans du café, insiste la jeune femme. Tu as bien ça dans ta panoplie de farces et attrapes, non ? Quelque chose qui le fera dormir. Si c'est toi qui le lui amènes, il ne se méfiera pas.

— Ignouk pas aimer mentir, grogne le cuisinier.

— Arrête ! siffle Peg. Il s'agit de la vie d'un homme. On ne peut pas le laisser se foutre à l'eau. C'est un marin de premier ordre et ses connaissances nous seront bien utiles si nous voulons survivre.

Ce dernier point semble accrocher l'intérêt du chaman. Il a beau vivre en compagnie des esprits, il n'aime pas beaucoup l'idée de mourir sur la banquise.

— Si tu veux un bon prétexte, insiste la jeune femme, va lui porter un pot de café et réclame-lui la clef du cadenas de l'arsenal. Nous aurons besoin des fusils, il ne peut pas décemment nous en priver. Okay ?

— Okay, grogne l'Esquimau.

Il disparaît dans la cambuse. Les canots sont pleins. Les matelots trépignent, ils voudraient ficher le camp sans attendre. Ignouk a veillé à ce que chacune des embarcations emporte un nécessaire complet de survie, tentes et sacs de couchage inclus. De cette manière, s'ils se perdent de vue dans le brouillard, les deux groupes auront une chance égale de s'en tirer.

Pas tout à fait, pense Peg. *Le cellulaire est dans la poche de Yuki, pas dans celle des matelots.*

La Japonaise voudrait, elle aussi, qu'on descende les canots de leurs bossoirs. Elle ne cesse de regarder la balise dont les bips-bips deviennent lancinants. Elle a hâte de se mettre en chasse.

Peggy consulte sa montre. Le temps file. Elle sait qu'il faudrait commencer à évacuer pour se trouver assez loin du bateau lorsque celui-ci s'enfoncera. Le pouvoir de succion d'un gros navire est effrayant, il peut entraîner à sa suite tous les canots de sauvetage qui croisent à proximité. C'est comme un tourbillon, un entonnoir en ligne directe avec les abîmes.

Ignouk remonte, il tient un pichet isotherme à la main. Il évite le regard de la jeune femme et grimpe à la timonerie. Déjà, Peg regrette son initiative. Est-ce réellement une bonne idée de sauver Amundssen contre son gré ? Ne risque-t-il pas de poser des problèmes une fois sur la banquise ? Son comportement suicidaire peut mettre en danger la petite communauté des naufragés. D'un autre côté, comme il a lui-même survécu à une situation analogue, il connaît toutes les erreurs à ne pas commettre, toutes les astuces...

Du coin de l'œil, elle observe les silhouettes des deux hommes sur la passerelle de commandement. Elle voit Rolf porter à ses lèvres une tasse de café. S'il ne s'effondre pas d'ici un quart d'heure, tant pis pour lui, elle l'abandonnera à son sort. C'est décidé.

Amundssen sort enfin du poste et descend dans la cale. Il va attendre l'apocalypse dans la petite maison du jardin secret. Le détonateur est là, Peggy en est certaine, mais le trouver et couper tous les fils prendrait trop de temps. Elle ne peut pas courir ce risque.

— Il faut partir ! lance Yuki. Vous nous mettez en danger avec votre stupide sentimentalisme !

Les matelots en ont assez d'attendre. Ils ont sauté dans l'un des canots et manœuvrent les manivelles pour faire descendre l'embarcation au niveau des vagues. Les bossoirs hurlent car les câbles sont gelés, ils pourraient casser comme du verre à tout moment.

— Ta potion, lance Peggy au chaman, elle agit vite ?

— Oui, fait Ignouk. Mais capitaine solide comme un roc, peut-être sera plus long avec lui.

— On ne peut plus attendre. Allons le chercher.

Elle ramasse un pied-de-biche qui a servi à ouvrir les caisses de vivres et prend la direction de la cale, Ignouk sur ses talons. Elle est bien décidée à assommer Amundssen s'il n'est pas tout à fait endormi. Elle trouve Rolf effondré dans la coursive. Il ne dort pas mais ne parvient plus à tenir sur ses jambes. En les voyant s'avancer, il se met à les insulter dans sa langue maternelle, et esquisse des gestes maladroits pour les frapper. Ils l'empoignent chacun par un bras et le traînent vers le pont. Il est lourd. Un vrai bloc de fonte. Heureusement, la potion l'a en grande partie privé de sa force et ses ruades demeurent sans effet. Il jure, il grommelle, comme un homme ivre.

— Lui pas content, fait Ignouk, mal à l'aise. Quand se réveillera, se vengera sur nous.

— Aide-moi à le faire basculer dans le canot, halète Peggy. Pour la vengeance, on verra plus tard.

Le grand corps d'Amundssen s'affale au fond de l'embarcation. Ignouk, Yuki et Peggy le rejoignent. Aussitôt la plongeuse et l'Esquimau empoignent les manivelles l'une à la poupe, l'autre à la proue, et laissent filer le câble. Le canot descend en cahotant, car ils ne sont pas parfaitement synchrones. C'est une manœuvre qui réclame du doigté si l'on ne veut pas voir la chaloupe se mettre à pencher dangereusement d'un seul côté. Enfin, ils touchent l'eau. Les filins largués, ils saisissent les rames et, selon le terme en usage dans la marine, se mettent à « nager ». Au ras de la ligne de flottaison, les morceaux d'iceberg leur paraissent énormes. Ils gênent la progression de la grosse barque surchargée. La moindre fausse manœuvre suffirait à les faire chavirer. Peggy souque de toutes ses forces. Elle a l'illusion de rester sur place. L'ombre du cargo les recouvre. Il faut s'éloigner au plus vite, prendre du champ. Si l'explosion se produit maintenant, ils seront à coup sûr aspirés à la suite de l'épave.

Ils rament de manière désordonnée. Chaque fois qu'ils heurtent un bloc de glace, Peg s'attend à voir la barque se retourner. Yuki respire fort, la panique est en train de la gagner. Seul Ignouk, fataliste, souque avec lenteur.

Peu à peu, le canot se fraye un chemin au milieu du champ de débris. Il paraît incroyablement petit en comparaison avec les formidables fragments de banquise à la dérive, et dont certains dépassent 7 à 8 mètres d'épaisseur.

Peggy craint que l'enfoncement du navire ne projette tous ces blocs sur eux, lesquels les broieraient sans pitié.

Une explosion sourde retentit, les faisant tous sursauter. Deux autres déflagrations lui font écho. Cette fois, Peg voit nettement la coque se déchirer à la proue, à hauteur de la ligne de flottaison. L'eau s'engouffre dans la brèche avec un grondement. Amundssen a parfaitement calculé son coup. Le cargo va sombrer en deux minutes, ses cales submergées. La mer le remplit avec la puissance d'une cascade, la proue s'enfonce déjà. L'*Iceberg Ltd* pique du nez, se préparant à plonger sous les flots. Il va descendre en diagonale et percuter le haut-fond. Ce choc le cassera probablement en deux.

Des bouillonnements environnent l'étrave, énormes, sonores. Ils résonnent dans la carcasse de métal tels des borborygmes stomacaux. La proue est en train de disparaître sous les eaux. Dès que la coque sera pleine aux deux tiers, tout ira très vite. Peggy tire sur la rame à s'en arracher les paumes. Elle transpire sous les vêtements entassés. C'est mauvais lorsqu'elle s'arrêtera, les habits risquent de geler sur sa peau. D'une main, elle entrouvre sa combinaison pour se donner de l'air. Yuki hurle quelque chose... Elle demande si l'on est assez loin pour ne pas subir l'aspiration du naufrage. Peggy lui répond qu'elle n'en sait rien. L'autre idiote s'imagine sans doute qu'elle passe sa vie à regarder sombrer les paquebots !

L'enfoncement du cargo produit de grandes turbulences et les débris de banquise commencent à s'entrechoquer. Il faudrait aborder sans attendre de se trouver pris dans les tenailles des icebergs tabulaires que la houle fait danser. La jeune femme regarde autour d'elle, cherchant une éventuelle plage de débarquement. Hélas, les parois sont à pic, les fractures verticales. Il faudrait une plage en pente douce. Ignouk a eu la même idée, il scrute les alentours. On doit aborder au plus vite sous peine de se retrouver coincés dans l'étau.

Ils rament aussi rapidement que possible pour sortir du chenal. L'Esquimau commande la manœuvre, grâce à lui le canot se dégage du labyrinthe mortel. D'où ils sont à présent, ils ne voient plus le navire à l'agonie, l'écran des icebergs leur bouche la vue. Ils rament. La mer est de plus en plus agitée. C'est le signe que le bateau est en train de plonger vers les hauts-fonds, sa masse perturbe les flots. Peggy ne peut s'empêcher d'imaginer le gros navire piquant telle une énorme torpille sur l'épave qui gît dans la vase depuis dix ans. Il va l'écraser. Les deux bâtiments ne formeront plus qu'un même enchevêtrement d'acier.

Elle frissonne.

— Où sont les autres ? hurle Yuki en scrutant l'océan.

Peggy réalise soudain que le premier canot, celui des hommes d'équipage, a disparu.

20

Ils ont appelé, longtemps, sans obtenir de réponse. Leurs voix manquaient de puissance face au bruit des vagues. Les marins se sont probablement égarés dans le dédale des icebergs fracturés. On ne peut rien faire pour eux. Yuki s'est empressée de sortir la balise qui clignote toujours. Elle explique que son autonomie est limitée, et qu'il est urgent de retrouver son père avant que l'appareil ne s'éteigne. Le récepteur donne le cap à suivre si l'on veut se rapprocher du signal. Le GPS indiquera toute dérive éventuelle.

— Si vous recevez le GPS, lance Peggy, vous pouvez passer un S.O.S. par le cellulaire !

— Non, s'entête Yuki. Pas encore, pas tant que nous n'aurons pas retrouvé mon père.

— Et si les batteries se vident sous l'action du froid ? riposte la plongeuse.

— Elles ne se videront pas, rétorque la Japonaise. Je les porte contre ma peau. Inutile d'insister. De toute manière, même si vous me les prenez de force, vous n'arriverez pas à mettre le cellulaire en marche, un code verrouille le clavier. Je ne vous le donnerai pas. Je sais bien qu'une fois le S.O.S. lancé, aucun de vous ne se soucierait plus d'aller au secours de mon père.

Garce ! peste Peggy.

Il n'y a plus qu'à ramer. Le canot, trop chargé, est bas sur l'eau. Il faudrait peut-être l'alléger, mais comment savoir si l'on ne regrettera pas ensuite son geste ? Qui sait combien de temps il faudra tenir en attendant l'arrivée des secours ?

Souquer a au moins l'avantage d'entretenir la chaleur musculaire et, pour l'instant, personne ne souffre encore du froid. On avance sur l'immensité grise. Il n'y a pas de houle, il faut espérer que cela continue.

— À quelle distance la balise situe-t-elle le point d'émission du signal ? demande Peggy.

— Vingt kilomètres, répond l'Asiatique. Mais on dirait qu'il se rapproche. L'iceberg où le crash a eu lieu dérive dans notre direction. En fait il vient à notre rencontre.

— Espérons que nous pourrons y aborder, souffle Peg. Sinon il nous passera devant le nez sans que nous puissions nous y accrocher.

Elle songe aux tabulaires qu'ils ont longés tout à l'heure. Des parois de glace à pic, lisses comme du verre, découragent toute escalade.

— Il faudra lancer grappin, dit le chaman. J'ai emmené fusil lance-harpon. Pas plus de cinq cartouches. Ça peut marcher si les génies nous aident.

— Les génies... soupire Peggy.

— Oui, insiste l'Esquimau. Génies aimer actions téméraires. Génies accorder volontiers leur aide aux fous.

Alors nous sommes sauvés, pense la jeune femme en tirant la rame sur sa poitrine.

21

Ils ont ramé pendant quatre heures, ne s'accordant que de courtes pauses. Ils savent qu'ils n'ont pas le choix. S'ils s'arrêtent, ils gèlent. Seul un effort musculaire continu peut les sauver de l'hypothermie. De temps à autre, Peggy jette un coup d'œil à Rolf qui gît au fond du canot. Elle se dit qu'il est peut-être mort gelé. On a posé sur lui une couverture de survie en priant que ce soit suffisant.

La seule bonne nouvelle, c'est que l'iceberg sur lequel le crash a eu lieu se rapproche vite. Peggy espère seulement qu'ils auront encore assez de force pour s'y hisser lorsque le moment viendra d'aborder.

Ils ne parlent plus. Peg rame les yeux fermés pour échapper à l'aveuglement. Le soleil bombarde les morceaux de glace de scintillements qui font mal. Elle agit mécaniquement, comme le faisaient jadis les condamnés enchaînés aux bancs de nage des galères royales. C'est la voix de Yuki qui la sort de l'hébétude. Le bip-bip est devenu lancinant, un cri de souriceau égorgé qui n'en finit plus de hurler à la mort.

— C'est lui ! s'exclame la Japonaise, c'est lui !

Elle est debout à la proue de l'embarcation et désigne un immense fragment tabulaire qui leur barre l'horizon. De nouveau, l'odeur de terre et d'eau croupie des icebergs frappe Peggy au visage. Elle plisse les yeux et scrute les parois. Sont-elles trop hautes ? trop lisses ?

Et si le morceau de banquise leur passait sous le nez sans qu'ils puissent y poser le pied ?

— Pas gigoter ! grogne Ignouk, sinon barque chavirer et tous mourir ! Femme rester assise ! Laisser homme faire manœuvre.

Il empoigne les rames et se glisse avec beaucoup d'adresse le long de la plaque flottante. Peggy sent son inquiétude croître. Comme elle le craignait, les parois sont abruptes, lisses. Du verre grossièrement brisé. L'Esquimau a préparé un grappin. Le canot racle la glace. Des esquilles cinglent Peg au visage.

Enfin, une « plage » se présente, espèce de débarcadère naturel dont le relief accidenté forme un escalier aux marches inégales. Le chaman lance son grappin et rapproche l'embarcation de la banquise flottante.

— Vite, ordonne-t-il, déchargez les vivres et la tente.

Yuki hésite. Peggy se décide à sauter sur l'iceberg. Elle se dit que si le canot de sauvetage s'éloignait maintenant, elle resterait seule sur l'île de glace à la dérive. Seule, sans nourriture et sans abri, condamnée à périr dans les heures à venir.

Elle se reçoit mal, dérape sur le sol mouillé et manque de glisser directement dans la mer. Elle enfonce ses mains dans les crevasses avec l'énergie du désespoir, et freine sa chute. Ignouk s'impatiente. Il est important d'aller vite. Là où elle touche les vagues, la glace est pourrie, déliquescente. Elle a tendance à s'émietter. Il ne faut pas s'y attarder. Ils ne seront en sécurité qu'au milieu du floe.

Peggy se campe sur ses jambes. L'Esquimau commence à lui passer les paquets. La jeune femme les lance derrière elle, le plus loin possible, là où ils ne risqueront pas de tomber à l'eau. Ce n'est pas facile car le terrain est en pente, strié de craquelures. Il est évident que ce pan de glace pourrait se détacher d'une seconde à l'autre, surtout si on lui fait subir des secousses dont l'écho se mettrait à courir au long des crevasses.

Yuki se décide enfin à descendre. Peggy lui demande d'emmener les sacs plus haut, là où le terrain est plus solide. La Japonaise s'arc-boute aux conteneurs et s'exécute maladroitement. Le plus compliqué est de porter Rolf Amundssen à terre. Il est toujours inerte. Seul le petit nuage de buée qui sort de sa bouche prouve qu'il n'est pas encore mort.

Quand tout est déchargé, Ignouk s'empresse de sauter à son tour.

— Et le canot, demande Peg, on le laisse là ?

Le chaman hausse les épaules.

— Trop lourd pour être tiré au sec, grommelle-t-il. Pente trop raide.

— Nous allons le perdre, observe la jeune femme. Si la glace s'émiette, le grappin partira avec elle.

— Tant pis, souffle le gros homme. Rien pouvoir faire de plus pour le moment. On essayera plus tard de le hisser avec cordes, mais ça sera pas facile. Femmes pas assez fortes.

Il prend Rolf sous les aisselles et se dépêche de gravir les marches inégales de l'escalier naturel. Peggy l'imite, remorquant les pieds du capitaine. Elle sent la glace se défaire sous ses semelles avec un crissement inquiétant. Le pourtour de l'iceberg n'est qu'un sorbet en train de fondre. Le tabulaire vient de beaucoup plus haut vers le nord, les eaux sont déjà trop chaudes pour lui.

Une fois Rolf allongé au sommet, Ignouk aide la jeune femme à prendre pied sur le floe où Yuki les attend depuis un moment au milieu des paquets épars.

C'est une vaste plaine bosselée, couverte de neige. Dans la brume, elle paraît toucher l'horizon, mais c'est une illusion d'optique. Peggy estime qu'elle doit mesurer un kilomètre de long pour autant de large. C'est réellement un morceau de banquise à la dérive, une belle portion de Pôle découpé, comme les brownies, à angle droit. Nulle part on ne distingue la moindre épave.

Yuki s'agite. Où est l'avion de son père ? La balise de signalisation est devenue folle mais l'épave reste invisible.

— Elle est sûrement sous la neige, affirme Peggy pour rassurer l'Asiatique dont le désarroi grandit.

— Il faut sonder, observe Yuki. La localiser au plus vite.

— Non, coupe l'Esquimau d'une voix de commandement. Plus important monter la tente. Nuit bientôt tomber. Monter abri sinon mourir de froid.

La Japonaise tente de résister, en vain. Depuis qu'ils ont posé le pied sur l'île de glace, le blizzard les cingle, transperçant leurs vêtements. Les deux femmes décident d'obéir au chaman. Saisissant les paquets, elles les traînent pour s'éloigner de la zone de fracture. Peg ne sent plus ses bras, elle est épuisée. Elle aspirait juste pouvoir se recroqueviller dans un trou, là où les rafales ne pourraient pas l'atteindre, et dormir.

Déployer la tente de survie n'est pas chose facile. Bien qu'il s'agisse d'un modèle à armatures gonflables dont la structure se rigidifie dès qu'on lui injecte de l'air comprimé, il faut tout de même l'ancrer solidement dans le sol si l'on ne veut pas voir le blizzard l'emporter comme un sac en papier.

Peggy lutte avec les piquets et le maillet pour essayer d'enfoncer les tiges de fer dans la glace. Ici, loin du bord, celle-ci se révèle d'une grande dureté.

Elle est tellement à bout de nerfs qu'elle se surprend à pleurer. Les larmes gèlent sur ses joues.

Ignouk s'agenouille pour vérifier les fixations. Il semble inquiet. Le vent forcit. Il est chargé de neige, si bien que la visibilité se réduit de minute en minute.

— Les vivres ? demande la jeune femme.

— Espérer que le vent les emporte pas, grogne le chaman.

Peggy comprend son inquiétude. La surface plane de l'iceberg tabulaire est une véritable patinoire sur laquelle les objets glissent avec une redoutable facilité pourvu que les rafales les y encouragent. Cela implique que tout ce qui se trouve posé sur la plaine peut être poussé par-dessus bord à la prochaine bourrasque.

— Et si on les amarrait ? suggère Peggy.

— Trop tard, fait Ignouk en désignant le ciel. Tempête arriver droit sur nous.

Il devient difficile de voir quelque chose, les lunettes se couvrent de flocons dont la couche se reforme instantanément si l'on tente de les essuyer.

L'Esquimau bouscule les deux jeunes femmes pour les forcer à entrer dans la tente. Une fois de plus, il prend Amundssen sous les aisselles, et le tire à l'abri. À présent, la visibilité est nulle. C'est l'un de ces blizzards où l'on peut errer indéfiniment à proximité d'un igloo sans parvenir à en trouver l'entrée. Le danger ne relève pas du folklore, il est réel. Peggy sait qu'une fois égarée, elle pourrait tituber comme une somnambule, au hasard, jusqu'au moment où ses pas la mèneraient à la limite de l'iceberg, et où elle tomberait droit dans la mer.

La tente de survie a été prévue pour trois personnes, pas plus. À quatre, on est plutôt serrés. Ignouk y jette son paquetage : un sac à dos crasseux et tout rapiécé qui doit l'accompagner depuis son enfance. Dès qu'ils sont accroupis à l'intérieur de l'abri, il improvise un petit poêle à graisse, à la mode des explorateurs polaires du XIXe siècle, avec deux boîtes de conserve superposées. Dans celle du bas, une mèche prise dans de l'huile gelée, dans celle du dessus, percée de trous, un morceau de graisse de phoque. La flamme de la bougie fera fondre doucement le bloc de gras dont les larmes alimenteront la combustion de la mèche. Circuit fermé. Simple mais efficace. La chaleur qui s'en dégage chauffera agréablement l'espace resserré de la tente. Un seul inconvénient, l'odeur. Mais en cet instant, avec les bourrasques qui s'acharnent, la puanteur du lard de phoque constitue le dernier de ses soucis.

Elle a peur que la tente ne soit arrachée des piquets et ne commence à tourbillonner à la surface de la banquise tel un palet lancé par un joueur de hockey.

— La neige va s'amonceler contre les parois, explique Ignouk. Bientôt tente se transformer en igloo.

Il leur propose de manger, mais elles n'ont pas faim. L'angoisse leur noue l'estomac. Elles se contenteront de la chaleur du poêle à graisse dont l'efficacité est décuplée par l'étroitesse du lieu.

Ignouk, plein de prévenance, gonfle les matelas pneumatiques. Il n'est pas question de s'allonger directement sur le tapis de sol pour dormir, le froid montant de la glace traverserait les vêtements. Il est vital d'intercaler une couche d'air entre le dormeur et la banquise, si l'on ne veut pas le trouver mort au matin.

Elles s'étendent. Il n'y a rien à faire qu'à attendre en regardant les parois de toile faseyer dans la tourmente. Les coutures tiendront-elles ?

Rolf Amundssen dort toujours. Ses globes oculaires s'agitent frénétiquement sous ses paupières.

Ignouk tire de son sac un morceau de pemmican et se met à ronger la viande séchée avec lenteur. Ses bruits de succion bercent Peggy qui s'endort.

*

À l'aube, la tente est recouverte de neige, il faut creuser un tunnel pour en sortir. Le vent est tombé. Yuki insiste pour qu'on entreprenne immédiatement des recherches. Ignouk, lui, veut prendre le temps de déballer les paquets.

— Fusils nécessaires, marmonne-t-il. Femmes pas se rappeler ours sur le bateau ?

Si, elles s'en souviennent.

— Morceau de banquise très grand, observe-t-il en hochant la tête. Possible animaux cachés dans grottes.

Il dégage deux armes. Yuki n'en veut pas. Elle a suspendu à son cou le détecteur de balise qui clignote. Ignouk prend également des pelles, ainsi que des sondes télescopiques prévues pour le secours aux victimes d'avalanche. Une fois toutes leurs sections déployées, elles mesurent trois mètres et ne pèsent rien. Puis il distribue de la viande séchée. Il recommande aux deux femmes de ne pas manger de neige si elles ont soif. Contrairement à ce qu'on imagine, la neige ne désaltère pas, elle avive même le besoin de boire. Quant au froid, il dessèche le gosier aussi sûrement qu'un vent de sable. Ignouk n'explique pas pourquoi, c'est ainsi, c'est tout. Elles doivent lui obéir. Ici, il n'est plus le simple cuisinier du bateau, il est chez lui, sur la banquise. Il redevient un chasseur des glaces. Personne ne peut prétendre lui apprendre quoi que ce soit.

Avant de se mettre en chasse, il se penche sur Rolf pour l'examiner. Le capitaine entrouvre un œil vitreux. Il bredouille quelque chose en suédois et retombe dans son apathie.

— Bonne potion, ricane le chaman. Encore trois heures de sommeil au moins.

Et après, se demande Peggy, *que se passera-t-il quand Amundssen se réveillera pour s'apercevoir qu'on l'a frustré de son beau suicide ? Ne risque-t-il pas d'entrer dans une colère effrayante ?*

Ignouk prend la tête de la colonne. Il a fallu chausser des raquettes car la neige est trop molle. Peggy se découvre assez malhabile à ce sport.

Ils concentrent leurs efforts sur les collines, les bosses qui parsèment la plaine, partant du principe que l'une d'entre elles dissimule l'épave de l'avion. Yuki est tendue, fébrile. Quand elle parle, sa voix chevrote.

La minute de vérité approche, songe Peggy avec un pincement de cœur. *Comment réagira la Japonaise si elle découvre son père mort au milieu des débris de l'appareil ?*

Ils n'avancent pas vite car le vent s'est remis à souffler, leur coupant la respiration. Arrivés au premier monticule, ils le sondent à l'aide des perches télescopiques. Ils espèrent surprendre un son métallique, deviner la forme d'un artefact qui ne devrait rien aux caprices de la nature.

Les premiers essais se soldent par des échecs. Il faut continuer.

Soudain, Yuki pousse un cri. Il y a des traces de pas dans la neige... Quelqu'un a marché là sans raquettes.

— C'est lui ! gémit-elle, c'est mon père ! Il est vivant !

Elle se met à crier dans sa langue maternelle et titube en zigzaguant.

Pendant un moment, Peggy, elle aussi, est près de croire au miracle. Tous, ils se lancent sur la piste des empreintes. Hélas, au détour d'un monticule, ils se trouvent nez à nez avec les matelots de l'*Iceberg Ltd...* Le hasard les a conduits vers le grand tabulaire peu de temps après que Peggy et ses compagnons y ont débarqué. Ils ont survécu à la tempête en se terrant dans une anfractuosité de la glace. Leur tente, mal arrimée, a été emportée par le blizzard.

Ils expliquent tout cela à Ignouk, avec une véhémence qui ne présage rien de bon. Ils sont à cran, terrifiés. Le plus nerveux d'entre eux se met soudain à vociférer en désignant le fusil que Peg tient entre ses mains.

— Ils exigent qu'on leur donne des armes, murmure le chaman oubliant pour une fois de s'exprimer en « petit nègre ». Ils pensent que vous avez le mauvais œil. Ils prétendent avoir vu quelqu'un rôder dans la tempête. Un démon. L'homme-phoque peut-être.

Les matelots dévisagent les deux femmes avec hostilité. Ici, à terre, les conventions en usage sur le bateau n'ont plus cours. Il faudrait que Rolf se réveille et les reprenne en main, lui seul pourrait en imposer à ces voyous.

— Explique-leur que nous cherchons l'avion, dit la jeune femme. Si nous le localisons, nous pourrons trouver refuge à l'intérieur de sa carcasse.

Ignouk palabre plusieurs minutes. Les marins n'ont pas l'air décidés à bouger, ils continuent à exiger des fusils. Finalement, de mauvais gré, ils se joignent à la troupe. Peggy pense que leur présence va compliquer les choses.

Ils marchent, allant d'une éminence à une autre. Alors qu'ils sondent un mamelon au centre de la banquise flottante, les perches produisent un bruit métallique en touchant un objet enfoui.

— C'est là... gémit Yuki.

Elle reste figée, incapable de se mettre à creuser comme le font les autres. Elle semble déconnectée. Ignouk a déplié les pelles, il a passé son fusil en bandoulière et besogne avec ardeur. Peggy l'imite. La couche neigeuse est épaisse, en partie gelée. Dès qu'on s'enfonce, on bute sur ce mur verglacé. L'avion est bien là. Pris dans la glace, il évoque ces objets inclus dans la résine d'un presse-papiers. C'est un Learjet plutôt luxueux. Il n'a pas pris feu en touchant le sol car il n'y a pas de traces noires sur le fuselage. Peggy est en sueur. Elle ouvre sa combinaison pour éviter que ses vêtements ne se chargent d'humidité corporelle, ce qui les rendrait perméables au froid. La glace vitreuse résiste aux coups de pelles. C'est comme si l'on cognait sur la vitrine blindée d'un joaillier. La jeune femme distingue des idéogrammes peints sur le fuselage. L'appareil est trop bas, plaqué au sol. Il a dû se poser sur le ventre.

À force de sondages, ils localisent la porte qui est grande ouverte. Il fait noir à l'intérieur. Yuki se refuse toujours à bouger. Sans doute a-t-elle peur de ce qu'elle va découvrir ?

Peggy entre la première et allume sa torche électrique. Tout est bouleversé. L'impact a arraché les sièges de leurs fixations. Il est visible qu'on a tenté, par la suite, de remettre de l'ordre dans ce chaos. Les fauteuils ont été disposés en cercle autour d'un poêle à huile rudimentaire, réplique exacte de celui confectionné par Ignouk.

Des hommes sont assis au creux des sièges, emmitouflés dans des couvertures. Ils ne bougent pas. Leur visage est bleu, leurs lèvres violettes. Lorsqu'elle s'approche d'eux, la jeune femme réalise qu'ils sont tous morts de froid. La température extrêmement basse a congelé les cadavres, leur donnant la texture de la pierre. Il y a un Japonais parmi eux, probablement le père de Yuki. Il se tient très droit. C'est un bel homme aux cheveux coupés très court, grisonnants. On dirait une statue de cire décolorée.

— Tous morts, déclare Ignouk en embrassant la scène d'un regard.

Il n'est pas surpris, il n'a jamais cru à la survie des

naufragés. Un Esquimau aurait pu s'en tirer, oui, pas un citadin.

Il faut annoncer la nouvelle à Yuki. Comme personne ne bouge, Peggy décide d'endosser ce rôle désagréable. La Japonaise est toujours dehors. À cause des lunettes, et de l'écharpe posée sur sa bouche, on ne peut deviner l'expression de son visage.

— Ils sont là, murmure Peg. Je suis désolée, le froid les a tués.

Yuki hoche la tête et s'avance, comme si cette nouvelle la délivrait soudain d'un grand poids. Elle pénètre dans l'appareil et contemple les morts assis dans leurs fauteuils de cuir. Elle ne dit rien, elle ne pleure pas. Peggy ne s'en étonne guère, elle sait que les Asiatiques détestent se donner en spectacle et contrôlent leurs manifestations affectives. Souvent, même, il leur arrive de dissimuler leur détresse ou leur embarras sous ce rire qu'on dit « de politesse », et qui désarçonne tant les Occidentaux.

Après avoir hésité une seconde, la jeune fille entre dans le cercle des hommes morts et tend la main pour toucher le visage du Japonais pétrifié. Elle murmure quelque chose dans sa propre langue.

Les matelots, eux, se sont immobilisés à l'entrée de l'avion, l'air méfiant. Cette tombe inoxydable les effraye, et cela en dépit du blizzard qui recommence à souffler.

Ignouk, sans perdre de temps, s'est lancé dans l'exploration des lieux. Il paraît plutôt content de ses trouvailles.

— C'est bon abri, explique-t-il. Seule carlingue cassée. Pilotes morts mais enfouis dans la neige. Cuisine remplie de provisions. Les hommes, là, ils ont fait comme je disais : siphonner carburant pour alimenter poêle. Grande réserve de chauffage. C'est très bon pour nous.

— S'ils avaient de quoi se chauffer, demande la jeune femme, pourquoi ont-ils gelé, alors ?

Ignouk hausse les épaules.

— Se sont endormis et le feu s'est éteint. C'est erreur habituelle. Jamais dormir sans feu, ou bien la mort vient te prendre dans ton sommeil. Oui, oui.

Cette réflexion lui rappelle que Rolf est toujours dans la tente de survie... et que le feu s'est peut-être éteint, là-bas aussi. Il faut aller le chercher, le ramener ici. Il est évident qu'ils ne seront jamais mieux installés que dans l'épave. Là au moins le fuselage les protégera des assauts du vent. Les matelots se décident à entrer. Ils observent avec suspicion le cercle des cadavres. C'est comme si on leur proposait de camper dans un tombeau. Ils évitent de s'approcher des fauteuils occupés.

Ignouk et Peggy décident d'aller chercher Rolf avant que la tempête n'éclate. Après, il leur sera impossible de retrouver leur chemin et ils risquent de s'égarer sur le trajet, pourtant réduit, qui sépare la tente de l'avion.

Ils se mettent en marche sans attendre. Le ciel est bouché, d'un gris foncé sans profondeur. Peg a l'illusion d'être en train de contempler la toile d'un décor de théâtre. Ils font aussi vite que possible. Amundssen tient à peine sur ses jambes, ils doivent le soutenir. Le Suédois grogne et se répand en injures. La jeune femme a un regard de regret pour les vivres ; elle sait que la neige va les recouvrir et qu'ils auront un mal fou à les retrouver quand le besoin s'en fera sentir.

Lorsqu'ils regagnent le Learjet, Yuki n'a pas bougé. Les matelots, eux, se sont regroupés dans le fond et chuchotent avec des voix sifflantes. L'arrivée d'Amundssen les réduit au silence.

Ignouk abandonne le capitaine dans l'un des sièges et demande qu'on s'organise. D'abord, masquer l'orifice de la porte avec tenture improvisée pour empêcher le froid d'entrer ; ensuite, rallumer le poêle polaire qui trône au milieu du cercle des morts.

Les matelots protestent. Ils ne veulent pas partager leur refuge avec des cadavres. Le chaman leur répond qu'on verra plus tard, une fois la tempête finie. On ne se débarrasse pas des morts comme de vulgaires paquets. Les jeter hors de l'avion, sans cérémonie appropriée, provoquerait la colère des esprits. Au contraire, si on veille sur eux, si on les respecte, les dépouilles congelées étendront sur les rescapés du cargo leur aura protectrice. Les marins se rendent à cet argument. Un défunt bien chouchouté peut se révéler un allié précieux, c'est connu.

Le campement s'organise. L'installation en est facilitée par les dispositions qu'avaient prises le père de Yuki et ses compagnons. Les naufragés du Learjet avaient déjà travaillé dans le sens indiqué par Ignouk. Ils ont notamment récupéré de larges pans d'un revêtement plastifié pour confectionner des espèces de paravents tendus sur des châssis. L'un de ces bricolages permet d'obturer l'orifice d'accès percé dans le fuselage. La neige, en s'amoncelant sur l'obstacle, fera le reste et finira par constituer un isolant tout à fait efficace.

Peggy réalise que l'avion est en réalité un igloo gigantesque, un igloo doublé de fer et qui ne risque pas de s'effondrer sur ses habitants. Si l'on parvient à chauffer cet espace, la vie peut y devenir possible. Ignouk s'affaire. Il allume le poêle et encourage ses compagnons à former un cercle. Peg doit prendre

Yuki par la main pour la contraindre à s'agenouiller avec les autres. L'huile de moteur brûle en répandant une fumée nauséabonde, mais il faudra s'y habituer. Ignouk leur désigne une crevasse dans le fuselage, au-dessus de leurs têtes. Dès demain, il creusera une cheminée à cet endroit, comme l'on fait dans les igloos. La flamme éclaire les visages par en dessous, leur sculptant de sinistres physionomies. Amundssen s'ébroue. Il émerge lentement de son coma. Il se plaint d'avoir mal à la tête comme au lendemain d'une gueule de bois. Il regarde par-dessus son épaule pour contempler le cercle des morts. À son expression, Peggy comprend qu'il n'est pas encore bien certain d'être réveillé.

Dehors, la tempête se déchaîne.

Peg voudrait dire à Yuki de brancher le Marinsat et de lancer enfin l'appel de détresse qui les sortira de ce piège mais elle hésite. Le moment n'est peut-être pas très bien choisi ?

Personne ne dit mot. La présence des morts paralyse les survivants. Au bout d'un moment, quand la chaleur s'est enfin répandue dans l'habitacle, le cercle se désagrège, et chacun s'installe dans un fauteuil. Il n'y a rien à faire, qu'attendre le matin.

22

Ils ont passé une mauvaise nuit dans ce côtoiement étrange, les morts et les vifs réunis dans la même caverne d'acier. À l'aube, la température étant devenue clémente à l'intérieur de l'avion, Peggy s'est demandé si les cadavres ne commençaient pas à dégeler car une odeur douceâtre flottait dans l'habitacle. Son imagination lui joue-t-elle des tours ? Personne n'ose prendre l'initiative de bouger. Les marins, et même Ignouk, attendent un ordre du capitaine. Toutefois, Amundssen semble avoir déclaré forfait. Vautré dans son siège défoncé, il fixe la tache claire des hublots.

La tempête s'est calmée. Dès qu'on aura dégagé l'entrée, on pourra sortir. Peggy attire le chaman dans un coin et lui suggère d'ensevelir les corps à l'extérieur, dans un monticule de neige, là où le froid les préservera de la décomposition. Ignouk donne son accord. La présence des cadavres le met, lui aussi, mal à l'aise.

Ni les marins ni Amundssen ne veulent leur prêter main-forte. Ils doivent se débrouiller à deux, expédiant la sinistre corvée avec autant d'élégance que possible.

Peggy essaye de ne pas toucher la chair nue des morts. Ils sont raides, durcis par le froid et se transportent comme des statues dans un musée. Il n'est guère facile de déplacer des paquets aussi encombrants dans la neige, surtout si l'on veut éviter de les faire glisser, ce qui ne serait guère respectueux.

Ignouk installe les défunts côte à côte, le dos contre une congère. À les voir ainsi, on dirait qu'ils attendent quelque chose, le passage d'un autocar ou d'un train...

Quand vient le tour du père de Yuki, la jeune Japonaise s'interpose.

— Non, dit-elle, pas lui ! Ne le mettez pas avec les autres. Je veux le ramener chez nous. Installez-le là où l'on pourra facilement le retrouver quand l'hélicoptère des secours viendra nous chercher.

Ils obéissent et déposent le corps de l'informaticien près du nez de l'avion. Le vent le saupoudre déjà de ses flocons blancs qui s'accrochent aux aspérités de son visage, à la brosse de ses cheveux courts.

Yuki sort le Marinsat de son étui, pianote un code sur le clavier et lance l'appel de détresse qu'ils attendent tous. L'écran du cellulaire lui donne sa position GPS, elle la communique à son interlocuteur et décrit leurs conditions de survie. Sa voix ne tremble pas.

Sacrée petite femelle ! pense Peggy.

— Qui avez-vous appelé ? demande-t-elle une fois que la jeune fille a raccroché.

— Les bureaux de la capitainerie, à Sanashtawa, répond Yuki. Ils vont faire le nécessaire dès que la météo sera meilleure. Ils nous demandent de tirer des fusées ou d'allumer des feux lorsque nous entendrons le bruit de l'hélico.

Elle énonce cette information d'un ton morne. Comme si ce sauvetage ne la concernait pas.

— Je rappellerai dans trois heures, ajoute-t-elle, pour donner notre nouvelle position. Ils m'ont demandé de respecter la vacation tant que la batterie du cellulaire ne sera pas à plat.

*

Ils attendent. Il n'y a pas grand-chose à faire. Ils ont sorti du paquetage de survie les fusées de signalisation et Ignouk a disposé des bidons de carburant sur la plaine. Il les enflammera au dernier moment pour signaler aux sauveteurs le meilleur emplacement d'atterrissage. Ces préparatifs achevés, ils ont regagné l'abri du fuselage pour déjeuner de viande séchée et de biscuits de mer. Dehors, les morts montent la garde. Tantôt le vent les couvre de neige, tantôt, en deux bourrasques, il les nettoie de ce linceul. Le père de Yuki, seul, à l'avant de l'appareil, semble méditer. Peggy s'approche de lui. Les flocons de neige qui se sont accumulés dans ses cheveux lui font une curieuse perruque qui rappelle celle dont s'affublent les juges anglais lorsqu'ils doivent présider un procès. Elle est tentée de l'en débarrasser car elle trouve que ce détail porte atteinte à sa dignité. Elle tend la main mais n'ose le toucher. Finalement, elle hausse les épaules et fait un pas pour s'éloigner. C'est au moment où elle contourne le corps qu'elle aperçoit la plaie, à la hauteur de la nuque. La blessure est petite, mince et violacée. Elle évoque un coup de poinçon, ou encore la piqûre d'une aiguille à tricoter.

La jeune femme s'immobilise. Elle n'aime pas ça. La plaie suggère que quelqu'un s'est approché de l'informaticien pour l'assassiner pendant son sommeil. Un coup de poinçon, bien appliqué, qui a sectionné la moelle épinière. La blessure n'a pas saigné. Le sang a gelé tout de suite.

Si le vent n'avait pas rabattu la couverture, songe Peggy, *je ne m'en serais pas rendu compte.*

Soudain, un doute lui vient. Elle longe l'épave et se dirige vers les autres corps assis dans la congère. Elle les examine l'un après l'autre. Tous présentent la même marque aux environs de l'occiput.

On les a assassinés, observe nerveusement Peg, *quelqu'un est entré dans l'avion pendant qu'ils dormaient, rassemblés autour du poêle à graisse, et les a exécutés sans qu'ils en aient conscience. On les a liquidés, tous...*

Qui a pu faire cela ? Ici, sur cet iceberg à la dérive ? L'un des rescapés du crash ? Un tueur expédié par les yakuzas ? Et où se cacherait-il à cette minute précise ?

Elle décide d'avertir Ignouk. À son tour, il se penche sur les corps et les examine.

— Tu as raison, murmure-t-il, on leur a percé la nuque. Peut-être avec grosse aiguille qui sert à coudre le cuir de phoque.

— Tu comprends ce que ça implique ? souligne la jeune femme. Ça signifie que l'assassin se cache quelque part sur ce bout de banquise. Il est là, caché, répète-t-elle. Il nous observe en ce moment.

Ce qui effraye Peggy, par-dessus tout, c'est l'acharnement systématique qu'on a mis à tuer ces hommes déjà presque morts. Après tout, il suffisait de laisser faire le froid, n'est-ce pas ? Pourquoi avoir pris la peine d'une telle exécution ? Elle n'est pas loin d'y voir une méchanceté qui confine à la folie.

— Faut pas le dire aux autres, conseille Ignouk. Ils vont perdre les pédales. Juste faire attention en attendant l'arrivée des secours.

— Qui a pu faire ça ? réfléchit Peg à haute voix sans véritablement attendre de réponse.

— Sais pas, lâche le chaman. Peut-être l'homme-phoque. Démon du blizzard. Pas aimer présence humaine sur son territoire.

Peggy ne juge pas utile de réfuter l'explication. Elle est nerveuse. Il y a trop de choses irrationnelles dans cette histoire. Cet assassinat au bout du monde, dans un tel contexte, prend des allures de magie noire.

Elle est fatiguée, ses défenses logiques s'affaiblissent. Elle sent qu'elle n'est pas loin d'atteindre ce degré de perméabilité où l'on accepte tout, même la superstition.

Ils rebroussent chemin et regagnent l'avion. Les autres les dévisagent, comme s'ils se doutaient de quelque chose. Leur conciliabule auprès des morts n'est pas passé inaperçu. L'un des matelots interroge

Ignouk dans sa langue, sur un ton agressif. Le chaman ne se laisse pas démonter.

Quand Peggy se laisse tomber dans son fauteuil, elle surprend le regard de Rolf posé sur elle.

— Alors, ricane le capitaine, ça ne se passe pas comme vous vouliez ?

— Nous sommes tous nerveux, résume-t-elle. Il faut tenir le coup. Dans quelques heures nous serons tirés d'affaire.

— Personne ne viendra nous chercher, glousse le Suédois. Ne vous racontez pas de conte à dormir debout. Nous sommes foutus. Vous savez aussi bien que moi que cette histoire pue. Cette fille, cette Yuki, elle ne nous a jamais dit la vérité. On va nous liquider, nous aussi, comme on a épinglé ces bonshommes.

— Ah, soupire la jeune femme, vous êtes au courant...

— Oui, admit Amundssen, mais je n'en ai rien à foutre. Je ne tiens pas à survivre, moi. Je dirai même que ça m'arrange assez. Si le tueur pénètre dans l'avion pendant que vous dormez, je ne donnerai pas l'alerte, je préfère vous en informer tout de suite. Je vous laisserai assassiner, tous, et j'attendrai mon tour sagement, en faisant semblant de dormir.

Il ricane comme un gosse qui se félicite par avance d'une mauvaise blague. Puis il sort sa pipe et entreprend de la bourrer méthodiquement.

— Avez-vous au moins une idée sur la personnalité de l'assassin ? s'enquiert Peggy.

— Non, et je m'en fous, grogne Rolf. Je ne veux même pas perdre mon temps à chercher. Quoi qu'il en soit, c'était là avant notre arrivée, et ça tue sans état d'âme. Pourtant ces pauvres types ne constituaient sûrement pas un bien grand danger. Je suis certain qu'ils étaient déjà à moitié morts de froid quand on les a achevés.

Rolf allume sa pipe et en tire trois bouffées rapides. Le tabac grésille.

— On viendra s'occuper de nous, c'est sûr, conclut-il. Cette nuit même. Et ce sera aussi bien. Je trouve qu'on se fait affreusement chier ici. Être naufragé sur la banquise, c'est ce qu'il y a de pire. Sur une île déserte, au moins, on peut gambader à poil.

Il ferme les yeux et se concentre sur sa bouffarde. Peggy lutte contre la chair de poule qui lui couvre le corps. Elle sait qu'Amundssen a raison. Il y a, sur cet iceberg, quelqu'un qui n'aime pas les étrangers, et qui viendra leur régler leur compte dès la nuit tombée. *Au moins nous*, se raisonne-t-elle, *nous avons des fusils.*

— C'est peut-être un type qui veut se constituer des réserves de viande, marmonne le Suédois du fond de son fauteuil.

— Quoi ? balbutie la jeune femme.

— Mais oui, insiste le capitaine, c'est fréquent sous ces latitudes. Pour survivre, on devient cannibale, on se met à bouffer les autres membres de l'expédition. Il y a eu des cas célèbres. Des scientifiques dont la carrière a été ruinée par présomption d'anthropophagie. Les prisonniers qui s'échappaient du Goulag faisaient pareil. Ils emmenaient toujours avec eux un évadé de trop. C'était pour le bouffer en route. Il n'y a rien à manger sur le désert blanc.

— Vous pensez qu'un naufragé habite cet iceberg ?

— Pourquoi pas ? Pour lui, nous sommes de la viande sur pied. S'il nous tue, le froid nous conservera indéfiniment, et il aura de quoi se nourrir pendant des mois, voire deux ou trois ans s'il se rationne.

— Il suffirait qu'il se montre pour être évacué en même temps que nous.

— Il a peut-être perdu l'esprit. Et puis, qui vous dit qu'il a envie de revenir à la civilisation ? S'il a pris goût à la chair humaine, il risque d'avoir du mal à se réinsérer, non ?

Peggy ne répond pas. Elle voudrait pouvoir évacuer ces suppositions farfelues d'un haussement d'épaules, mais ce n'est pas aussi simple. Tout au fond de son esprit, une voix lui souffle que Rolf Amundssen pourrait bien avoir raison.

*

Ils ont attendu toute la journée, l'oreille aux aguets, essayant de deviner à travers le bruit des vagues le ronronnement mécanique de l'hélicoptère. En vain. Rien n'est venu casser le roulement monotone du ressac. Yuki a renouvelé les appels, sans obtenir de réponse. Les batteries du Marinsat sont désormais trop faibles pour établir la moindre liaison avec le satellite. On a essayé de les remplacer par celles de la balise, mais le voltage ne correspondait pas. Il a fallu renoncer sous peine de griller les circuits.

Amundssen observe toute cette agitation du fond de son fauteuil, la pipe au bec, en homme qui n'est plus concerné par ce genre de chose. Sans doute s'énervera-t-il lorsqu'il sera à court de tabac ?

Au fur et à mesure que le jour baisse, il devient évident que les secours n'arriveront pas aujourd'hui. Qu'est-ce qui les a retenus ?

Sûrement le mauvais temps, se console Peggy. *Sanashtawa était plongée dans la crasse et l'hélico n'a pas pu décoller. Ils viendront demain.*

Et, au fond de sa tête, la méchante petite voix

ajoute : *Oui, mais ce sera pour ramasser vos cadavres !*

Elle appréhende la tombée de la nuit. Les histoires de croque-mitaine de Rolf l'ont impressionnée. Elle se surprend à tripoter son fusil. Elle se crispe chaque fois qu'elle voit quelqu'un s'éloigner pour satisfaire un besoin naturel. Elle a envie de lui crier de faire attention. Elle-même se retient, différant le plus possible le moment où il lui faudra s'isoler derrière une congère. Si elle était l'assassin, c'est le moment qu'elle choisirait pour frapper. Elle scrute les alentours, mais c'est un exercice dangereux, même au travers des lunettes de protection. Si l'on insiste trop, l'ophtalmie peut vous aveugler de façon durable. Ce serait ce qui pourrait lui arriver de pire dans la situation actuelle.

Elle s'imagine le tueur, allongé sur la neige, dans une combinaison blanche de l'armée, indiscernable. Il guette, il attend son heure...

Quelle guerre absurde mène-t-il contre ceux qui, comme lui, ont eu le malheur d'échouer sur ce morceau de banquise ?

La luminosité décroît. Il faut rentrer. Ignouk a préparé du thé bouillant et des sandwiches à la graisse de phoque. Pour la millième fois, il répète aux deux femmes dégoûtées qu'il est important de stocker du gras pour combattre le froid.

Le découragement s'est emparé du groupe. On accable Yuki de questions : que lui ont dit les autorités portuaires ? a-t-elle parlé au service des sauvetages en mer ? aux gardes-côtes ?

La Japonaise répond mollement. Depuis la découverte du corps de son père elle s'est retranchée, elle aussi, dans son univers personnel et ne communique qu'avec réticence.

On lui en veut, après tout. C'est à cause d'elle qu'on est venus jusqu'ici. Et tout cela pour quoi ? Pour débusquer une bande de cadavres congelés au coin d'un feu depuis longtemps éteint. Tout ce voyage pour rien.

Le jour baisse.

Peggy cherche le regard d'Ignouk. L'Esquimau a peint un motif bizarre sur le pan de plastique qui obture la porte... sur les hublots également. Une invocation magique pour interdire l'entrée de l'épave aux démons.

La jeune femme voudrait que ce soit aussi simple.

Elle attend, le fusil en travers des cuisses, enfoncée dans son siège de cuir. Elle a fini par s'habituer à la puanteur du poêle à graisse. Ignouk a pratiqué un trou dans la neige qui recouvre l'avion, et la fumée peut désormais s'en aller par là, ce qui rend l'atmosphère beaucoup plus respirable à l'intérieur de l'habitacle.

Au bout d'un moment, elle doit bien se résoudre à sortir faire pipi. Elle se maudit d'avoir accepté le thé du chaman. Elle ne s'éloigne pas. Tant pis si les matelots lui reluquent les fesses ! Elle n'a pas le courage de se dissimuler derrière une congère. Pendant qu'elle se soulage, elle remarque que les morts sont dans la même position qu'elle. Elle frissonne, comme à l'annonce d'une prophétie.

Sa vessie vidée, elle se rajuste d'une main, l'autre toujours cramponnée au fusil.

Merde ! Combien de temps ce petit jeu va-t-il durer ?

Avant de regagner l'avion, elle regarde longuement autour d'elle.

Où te caches-tu, salopard ? bougonne-t-elle entre ses dents.

Elle rentre. Amundssen lui jette un coup d'œil ironique, puis se gratte la nuque en roulant des yeux. Elle le déteste.

Elle s'installe en se répétant qu'elle ne dormira pas. Elle a décidé avec Ignouk d'instaurer un tour de garde, mais Rolf a refusé de collaborer. Il ne tient pas à survivre, et il se plaît à l'affirmer avec une insistance qui frise la rodomontade.

*

Dans les heures qui vont suivre, Peggy aura plusieurs fois l'impression que quelqu'un marche à l'extérieur, frôlant l'avion.

Il lui semble entendre crisser la neige, mais tout cela n'est sûrement qu'un effet de son imagination car il est impossible de distinguer quoi que ce soit au milieu des ululements du vent et de la mitraille de glaçons qui fouette la carlingue.

Elle a voulu prendre le premier quart mais se sent piquer du nez. À plusieurs reprises, elle se réveille au moment où le fusil lui échappe des mains. Elle observe alors ce qui se passe à l'intérieur de l'habitacle qu'éclaire la flamme du poêle à graisse. Amundssen dort... ou fait semblant. Yuki frissonne, en proie à des cauchemars qui font perdre à son beau visage son flegme habituel. Ignouk ronfle.

Peggy éprouve, une fois de plus, cette horrible envie de fumer qui l'assaille dans les situations désespérées. Elle a les pieds gelés et ses mains sont engourdies. C'est dangereux, elle se rapproche du feu.

Elle croit percevoir quelque chose qui grince contre le fuselage, au-dehors, comme si l'assassin s'amusait à en rayer l'acier au moyen d'une longue aiguille à tricoter, ou d'un poinçon. Comme s'il voulait dire à ses futures victimes : « Je suis là... tôt ou tard, il vous faudra bien fermer les yeux. »

Elle réveille Ignouk pour qu'il prenne le relais. Le gros Esquimau se redresse en ronchonnant. Peggy se laisse couler dans le sommeil.

*

Lorsqu'ils se rassemblent pour le petit déjeuner, ils réalisent qu'un matelot manque à l'appel. Il est sorti à l'aube, « pour pisser », précise son camarade. Il se rappelle que l'autre l'a réveillé en le bousculant, mais il s'est aussitôt rendormi.

Ils sortent, en alerte. Ils n'ont pas à aller bien loin. L'homme est là, raidi par le froid, le pénis à la main. Il s'est abattu le nez dans la neige, les yeux grands ouverts.

Peggy se penche sur lui. Il y a un trou au bas du capuchon qui recouvre sa tête. L'assassin a frappé à travers l'étoffe. L'orifice par où l'aiguille est entrée est à peine discernable. Le sang a tout de suite gelé au sortir de la plaie, arrêtant l'hémorragie.

23

La découverte du corps a provoqué un mouvement de panique. Les matelots ont exigé des fusils. Comme il n'y en avait pas assez, ils ont réclamé qu'on leur remette celui de Peggy, car il est bien connu que les femmes blanches ne savent pas se servir des armes à feu.

La tension est montée et les choses ont bien failli dégénérer. Finalement, deux groupes se sont formés, chacun occupant une moitié de l'appareil.

— Il faut sortir, a insisté Peg, ici, sous la couche de neige, nous n'entendrons pas venir les secours.

Elle a raison mais ils ne veulent pas l'écouter. Ils ont peur. Elle doit se résoudre à quitter l'avion seule. Aujourd'hui il n'y a pas de brouillard mais le soleil frappe la neige avec une telle intensité qu'il en devient aveuglant et qu'un autre brouillard se forme alors, une sorte de flou lumineux où les lignes dansent, curieusement fluides.

Peggy monte la garde devant le Learjet enfoui sous la neige. Chaque fois qu'elle entend un crissement, elle sursaute et regarde par-dessus son épaule. Ses yeux se posent sur le groupe des morts pétrifiés assis au pied de la congère. Elle se dit qu'ils se mettent à remuer dès qu'elle cesse de les surveiller. Ce sont leurs articulations qui craquent ainsi, dans l'effort qu'ils font pour se redresser.

Bien qu'elle ait conscience de délirer, elle ne peut s'empêcher de vérifier que leurs attitudes sont toujours les mêmes. Le père de Yuki n'avait-il pas la tête moins inclinée ? Quant au grand gaillard à lunettes noires, n'avait-il pas plutôt les mains sous la couverture ?

Quand la peur se met à gangrener la logique, la conscience devient étrangement perméable à la superstition.

Elle résiste au désir d'aller vérifier, une fois de plus, que les cadavres sont bien durs comme la pierre. Elle ne doit pas céder aux fantasmes.

Elle reprend son va-et-vient, le nez levé vers le ciel, guettant le ronronnement d'un moteur. Rien ne vient.

Où sont passés les secours ? L'iceberg a-t-il à ce point dérivé que les coordonnées transmises par Yuki ne correspondent plus du tout à la réalité de leur situation géographique ?

Elle a du mal à le croire.

*

La journée va s'écouler ainsi. Ignouk viendra relayer Peg. Les autres refuseront de sortir.

Le soir venu, la tension monte. Les matelots jettent des coups d'œil inquiets aux hublots comme s'ils allaient s'ouvrir pour laisser passer une créature fantastique surgie du blizzard.

Peggy en a assez. Cela ne peut pas continuer. Il faut crever l'abcès. Elle s'équipe d'une boussole, d'une torche, d'un couteau et sort dans la nuit. Les autres la regardent d'un air incrédule mais personne ne la supplie de rester. Son cœur bat à un rythme précipité. Elle serre le fusil contre sa poitrine. Elle a l'impression de partir à la chasse au lion avec une carabine à air comprimé. Elle se sent folle et suicidaire, mais elle n'en peut plus d'attendre, il faut que tout cela finisse.

Elle s'éloigne de l'avion et s'accroupit dans un trou de la congère, sorte de guérite naturelle qu'elle a repérée la veille. Ainsi, elle est protégée du vent. Elle n'a aucun plan précis, elle espère simplement que sa présence poussera le prédateur à sortir de l'ombre... et qu'elle pourra l'abattre avant qu'il ne lui transperce la nuque à coup d'aiguille.

Elle se répète que la peur lui donnera le courage de presser la détente et qu'elle ne restera pas stupidement paralysée, comme une victime incapable de se défendre. Elle essaye de s'imaginer le tueur sous la forme d'un requin.

Le jour baisse mais la neige amplifie la moindre clarté. Avec un peu de chance, la lumière de la lune éclairera suffisamment la banquise pour que Peggy puisse repérer tout mouvement suspect.

Le froid s'insinue en elle. Il est difficile de demeurer immobile par une telle température.

Elle pense aux autres, à l'intérieur de l'avion. Ils s'imaginent sûrement qu'ils vont la retrouver morte lorsque le soleil se lèvera. Même Ignouk n'a pas eu le courage de venir lui prêter assistance.

Elle attend.

Elle a de plus en plus froid. Alors qu'elle commence à envisager de rentrer, elle aperçoit quelque chose, à cinquante mètres devant. Comme... comme une ombre blanche qui glisserait sur la banquise.

Un bonhomme de neige en marche, improvise-t-elle sottement. Elle se met à claquer des dents. Ses doigts gelés ont le plus grand mal à percevoir les contours du fusil à travers l'épaisseur des moufles. Elle se redresse. Malgré l'obscurité, elle distingue à présent la silhouette en mouvement. L'individu porte une combinaison polaire blanche. Une tenue de camouflage... à n'en pas douter, car personne sur la banquise ne s'habille de cette manière. Il serait en effet suicidaire de chercher à passer inaperçu. On a tout intérêt à revêtir des couleurs vives aisément repérables du haut d'un avion. L'homme ne porte pas de paquetage. Il s'est arrêté pour observer l'épave, on dirait qu'il hésite à continuer. Son instinct l'a-t-il averti du piège ?

Il rebrousse chemin. Peggy décide de lui emboîter le pas. Elle le laisse partir et suit ses empreintes que le vent efface déjà.

Les traces la mènent vers un monticule, elles montrent qu'on s'est agenouillé pour déplacer un bloc de neige. Une entrée est dissimulée là. Il lui suffit d'écarter le cube de glace pour découvrir un escalier naturel qui s'enfonce dans la banquise. Des marches grossièrement taillées mènent à... à quoi, au fait ? Une caverne ?

Peggy allume la lampe torche. Le vent lui expédie de grosses bourrades entre les omoplates pour la forcer à descendre.

Elle s'engage dans l'escalier. En bas, elle se trouve nez à nez avec une porte de fer sur laquelle on peut lire, en lettres jaunes :

ATTENTION ! PASSÉ CETTE LIMITE, VOUS PÉNÉTREZ SUR LE TERRITOIRE DES ÉTATS-UNIS D'AMÉRIQUE.

24

Il lui faut quelques secondes pour surmonter son ébahissement. Elle n'est pas loin de croire à une blague, un caprice de fou. Elle tend la main. Mais le battant est bel et bien en acier blindé et l'inscription gravée dans le métal... La porte n'est pas fermée. Le chambranle, tordu, ne permet plus de clore hermétiquement l'accès. On dirait qu'un glissement de terrain en a faussé les structures. La jeune femme décide d'entrer. Elle est venue pour ça, n'est-ce pas ?

Derrière le battant se profile un couloir aux parois d'acier. On se croirait à l'intérieur d'un sous-marin. Çà et là, des lumignons grillagés balisent le chemin.

Beaucoup sont en panne. Les cloisons métalliques, peintes en gris Navy, sont toutes cloquées d'humidité.

Peggy avance lentement en s'appliquant à faire le moins de bruit possible. Au couloir succède une salle vaste comme un hangar. Le mauvais éclairage confère à l'endroit une atmosphère lugubre d'usine désaffectée. Il pleut à l'intérieur. Des gouttes tombent du plafond. Leur crépitement installe un clapotis d'averse sous la voûte. Le sol est parsemé de flaques stagnantes d'où monte une odeur d'eau croupie. La jeune femme fait courir le pinceau de sa torche sur les parois, les poutrelles métalliques rongées par la rouille. Elle comprend soudain où elle se trouve... Des souvenirs de lecture, des reportages lui reviennent à l'esprit. Dieu ! est-ce possible ?

Elle traverse la salle qui semble avoir fait office de lieu de transit. Des corridors s'ouvrent aux quatre points cardinaux, serpentant à travers la glace, s'étirant dans le ventre de la banquise.

Elle suit les lumières. Certaines galeries sont plongées dans les ténèbres, d'autres bénéficient d'un éclairage intermittent. Peggy s'engage dans la mieux éclairée. L'humidité s'y fait moins sentir et l'on a essayé de colmater les infiltrations au moyen d'un enduit caoutchouteux étalé au pinceau. Là aussi, le corridor s'ouvre sur des salles annexes, des dortoirs, une cantine, une salle de repos. La jeune femme remarque des photos collées sur les murs, des affiches. Elvis, Jane Russel, Marilyn Monroe...

Un film de guerre, *Les ponts du Toko-Ri*. Des pin-up. *Le Rock du bagne*. Elle a l'impression de visiter un musée des années 60. Tout est jaune, gondolé d'humidité, tavelé de moisissure blanche.

Elle s'arrête, haletante. Le réseau souterrain s'étend sous toute la surface de l'iceberg. Elle a peur de s'égarer, de tourner en rond sans jamais être capable de retrouver la sortie. Les installations ont été abandonnées il y a près de quarante ans mais elles conservent encore les traces de la hâte dans laquelle s'est déroulée cette évacuation. On dirait qu'une catastrophe s'est soudain produite, obligeant les occupants du lieu à se ruer dehors. Peggy se glisse dans un dortoir militaire composé de couchettes superposées. Les matelas se sont changés en éponges gorgées d'humidité. Il règne dans le bunker une atmosphère malsaine de catacombes où domine l'odeur du salpêtre. Jadis, toutes ces pièces étaient violemment illuminées, cela se devine au nombre de lampes vissées au plafond, mais la plupart des ampoules sont mortes aujourd'hui, ou les circuits grillés, et la jeune femme en est réduite à avancer à tâtons. Son regard accroche des objets insolites : un suspensoir, des chaussettes, un casque...

Elle se trouve dans une ancienne base militaire de l'US NAVY. Une base secrète comme l'armée en avait installé quelques-unes à la lisière du cercle polaire à l'époque de la Guerre froide, pour mieux surveiller les agissements de l'URSS. Elle en a entendu parler. Elle sait qu'on a creusé la banquise pour y enterrer des bunkers, des silos remplis d'armes, et même des bombardiers capables de voler en droite ligne vers Moscou dans l'éventualité d'une intervention ordonnée par le président. Ces bases, dont on a toujours nié l'existence, sont restées enterrées et actives des années durant, jusqu'à ce que les satellites, les missiles longue portée, bref, les avancées technologiques, les rendent obsolètes. Peggy est en train de visiter un monument historique clandestin, un vestige de la grande paranoïa de l'après-guerre. Elle foule l'un des avant-postes de la dernière ligne de défense du monde libre.

La taupinière est immense, ramifiée. Elle a dû abriter une bonne centaine d'hommes, tous volontaires pour vivre dans un total isolement. Des soldats d'élite, des marines. Elle essaye d'imaginer leur existence, terrés sous la glace, dans l'attente d'une éventuelle apocalypse...

Comment ont-ils vécu cette réclusion ?

Elle est fascinée. Le musée est vide bien sûr, les vitrines ne contiennent plus que de la poussière, mais l'odeur est toujours là. L'odeur d'une époque tout à la fois hystérique et passionnante.

Sur une table, elle aperçoit des revues, des journaux. Elle reconnaît les grandes illustrations de première page signées Norman Rockwell, et qui furent adulées par l'Amérique entière. Au hasard d'un placard entrouvert, elle surprend un rasoir mécanique oublié, une carte postale *Surf in Malibu...* et qui représente un jeune homme aux cheveux blond paille, impeccablement coupés en brosse. Une autre affiche de film *Plan 9 from outer space.* Et là Robbie le robot. Petites icônes d'un passé qu'elle n'a pas vécu mais dont son père lui parlait parfois. Elle écoute pleuvoir la banquise à travers les tôles disjointes de la voûte. La base secrète est à l'agonie. Depuis combien de temps dérive-t-elle à travers des eaux qui ne cessent de se réchauffer ? L'iceberg est en train de fondre, lentement mais sûrement. La base, sertie dans son écrin de glace, est restée préservée des atteintes du temps tant que la banquise n'avait pas commencé à s'émietter. Hélas ! tout a changé lorsque le tabulaire s'est détaché de son socle.

Peggy consulte le thermomètre incorporé à sa montre-bracelet. Ici, il fait à peine zéro. C'est dire que la température paraît tropicale à côté de celle qui règne au-dehors. La jeune femme sent qu'elle transpire. Elle contourne un camion aux pneus dégonflés. Plus loin, elle longe un PX, l'un de ces supermarchés réservés aux militaires et où les denrées sont vendues à prix sacrifiés. Les rayonnages sont vides. À peine subsiste-t-il, sur un présentoir, de vieilles bandes dessinées : Dick Tracy, Batman, The Spirit...

Un bruit de moteur la fait se plaquer derrière une porte. C'est une Jeep qui remonte le corridor à petite allure. Un homme de haute taille se tient au volant. Il a ôté son vêtement de camouflage blanc. Il porte sur la tête un bonnet de laine kaki à visière, du type couramment utilisé par les soldats, et qu'ils conservent parfois sous le casque réglementaire.

Il est mal rasé, le poil et le cheveu gris. Il a le visage fatigué, sillonné de rides profondes. Il a dû être, jadis, une force de la nature, mais il se déplace maintenant avec les gestes précautionneux et lents d'un rhumatisant. Il arrête le véhicule, en descend. Il marche, penché en avant, la poitrine creuse. Il tousse à plusieurs reprises, et crache dans un mouchoir. Il porte un treillis qui godaille et des gants de laine verte. Peggy lui donne environ 60 ans. Est-ce le tueur qui s'amuse à percer les nuques des naufragés ? Elle l'observe en retenant son souffle. Il entre dans un cinéma où l'on joue sans doute le même film depuis le jour de l'évacuation : *L'Homme tranquille*, avec John Wayne et Maureen O'Hara.

Peg se rappelle l'avoir vu avec son père, pelotonnée sur le canapé du salon, dans la vieille maison familiale de Saltree, lorsqu'elle était petite fille. Elle ne peut se retenir d'emboîter le pas à l'étrange fantôme de la base secrète désertée. Elle se glisse à sa suite dans la salle obscure. Elle l'entend aller et venir dans la cabine de projection. Les images envahissent l'écran. On est au beau milieu du film, l'aubergiste du village vient de découvrir que John Wayne, cet homme paisible revenu au pays pour s'enterrer loin du monde, est en réalité un ex-boxeur célèbre qui a tué son adversaire sur le ring...

Peg se rappelle comment elle essayait, avec sa sœur, d'imiter la diction traînante du Duke.

L'homme sort de la cabine, il claudique entre les sièges et va s'asseoir à la troisième rangée. Au bout d'un moment, il se met à réciter les dialogues en même temps que les acteurs, en essayant de mettre l'intonation, mais il n'est pas très bon à ce petit jeu, et sa voix sonne faux.

Il doit s'interrompre pour tousser. Une fois qu'il a repris son souffle, il dit :

— Approchez, je sais que vous êtes là... je vous ai vue entrer derrière moi.

Il ne tourne pas la tête pour regarder Peggy, il garde les yeux sur l'écran.

— Qui êtes-vous ? demande la jeune femme sans bouger.

— Je suis le caporal Jeffrey Paul Henriott. Je travaillais dans l'intendance. En fait, j'étais le magasinier de cette base.

— Vous n'êtes pas reparti avec les autres quand on vous a évacués... ou bien on vous a oublié ? s'enquiert Peggy.

Le caporal se tourne enfin vers elle, au ralenti. Non dans un souci théâtral, mais parce qu'il semble effectivement avoir du mal à bouger.

— Je suis resté, dit-il. C'était un choix mûrement réfléchi. Je n'avais aucune raison de rentrer au pays. Pas de femme, pas d'enfants, pas d'amis. Je me suis caché. Personne ne s'est rendu compte de mon absence. Je n'avais aucun copain ici pour s'inquiéter de ne pas me trouver à bord des hélicos. J'avais maquillé les rôles et payé une petite frappe pour qu'elle réponde présent à l'appel de mon nom. Quand ils ont réalisé que j'étais manquant, il était trop tard.

— Pourquoi ont-ils évacué ? interroge la jeune femme.

— La base ne servait plus à rien. Les Russes l'avaient repérée, soupire Henriott. Et puis les nouvelles technologies rendaient ce jeu de cache-cache complètement stupide. Il y avait désormais des satellites espions, des fusées capables de survoler la moitié de la terre. Nous avions l'air de parfaits idiots tapis dans notre igloo rempli d'armes. Quelqu'un, au Pentagone, a décidé d'arrêter les frais. Voilà tout.

Il se lève.

— Venez, dit-il, allons prendre quelque chose à la cafétéria.

Il a un visage lunaire, un peu bouffi, où se dresse un nez en pied de marmite. Des yeux très clairs, lourdement cernés.

Il fait signe à la jeune femme de le suivre et l'emmène au comptoir, dans le hall. Il lui suffit d'actionner quelques interrupteurs pour créer une ambiance chaleureuse. D'un seul coup, Peggy se trouve transportée dans les années 60, au cinéma d'une petite ville tranquille comme il n'en existe plus guère aujourd'hui. Du fond d'un haut-parleur, les *Beach Boys* chantent la beauté des filles de Californie.

— Je n'ai plus que du café ou de l'alcool à vous offrir, dit le caporal. Tout ce que j'avais mis de côté au moment de l'évacuation a aujourd'hui atteint la date de péremption fatidique. Il n'y a guère que les aliments déshydratés qui soient encore consommables sans danger. Les conserves, je n'y touche plus. Elles sont trop anciennes. Par bonheur la Vitamine C est encore consommable. Pour plus de sécurité, et pour ne pas succomber au scorbut, je ramasse des algues et tous les lichens qui poussent sur la glace. C'est ainsi que font les Esquimaux.

— Vous aviez détourné de quoi survivre ? demande la jeune femme.

— Oui, confirme Henriott. C'était facile pour moi, puisque je gérais les réserves. J'avais prévu de quoi tenir plusieurs années, c'est vrai, mais je ne pensais pas rester si longtemps. En fait, je ne sais pas ce que j'avais prévu... sans doute rien du tout. Je ne voulais pas rentrer aux États-Unis, je voulais qu'on me fiche la paix. J'en avais assez d'obéir et d'être la tête de Turc de la base. Je me disais que ça recommencerait partout où que j'aille, et qu'il valait mieux pour moi disparaître. Je ne supportais plus personne, ni les officiers ni les hommes de troupe. On parlait déjà de me réformer pour « phobie sociale », mais je n'aurais pas su quoi faire une fois rendu à la vie civile. Ç'aurait été encore pire que l'armée, sûrement.

Avec des gestes méticuleux, il allume un gros percolateur nickelé, mais le café qu'il puise dans un sac n'a plus d'odeur depuis longtemps.

— C'était très dur de vivre ici, continue-t-il. Les uns sur les autres, enfermés en permanence, avec seulement la perspective des patrouilles, de temps à autre. On finissait par se détester. Il y a eu des suicides, des types qui devenaient dingues. Le manque de femmes n'arrangeait rien. Tous ces jeunes types réduits à vivre comme des moines... L'atmosphère devenait vite explosive, il suffisait d'un rien pour qu'une bagarre éclate. On avait beau ne recruter que des gars nantis d'un certain profil, ce n'était pas évident.

Il parle, les yeux dans le vague. Peggy essaye d'imaginer son existence, depuis l'évacuation. Combien d'années passées dans la solitude ? Vingt-cinq ? Trente ? Elle frissonne. Sans doute Henriott souffre-t-il de tendances schizoïdes, sinon comment admettre un tel choix.

Il la regarde, sourit, comme s'il avait deviné le cours de ses pensées.

— Quand j'étais môme, murmure-t-il, j'adorais les histoires de naufragés solitaires, de types débarqués par les pirates sur une île déserte. Je me répétais que ça ne m'aurait pas fait peur, à moi, de rester seul sur un atoll. C'était le contraire qui me terrifiait : l'école, la foule, la famille...

— Pourquoi avoir choisi l'armée, alors ? questionne la jeune femme.

— Je ne savais rien faire, élude le caporal. Pas doué pour les études. J'avais commencé dans l'épicerie de mon paternel, gestion des stocks, tout ça. Alors pourquoi ne pas continuer chez les bidasses ? J'ai fini par découvrir que j'étais très bien au milieu de mes hangars, à compter mes caisses, mes ballots, mes conteneurs. Les gus me ciraient les pompes pour obtenir de l'alcool, des cigares. J'avais le pouvoir de leur dire non. C'était un petit plaisir plus important pour moi qu'une bouffée de fumée ou une lampée de cognac.

Il hausse les épaules. Peggy l'observe. Il est forcément dérangé. Aucun être sensé n'accepterait volontairement de rester prisonnier d'une base militaire déserte au beau milieu du Pôle. Il monologue d'une voix lointaine. La jeune femme regarde ses mains. Elle essaye de se les représenter en train de manipuler l'aiguille qui a percé la nuque du père de Yuki. Assassine-t-il les gens pour préserver sa solitude ?

Il a liquidé les naufragés du Learjet parce qu'ils risquaient de découvrir son existence, songe-t-elle. *Peut-être l'avaient-ils aperçu ? Et il n'a pas voulu courir le risque de les voir envahir son domaine.*

Elle se dit qu'elle ne devra jamais lui tourner le dos. C'est un anachorète, un ermite, un stylite des glaces. Il tousse.

— Je suis malade, s'excuse-t-il. L'humidité, le froid. Ça a fini par m'attaquer les poumons. Une sorte de tuberculose, je suppose.

— Comment avez-vous réussi à survivre ? demande Peg.

— Je vous l'ai dit, soupire le caporal. J'avais tout calculé, le carburant nécessaire pour faire tourner les groupes électrogènes, les combustibles, tout... C'était facile, on gardait ici de quoi alimenter des bombardiers B-47 à 6 moteurs ! Les plus puissantes machines de l'époque en matière de dissuasion. Leur autonomie de vol leur permettait de rallier Moscou sans problème et de ratiboiser les Popovs. Les pistes d'envol étaient cachées sous la neige, il suffisait de sortir les bulldozers pour les rendre opérationnelles en quelques heures. Les appareils, eux, étaient hissés à la surface par un système d'élévateurs, comme sur les porte-avions. Ce que vous voyez autour de vous n'est qu'une petite partie des installations réelles. C'était une vraie ville, une forteresse souterraine vivant dans l'attente du grand soir. Dans ces conditions, il n'était pas très compliqué de détourner du matériel, des vivres, du carburant. J'engrangeais mes noisettes pour l'hiver. C'était facile, j'étais le maître des hangars, des réserves, des soutes, des citernes. Je pouvais en condamner certaines, les déclarer défaillantes, hors d'usage. On fait dire ce qu'on veut à la paperasse. Je me fabriquais des cavernes d'Ali Baba.

— Vous aviez prévu de rester aussi longtemps ? insiste Peggy.

— Non, avoue l'homme aux yeux cernés. À une époque, j'ai failli rejoindre une tribu d'Esquimaux, mais ça ne s'est pas fait, finalement. Au bout de quelques semaines, j'avais du mal à les supporter, alors je suis revenu ici. Je ne suis pas taillé pour la vie en société.

— Et puis la banquise a craqué, conclut Peg. C'est ça ? Cette partie s'est détachée du reste de la base.

— Oui, confirme le caporal, il y avait un moment que le danger de fracture se faisait sentir. Les eaux se réchauffaient. L'iceberg s'est fendu par le milieu, j'ai juste eu le temps de fermer les portes étanches pour aveugler les voies d'eau. Pendant trois ans, nous sommes restés aux abords de la côte, puis les courants nous ont entraînés vers des eaux plus clémentes, et c'est alors que la glace a commencé à se ramollir.

— Vous dérivez depuis combien de temps ?

— Une dizaine d'années. Mais ça n'a rien d'exceptionnel, il existe des icebergs âgés de cinquante ou soixante ans. Toutefois, si nous continuons à descendre vers le sud, il est probable que le tabulaire se fracturera. J'ai repéré des crevasses, des zones de tension. Cette fois, il n'est pas dit que je pourrai aveugler les voies d'eau. Cela dépendra des courants marins, nous sommes entre leurs mains, livrés à leurs caprices. De toute manière, ça n'a plus guère d'importance, je suis fichu. Je n'en ai plus pour longtemps, la maladie m'a bouffé les poumons.

Peggy n'ose aborder le sujet des crimes dont les naufragés ont été les victimes. Le caporal sait-il seulement qu'il tue tous ceux qui menacent son domaine ?

— Vous savez que je ne suis pas seule dehors,

commence-t-elle. Verriez-vous un inconvénient à ce que mes compagnons trouvent refuge ici ? Il fait beaucoup plus chaud dans la base. Je vous garantis qu'ils vous laisseront tranquille. Nous ne resterons pas longtemps. Nous attendons la venue des secours.

L'homme a baissé la tête. Sa physionomie est devenue fuyante. Il s'agite, mal à l'aise.

— Je ne vous conseille pas de les faire descendre ici, lâche-t-il enfin. Contrairement à ce que vous pensez, vous n'y serez pas en sécurité. Le mieux pour vous est de rester dehors et de prier pour que les sauveteurs vous localisent le plus rapidement possible.

Il s'écarte du comptoir, le visage fermé.

— Je n'ai pas les moyens de vous contraindre à quoi que ce soit, grogne-t-il. Vous en ferez donc à votre tête, mais croyez-moi, ce serait une erreur d'investir la base avec vos compagnons. Restez là-haut et faites tout ce qui est en votre pouvoir pour qu'on vous trouve. C'est tout ce que je peux vous souhaiter.

— Avez-vous un émetteur ? demande la jeune femme.

— Non, marmonne le caporal en s'éloignant déjà. Le centre d'émission est resté sur l'autre moitié de la base, au moment de la fracture. Il n'y a rien ici qui puisse vous permettre d'établir une liaison avec le monde civilisé. Désolé.

De son pas boitillant, il rejoint la Jeep et se glisse au volant. Il démarre sans un signe et s'enfonce dans les ténèbres du corridor, laissant Peggy seule devant sa tasse de café sans arôme.

25

Peggy est remontée rejoindre les autres. D'abord, lorsqu'elle leur a raconté sa découverte, ils n'ont pas voulu la croire et l'ont prise pour une folle. Elle a eu du mal à les persuader de la réalité de la chose. Puis le vent s'est levé, annonciateur de tempête, et elle leur a fait valoir qu'ils seraient tous davantage à l'abri dans les profondeurs de la base qu'à l'intérieur de l'épave.

— Ne tardez pas trop à prendre une décision, a-t-elle lancé. Une fois l'ouragan déchaîné on ne pourra plus sortir de l'avion, vous le savez bien.

Elle a insisté en précisant qu'il ne fait que zéro degré au cœur des corridors. Ils ont hésité en écoutant mugir le vent.

— Qu'est-ce qu'on risque, de toute manière ? a ricané Rolf. Ça peut se révéler amusant. Et puis ne vous faites pas d'illusion sur l'avion, c'est un refuge faussement sûr. Si une méchante tornade déferle sur l'iceberg, il n'est pas impossible que l'épave soit poussée par-dessus bord. Les coups de boutoir de la tempête vont la déplacer, et une fois qu'elle se sera décollée du sol, elle glissera aussi facilement qu'une luge sur une patinoire. Il ne lui faudra pas longtemps pour basculer dans la mer.

Tous les visages se sont tournés vers lui qui bourre sa pipe avec placidité. Peggy sait qu'il n'a pas tort, pour l'appareil. Lors de la dernière tempête, elle l'a senti bouger, et même se déplacer de deux ou trois mètres. Le Learjet ne pèse rien en face d'un ouragan polaire. S'il le veut, le vent jouera avec lui comme avec une boîte d'allumettes.

Ils ont peut-être tort de s'y croire en sécurité.

— Il faut vous décider, répète la jeune femme. Dès que la neige commencera à tomber, je ne serai plus en mesure de vous guider vers l'entrée des installations.

Les marins font valoir qu'une fois en bas il sera impossible de guetter l'arrivée des secours. Amundssen éclate de rire. Aucun hélicoptère ne décollera de Sanashtawa par ce temps. Scruter le ciel ne servira à rien tant qu'il ne sera pas redevenu bleu.

— D'accord, fait Yuki qui n'a pratiquement plus ouvert la bouche depuis leur arrivée sur l'iceberg. Mais on emmène mon père. Je ne veux pas que la tempête l'emporte. Je sais qu'il aurait souhaité être ramené au Japon.

Il y a en bas plus de place qu'il n'en faut pour improviser une chapelle ardente, lui répond Peggy. Les marins hésitent encore, Ignouk également. Cet antre clandestin les effraye, ils croient y deviner une volonté démoniaque de dissimulation.

Finalement, le vent qui forcit précipite l'évacuation. On rassemble le paquetage. Rolf et le chaman se chargent de transporter la dépouille de l'informaticien congelé. Peggy ouvre la marche. Elle doit avancer courbée pour affronter les bourrasques qui, déjà, balayent la banquise avec des ululements lancinants.

Il ne manquerait plus que la tempête éclate maintenant, pense-t-elle. *Nous serions à la fois incapables d'aller de l'avant comme de faire demi-tour.*

Mais les éléments sont favorables et leur laissent le temps d'atteindre l'entrée des installations. En découvrant la perspective des salles désertes, suintantes, et des corridors à demi éclairés, le groupe se met à chuchoter. Peggy les conduit dans un dortoir. Une chose est sûre : il fait beaucoup plus chaud ici qu'à la surface, et tous se déshabillent. Le campement s'organise. On trie les matelas pour mettre de côté ceux qui ne sont pas mouillés. Ignouk a découvert un local d'infirmerie dans lequel on a déposé la dépouille de Saiko Onoshita.

— À cette température, il risque de dégeler, a fait observer Rolf. Ne l'approchez pas trop des sources de chaleur ou bien il commencera à sentir. Vu l'absence d'aération, ce ne serait guère judicieux.

On a colonisé le dortoir, jadis prévu pour accueillir une soixantaine d'hommes. Les matelots ont fait sécession et se sont isolés au fond de la salle, ils chuchotent entre eux.

Peggy a dû tout leur dire du caporal Henriott et de sa curieuse passion pour la solitude.

— C'est assez fréquent chez les navigateurs, a commenté Amundssen. Beaucoup de marins solitaires sont en réalité schizoïdes. Contrairement à ce qu'on croit, ils ne souffrent pas de l'isolement. Ce sont les escales, la nécessité de côtoyer des gens, qui les mettent à la torture. J'ai souvent vu ça.

Il a l'air de s'amuser. L'aspect insolite de la situation l'a tiré de son apathie. Il dit encore qu'on lui avait parlé de ces bases secrètes enfouies dans la glace, mais qu'il n'avait accordé aucun crédit à ces rumeurs de taverne. Il propose de partir en exploration. Ignouk ne paraît guère rassuré mais n'ose pas refuser. Peggy insiste sur la nécessité de ne pas s'égarer à travers la taupinière des galeries. Yuki refuse, elle veut veiller son père, dire des prières. Elle se retire dans l'infirmerie. Elle avoue son regret de n'avoir pas d'encens sous la main.

Les autres se mettent en marche. Peg n'aime pas le comportement goguenard d'Amundssen. On dirait qu'il visite un quelconque parc d'attractions. Il s'extasie ou ricane, touche à tout, ramasse une vieille casquette de G.I., s'en coiffe, cherche un miroir pour s'y examiner. Il a tout du cyclothymique qui, dans quelques heures, après s'être exalté jusqu'à l'hystérie, sombrera dans les abîmes de la dépression la plus noire.

Au fil de l'exploration, ils se rapprochent des anciens hangars stratégiques, là où les bombardiers attendaient le signal de la frappe nucléaire. Tous sont vides, sauf un, où dort la carcasse d'un immense B-47 pris dans la glace. L'avion semble hors d'atteinte, enfermé dans une vitrine d'eau solidifiée. Au moment où la base secrète s'est cassée en deux, des poutrelles se sont détachées de la voûte, écrasant sa queue ainsi qu'une partie du fuselage. C'est un monstre inutile, un géant cul-de-jatte aux formes impressionnantes.

— Bon Dieu ! jure Amundssen, ils étaient si pressés de ficher le camp qu'ils ont abandonné une partie de leur arsenal.

— Je suppose qu'il est désarmé, objecte Peggy. Ce n'est qu'une carcasse.

Elle pense qu'il s'agit en fait d'un appareil mis au rebut, qu'on s'apprêtait à disloquer. Voilà pourquoi on n'a pas jugé utile de l'évacuer.

Rolf s'approche du mur de glace vitreuse qui recouvre le nez de l'appareil.

— Je pense à un truc, fait-il en claquant des doigts. Il y a forcément une radio dans le cockpit. Si l'on pouvait la récupérer, on aurait la possibilité d'émettre un S.O.S. autrement plus efficace que celui envoyé par le gadget de votre copine aux yeux bridés.

Elle est sur le point de dire « Qu'est-ce que ça peut vous faire ? Je croyais que vous vous en fichiez de mourir ? » puis elle réalise que le Suédois a raison. S'il y a un émetteur, il est sûrement possible de le réactiver en le branchant sur le circuit d'éclairage des couloirs. Elle touche la glace à travers son gant, la trouve dure comme de la pierre.

— Ignouk, lance-t-elle, tu pourrais demander aux gars de piocher ?

L'Esquimau hoche la tête. Il semble mal à l'aise. Dans la pénombre, le bombardier a quelque chose d'un squelette de baleine fossilisé. La glace impure, qui brouille ses formes, lui donne un aspect irréel. On dirait une image prise dans la résine... une image dépourvue de matérialité. Un mirage, pourrait-on dire.

— D'accord, soupire le chaman. Ignouk revenir avec marins.

Ils rebroussent chemin. Peggy ne sait plus si elle explore une ancienne base de l'armée américaine ou si elle se promène dans le ventre d'une pyramide. Elle guette le bruit de la Jeep du caporal, tout en sachant qu'il y a fort peu de chance pour que ce dernier suscite une rencontre avec les naufragés. Elle est convaincue qu'il a dû courir s'enterrer au plus profond de la base, derrière un rempart de portes blindées, là où personne ne s'avisera d'aller le chercher.

Pour détendre l'atmosphère, elle conduit ses compagnons au seuil du cinéma. Dans la cabine de projection, ils découvrent des dizaines de boîtes métalliques rondes. Les bobines que Jeffrey Henriott a mises de côté pour son usage personnel. *La Rivière sans retour, Le Train sifflera trois fois, Vingt Mille Lieues sous les mers, Moby Dick...*

Il doit tous les connaître par cœur.

Ils décident de rentrer au dortoir. La pénombre des tunnels finit par devenir oppressante. Soudain, le plancher se met à danser sous leurs pieds et ils manquent de perdre l'équilibre.

— Ça y est, murmure Amundssen, la tempête s'est levée.

Peggy songe qu'il faut de sacrés rouleaux pour parvenir à faire remuer un tabulaire comme celui où ils ont trouvé refuge. Elle se félicite d'avoir convaincu ses compagnons de descendre à l'intérieur de la base.

L'excitation du Suédois est retombée. Il ne desserre plus les dents.

Une fois dans le dortoir, ils mangent en silence la soupe improvisée par le cuisinier-chaman. Il n'y a plus qu'à dormir en attendant le lendemain. La jeune femme insiste pour instaurer un tour de garde.

— Vous pensez que c'est Henriott le tueur ? demande Amundssen.

— Qui d'autre ? soupire Peggy.

— C'est vrai qu'il faut être sacrément dingue pour envisager de passer le reste de son existence dans un bunker vide, acquiesce le capitaine.

Peggy ne veut pas entamer de discussion, elle souhaite qu'on ferme la porte du dortoir et qu'un homme armé prenne le quart assis au milieu des couchettes. Amundssen accepte la première garde, ensuite viendront Ignouk, Peg, puis Yuki si on arrive à l'arracher à ses préparatifs funéraires.

Peggy se jette sur l'un des matelas et tire le capuchon de sa parka sur sa tête. Elle a interdit qu'on éteigne la lumière. Rolf s'est installé, le fusil en travers des cuisses. Il se prépare une nouvelle pipe.

*

Quand Ignouk la réveille, quatre heures plus tard, elle a l'impression de n'avoir dormi qu'une dizaine de minutes et proteste pour qu'on la laisse en paix.

L'Esquimau insiste. Elle se redresse en grelottant. Il lui met une tasse de thé bouillant entre les mains.

— Tout est tranquille, chuchote-t-il, personne n'est venu rôder.

— Où est Yuki ? demande Peggy.

— Pas vu, bâille Ignouk en s'éloignant. Rites funéraires très compliqués, prendre beaucoup de temps.

Il s'allonge sur sa couchette et ferme les yeux. La jeune femme se lève et va prendre sa place sur le siège dur posé au milieu de la travée, face à la porte.

On n'entend que les ronflements des hommes et le plic-plic des gouttes d'eau qui tombent du plafond. Au bout d'une demi-heure, Peg sent une angoisse sournoise la gagner. Et si...

Et si Yuki était morte ?

Elle l'imagine soudain, effondrée sur le cadavre de son père, la nuque transpercée, comme tous ceux qui l'ont précédée. N'y tenant plus, elle se lève et entre-bâille la porte. Le couloir lui paraît encore plus sombre et plus menaçant que tout à l'heure. L'infirmerie n'est qu'à dix mètres, mais la distance semble dilatée par le climat fantasmatique des tunnels déserts. Peggy lève le fusil et fait trois pas. La porte de la salle de soins n'est pas fermée, un rai de lumière dessine une oblique jaunâtre sur le sol. Elle s'avance.

Elle pousse un soupir de soulagement. Yuki est toujours en vie. Elle semble se recueillir sur la dépouille de l'informaticien. Elle a dévêtu celui-ci, lui ôtant ses vêtements polaires raidis par le gel. Le Japonais repose maintenant sur la table d'intervention, entièrement nu, les bras allongés de part et d'autre du corps.

Peggy recule précipitamment, de peur de paraître indiscrète.

26

Pendant le tour de garde de Peggy, l'iceberg tangue plusieurs fois, comme s'il allait chavirer. La jeune femme tend l'oreille, terrifiée à l'idée que le grand morceau de banquise puisse soudain se casser en deux. Elle essaye de se consoler en se disant que là-haut, à la surface, les vagues doivent balayer la glace avec rage. Il n'est pas impossible, du reste, qu'elles aient déjà englouti la carcasse du Learjet.

Alors que la somnolence la gagne, elle entend monter, du fond des couloirs, l'écho d'un pas hésitant... le même qu'elle entendait la nuit, à bord du cargo. Son premier réflexe est de vérifier que Rolf est bien là, étendu sur sa couchette. Le Suédois dort, ce n'est donc pas lui qui clopine au long des couloirs... Il ne peut s'agir que du caporal Henriott. Mais cela impliquerait que le magasinier solitaire se hissait à bord du navire pour en tourmenter les occupants ? Non, c'est impossible. Peggy le voit assez mal dans ce rôle. De plus il est malade et semble éprouver de grandes difficultés à se déplacer.

Ou alors il joue la comédie, se dit-elle. *Le jour il est impotent, la nuit il se transforme en Navy Seal.*

Elle se rappelle la mine magnétique collée sur la coque du cargo. Une mine démodée, probablement prélevée dans l'arsenal de la base.

Il a essayé de nous couler avant que nous n'atteignions l'iceberg. Il voulait à toute force préserver sa solitude.

Il y a sûrement, quelque part, une vedette rapide, basse sur l'eau, et barbouillée de peinture camouflage, que Henriott utilise pour se déplacer. C'est lui qui grimpait sur le cargo par l'échelle de coupée.

C'est lui qui se promenait dans les coursives, vêtu d'une combinaison de Néoprène un peu dissoute (d'où l'odeur si particulière que Peggy a remarquée).

Surpris par un matelot au cours de sa déambulation, il l'a assassiné.

Nous accusions Amundssen, réfléchit Peggy, *alors que c'était Henriott. Il savait que nous nous dirigions vers la base, il ne voulait pas nous voir aborder sur son île déserte. Nous étions trop nombreux, armés, aux aguets ; il a pensé qu'il ne parviendrait pas à se débarrasser de nous aussi facilement que des naufragés du Learjet. Il a tenté de nous faire sauter en puisant dans l'arsenal périmé de la base, mais ça n'a pas fonctionné.*

Elle tourne et retourne ces pensées comme on tisonne un feu de camp. Malgré tout, des zones d'ombre demeurent, les pièces du puzzle ne s'emboîtent pas à la perfection. Cela l'agace. Elle écoute décroître le pas hésitant au fond des tunnels. Il faudra rester vigilant. Le caporal est incontrôlable, il ne renoncera pas à sa tranquillité.

27

Deux jours ont passé, dans le malaise et l'angoisse. À la fin de la tempête, Peggy est brièvement remontée à l'air libre ; elle a pu constater que les déferlantes ont balayé la surface de l'iceberg, emportant la carcasse de l'avion. Ils l'ont échappé belle. S'ils avaient commis l'erreur d'y rester barricadés, la mer les aurait engloutis.

Ignouk a convaincu les matelots d'entreprendre des travaux dans le hangar du B-47. Ils ont commencé à creuser la glace pour se glisser dans le cockpit et récupérer la radio, mais la progression n'est guère rapide, faute d'outils adéquats. Il leur faut creuser en utilisant le tranchant des pelles repliables, et la paroi vitrifiée est, en ce lieu non chauffé, incroyablement dure. Peggy a découvert que seuls certains tunnels bénéficient d'une alimentation en chaleur, les autres sont abandonnés au froid. Elle suppose que la pénurie de carburant a peu à peu conduit Henriott à réduire son territoire à la portion congrue. Avec le temps, cette zone habitable rétrécira de plus en plus, jusqu'au jour où elle se réduira à une simple chambre dans laquelle brûlera un poêle à graisse. Rien d'étonnant à cela. Il est même stupéfiant que le caporal ait réussi à survivre aussi longtemps.

Autre sujet de préoccupation : Amundssen, qui s'était calmé, s'est réveillé la mine sombre, marmonnant des choses indistinctes. Peggy a cru comprendre que les fantômes de Birgit et de Leif l'avaient de nouveau harcelé dans ses rêves. Depuis, il prétend les entendre murmurer dans les couloirs. Il se plante au seuil du dortoir, la tête penchée, l'oreille tendue, et écoute, des heures durant, les bruits véhiculés par l'écho des tunnels.

— Là ! lance-t-il soudain. Là ! ils parlent... Je reconnais la voix de Birgit. Vous n'entendez pas ?

Mais il n'y a rien à entendre, à part le clapotis des gouttes tombant du plafond. Alors il s'énerve, devient vindicatif.

— Ils me suivent, se lamente-t-il. Ils m'ont retrouvé ici. C'est votre faute, il ne fallait pas m'empêcher de mourir.

Il est capable de répéter la même litanie vingt ou

trente fois d'affilée. Ses gesticulations rendent tout le monde nerveux. Peggy voudrait bien qu'il s'apaise. Elle a suggéré au chaman de préparer une infusion soporifique mais il a objecté qu'on ne pouvait rien contre le mécontentement des spectres.

— C'était grande erreur de sauver capitaine, Esprits pas contents du tout. Ont l'impression s'être fait rouler. Se vengeront, prédit-il, c'est sûr, oui, oui.

Peggy sent qu'elle n'obtiendra pas grand-chose de lui.

*

Ce soir deux mauvaises surprises attendaient Peg. D'abord Ignouk est venu la trouver en lui reprochant de leur avoir fait creuser la glace en pure perte. En effet, quand les marins ont réussi à pénétrer dans le cockpit, ils ont trouvé le compartiment du poste émetteur vide et les fils de raccordements qui pendaient, arrachés.

— On a enlevé le poste, a grogné l'Esquimau. Il y a longtemps. Tout ce travail pour rien, matelots pas contents, t'en vouloir beaucoup.

Plus tard, à la tombée de la nuit, Peggy est entrée dans l'infirmerie pour voir ce que devenait Yuki. Elle a failli pousser un cri d'horreur. Le corps de l'informaticien reposait toujours sur la table d'examen, mais on l'avait écorché, comme sur une planche d'anatomie...

*

Cette fois, elle a donné l'alerte et obtenu le rassemblement des naufragés. Ils sont venus contempler le cadavre mutilé. Toute la peau du torse et du ventre a été retirée, depuis la base du cou jusqu'à la lisière du pubis. C'est un acte absurde et monstrueux, qui ne peut avoir été perpétré que par un fou. Yuki a disparu. Peggy soupçonne Henriott de l'avoir enlevée.

Contrairement à ce qu'elle espérait, la vue du corps profané n'a pas galvanisé les survivants, bien au contraire. Les matelots, Ignouk et même Amundssen ont battu en retraite en affirmant que c'était là l'œuvre des fantômes qui hantent la base désaffectée. La jeune femme a eu beau leur rappeler l'existence du caporal d'intendance, ils n'ont pas voulu l'écouter. Pour eux, Birgit et Leif, les spectres sortis de l'océan, sont bien là, cachés quelque part à l'intérieur de la station. Ils ont commencé par se faire les griffes sur les cadavres, mais, dans peu de temps, ils s'occuperont des vivants.

Une querelle a éclaté, et les hommes ont entrepris de s'insulter en langue esquimaude. Le chaman a eu beau pousser des coups de gueule, rien n'y a fait. Ils sont tous terrifiés et agressifs, déjà persuadés que les fantômes vont venir leur décoller la peau. Ils brandissent les fusils et les pointent au petit bonheur, comme si la menace se dissimulait là, dans chaque coin d'ombre, prête à se matérialiser.

Excédée, Peggy décide de partir toute seule à la recherche de Yuki. Elle prend une torche, de la craie pour marquer sa route, et son fusil à pompe.

Elle avance, seule, dans le tunnel de circulation mal éclairé. Tous les quinze mètres, une ampoule jaune palpite. En dehors de ces oasis de lumière règnent les ténèbres, et la jeune femme doit y progresser à tâtons en essayant de ne pas trop réfléchir. Elle appelle Yuki, d'un ton qu'elle espère ferme. À chaque embranchement, elle trace une marque à la craie pour être certaine de retrouver son chemin.

Enfin, elle entend sangloter sur sa gauche. La jeune

Japonaise est là, recroquevillée dans un coin d'une pièce vide. Elle n'est pas blessée, mais apparemment sous le choc. L'essentiel que Peggy a pu soutirer de cette âme en détresse est l'histoire d'un homme en combinaison de caoutchouc qui l'a attaquée par-derrière et lui a mis un sac sur la tête.

— Il a posé une lame en travers de ma gorge, gémit-elle en désignant une fine coupure sur son cou. J'ai cru qu'il allait me tuer. Il m'a ordonné de m'allonger sur le sol, dans l'infirmerie... Je ne sais pas ce qu'il faisait. Ensuite, il m'a traînée dans les couloirs. Il m'insultait entre ses dents. Il m'a ordonné de rester ici. Il m'a dit de fermer les paupières parce qu'il allait enlever le sac qui m'aveuglait. Il m'a prévenue que si je trichais, il me crèverait les yeux... Quand tu es arrivée, j'ai cru que c'était lui qui revenait.

Elle tremble, elle claque des dents. Elle mélange l'anglais et le japonais. Peggy n'ose lui dire qu'on a écorché le cadavre de son père. Elle a peur que la jeune fille ne pique une crise de nerfs.

— Viens, dit-elle, il faut rentrer. Je vais revenir m'occuper du caporal. On ne peut pas continuer comme ça.

*

Elle a reconduit Yuki au dortoir. C'est tout juste si les matelots ne lui ont pas tiré dessus quand elle a ouvert la porte de la salle. Tous sont à cran, prêts à fusiller leur ombre. Peggy a abandonné l'Asiatique entre les mains d'Ignouk, puis elle est passée par l'infirmerie pour recouvrir la dépouille de l'informaticien d'un drap. Elle ne comprend pas le sens de cette agression. *Pourquoi s'en prendre à un cadavre ?*

Ces détails réglés, elle s'est remise en marche avec

l'intention de localiser l'endroit où se cache Henriott... et de le neutraliser. Elle espère qu'elle trouvera dans son antre le poste émetteur qu'il a prélevé sur le B-47. C'est le seul espoir qu'il leur reste désormais de pouvoir joindre Sanashtawa et d'expliquer en détail leur curieuse situation.

28

C'est une petite musique nasillarde qui lui indique le chemin à suivre. Un air des Beach Boys, incongru dans un tel contexte. Elle reconnaît *Help Me Rondha*, que leur voisin, à Saltree, avait l'habitude de chanter à tue-tête lorsqu'il tondait sa pelouse. Puis elle entend tousser le caporal. À partir de là, elle se met à suer car il fait beaucoup plus chaud ici que dans le reste de la station. Elle croit se rappeler qu'il s'appelle Jeffrey, et elle prononce son nom. Elle le trouve étendu sur un lit de camp, dans une pièce capharnaüm qui doit constituer son repaire intime. Des livres tapissent les murs, mais aussi des microsillons, de vieux vinyles 45 tours comme on en faisait dans les années 60. Il est emmitouflé dans un sac de couchage, il a la fièvre, il claque des dents. Peggy a du mal à voir en lui l'assassin fou qui a terrorisé Yuki et écorché le cadavre de son père. Joue-t-il la comédie ? Elle baisse le canon de son arme. Henriott ricane du fond de son duvet.

— Vous n'allez pas me faire croire que je vous fais peur ! gémit-il d'un ton épuisé.

Effectivement, Peg se sent soudain stupide avec

son grand fusil. Elle se fait l'effet de menacer un mourant ratatiné dans un lit d'hôpital.

— Vous ne voyez pas que je suis en train de crever ? s'irrite le caporal. Mes poumons s'émiettent comme une vieille éponge. Vous pouvez vous asseoir, va. Vous ne risquez rien, je ne vous sauterai pas à la gorge.

Peggy examine la chambre autour d'elle. Sur une table de chevet, elle note la présence de plusieurs styrettes de morphine extraites d'une trousse de premiers secours à l'usage des G.I. Elle comprend que Jeffrey est en état second. Il transpire bien qu'il soit livide. Il répand une odeur désagréable, de maladie, de désespoir.

— Vous n'avez pas tenu compte de mes avertissements, gronde-t-il en se redressant sur un coude. Vous avez eu tort. Il fallait ficher le camp.

— Les secours ne sont pas venus, objecte Peggy. Et puis il y a eu la tempête. Je ne suis pas certaine que nos messages aient été entendus. Qu'avez-vous fait de la radio qui se trouvait dans le B-47 ?

Henriott tourne la tête et se met à contempler la cloison.

— Je l'ai détruite, fait-il. Il y a longtemps, pour ne pas être tenté d'appeler du secours moi-même, dans mes périodes de dépression. Vous ne trouverez aucun appareil en état d'émettre dans toute la base. Je les ai écrasés, tous.

Peggy serre les doigts sur la crosse du fusil. Elle lutte contre l'envie de frapper ce dingue qui les a condamnés à l'isolement.

— Vous n'avez rien compris, reprend le caporal. Vous êtes en danger ici. On ne veut pas de vous. Si vous restez, vous serez éliminés, les uns après les autres. Montez dans vos canots de sauvetage et quittez l'iceberg, vous aurez plus de chance de survivre en prenant la mer qu'en restant ici.

— Vous êtes cinglé, soupire la jeune femme. De toute manière, c'est impossible. Si la tempête a emporté l'avion, elle a aussi balayé les embarcations.

Elle se lève, comprenant qu'elle ne tirera rien de lui. Il la fixe d'un air halluciné.

— Vous êtes déjà morte, murmure-t-il. Ils vont s'occuper de vous, bientôt, et je n'interviendrai pas en votre faveur. Au début je les contrôlais encore, mais plus maintenant. Plus maintenant, ils me font peur à moi aussi.

Il délire.

Peggy quitte la pièce. Curieusement, alors qu'elle remonte les tunnels en direction du dortoir, elle a l'impression d'entendre chuchoter dans son dos. Lorsqu'elle se retourne, elle ne voit rien, mais il lui semble qu'une odeur de caoutchouc flotte dans l'air. Le caoutchouc d'une vieille combinaison de plongée à moitié dissoute.

Et, tout à coup, quelque chose fond sur elle. Une masse jaillie de la nuit la frappe à la tête. Elle s'écroule dans une flaque de glace fondue. Les derniers mots qu'elle entend sont prononcés par une voix de femme : « Non, ne la tue pas. »

Tout de suite après, elle perd conscience.

29

Lorsqu'elle s'éveille, la nausée lui tord l'estomac et elle roule sur le côté pour vomir. Quelqu'un lui pose une compresse glacée sur la nuque. On lui répète de ne pas bouger. Peggy, à travers les élancements, les bourdonnements, identifie un timbre féminin qui a l'air de provenir de l'autre côté d'une muraille de neige durcie.

— Restez tranquille, dit la voix. Vous n'êtes plus en danger. Essayez d'avaler ça.

On lui glisse des comprimés entre les lèvres, un analgésique quelconque.

— Ils sont périmés, ajoute la femme, mais cela ne vous empoisonnera pas. Au pire ce sera sans effet.

Peggy se sent trop anéantie pour se rebeller. Elle est couchée sur le dos dans un dortoir qu'éclaire une veilleuse à l'huile de phoque. Elle lève la main pour toucher l'arrière de sa tête. Elle a si mal qu'elle s'attend à ce que ses doigts s'enfoncent directement dans sa cervelle par une déchirure de la boîte crânienne.

— Vous n'avez qu'une grosse bosse, la rassure l'inconnue. Je vais changer la compresse.

Peggy distingue des livres empilés contre les murs. De vieux journaux. Des bouquins de poche tout gondolés d'humidité. Une bibliothèque jetée en vrac et sans doute mille fois feuilletée. Des vêtements pendent, accrochés aux montants des couchettes superposées. À travers les brumes de son délire, la jeune femme croit qu'il s'agit de peaux humaines tannées qui sèchent dans le vent. Elle se relève sur un coude.

Du coup, elle voit mieux la femme assise à son chevet. On dirait une clocharde de la Bowery, dont elle a d'ailleurs l'odeur. Son visage rappelle quelque chose à Peggy. Un autre visage. Une photo... Une photo entrevue dans la maison du jardin secret, là-bas, dans la soute interdite du cargo.

— Mon Dieu ! balbutie-t-elle, traversée par un

frisson de stupeur. *Vous êtes Birgit.* Birgit Amundssen !

— Vous êtes physionomiste, dit la femme avec un rire plein d'amertume. Il y a des jours où je ne me reconnais même pas moi-même.

Peggy la détaille, toujours incrédule. Impossible de lui donner un âge, mais la frimousse de diablesse nordique est toujours présente, là, sous les rides.

C'est bien Birgit, mais une Birgit prématurément vieillie, usée, avec quelque chose d'apeuré, de las dans le regard. Le treillis militaire dont elle est vêtue achève de brouiller sa silhouette, lui donnant une apparence informe. Ses cheveux sont sales, grisonnants, ils pendent lamentablement en mèches huileuses. En la voyant, Peggy songe à ces épaves en haillons qui hantent les rues de Miami, collectant les boîtes de bière vides dans un Caddie de supermarché.

— Il est là, n'est-ce pas ? chuchote le fantôme. Rolf... Rolf Amundssen. J'ai entendu sa voix résonner dans les couloirs. En dix ans, je ne suis pas parvenue à l'oublier. C'est curieux, non ? J'ai oublié la voix de mon père, de ma mère... Je ne les entends plus dans ma tête, ma mémoire ne parvient pas à les reconstituer, alors que celle de Rolf est demeurée intacte. Elle continue à m'obséder.

Elle frissonne. Elle parle avec un accent curieux, extrêmement chantant. Malgré les rides, la crasse, Peggy devine sans peine ce qu'elle a dû être il y a vingt ans : une petite routarde délurée, prête à toutes les aventures. Une de ces filles qui bouffent les kilomètres, sautent d'un charter à un autre, et laissent derrière elles un amant dans chaque ville traversée. Un amant dont elles connaissent à peine le prénom. Elle a côtoyé beaucoup de ses semblables en Floride.

Jadis, elle a elle-même pratiqué ce style de vie où *dérive* finit par devenir synonyme de *liberté.*

— Je ne sais pas ce que Rolf vous a raconté, poursuit la Suédoise, mais il ne vous a sûrement pas dit la vérité.

Peggy sent qu'elle doit répondre si elle ne veut pas voir disparaître ce fantôme surgi du passé. Elle doit fortifier le lien fragile qui s'est tissé entre elles deux, créer quelque chose, un embryon de complicité. Alors, doucement, elle expose à son interlocutrice la légende, telle qu'Amundssen la lui a transmise. Cela lui prend des heures car les élancements qui lui traversent la tête la forcent à s'interrompre. La Suédoise écoute silencieusement, de temps en temps elle grimace et serre les poings.

— Ce n'est pas ça, parle-t-elle enfin, ce n'est pas ça du tout. La vie avec Rolf était un enfer. Il était d'une jalousie maladive. Il me tenait cloîtrée sur le bateau. Quand nous étions à quai, je n'avais pas le droit de descendre, je ne devais pas parler aux autres marins. Vous ne pouvez pas vous représenter ce que c'était. Il était obsédé par l'idée que j'allais le tromper avec un matelot, un docker. À la fin, pour réduire au maximum le danger d'une rencontre, il n'accostait même plus. Il s'ancrait à distance de la côte et faisait la navette avec l'annexe, pour le ravitaillement. C'était une vie de fous. C'est comme ça que je suis peu à peu devenue sa prisonnière. Nous restions le plus possible loin des lieux habités. Même les Esquimaux lui paraissaient suspects. Il avait fini par se mettre dans la tête que je draguais les hommes au moyen de la radio, et que j'avais des conversations érotiques sur les ondes... C'était pathologique, on ne pouvait pas le raisonner. Il ne se rendait pas compte que ses soupçons devenaient grotesques.

Elle s'emballe. Elle parle d'une voix haletante. Ses mains esquissent des gestes saccadés. Elle évoque l'enfer de la solitude sur le bateau, sans jamais voir personne que Rolf Amundssen. Rolf jaloux de tout et de n'importe quoi : du chanteur dont elle écoute les disques, de l'écrivain dont elle lit les livres...

— Il me questionnait sans cesse sur mon passé, soupire-t-elle. De vrais interrogatoires de police. Mes amants, ma vie sexuelle avant lui. Des détails, il voulait toujours plus de détails. Si je refusais de répondre, il me frappait. Il me rouait de coups, après il fondait en larmes et me suppliait de lui pardonner. Ça devenait insupportable. Je vivais dans la terreur de faire une faute, à mon insu. La nuit, quand je me réveillais, je le découvrais penché sur moi. Il écoutait ce que je disais dans mon sommeil... S'il m'arrivait de parler en rêvant, il se persuadait que j'avais prononcé le nom d'un homme. C'était un véritable calvaire. J'ai commencé à le haïr, mais il me faisait peur...

— Et Leif, demande Peggy. Comment Rolf a-t-il vécu la naissance de l'enfant ?

— Très mal, déclare Birgit. D'abord il a fallu le convaincre que le gosse était bien de lui, et ça n'a pas été facile. Il passait son temps à scruter le visage du gamin pour s'assurer qu'il lui ressemblait... Comme j'aurais dû m'y attendre, il s'est vite persuadé que Leif avait pour père un marin danois assez connu à Sanashtawa. Une sorte de coq de village qui culbutait toutes les serveuses. Cette idée a tourné à l'obsession et a pourri d'emblée ses rapports avec le petit. Il l'a pris en grippe. Assez rapidement, il s'est mis à le rudoyer.

Elle raconte maintenant avec volubilité, heureuse de se libérer. Par moments elle parle trop vite et, à cause de son accent, Peg ne comprend pas le sens des mots qu'elle emploie. Il lui arrive également de mêler le suédois à l'anglais.

— C'était moins dur grâce à la présence de Leif, explique-t-elle. Mais Rolf n'aimait pas nous voir trop souvent ensemble. Il était jaloux de nos rapports. Si j'avais un geste tendre pour le gosse, je voyais Rolf se raidir, devenir blême. Quand il se mettait en colère, il parlait du gamin en l'appelant « le bâtard ». J'étais forcée de feindre l'indifférence à l'égard du petit quand il était dans les parages, ou de le rabrouer pour des fautes imaginaires. Il fallait que je lui donne l'impression que je n'aimais pas mon fils. C'était une comédie odieuse qui me rendait folle. Cela a duré des années. Leif avait peur de lui. Quand il voyait son père approcher, il s'enfuyait. Rolf le battait sous n'importe quel prétexte, et lorsque je m'interposais, j'étais rouée de coups moi aussi.

Elle égrène sa triste odyssée. La haine au quotidien, la désespérance, la rage, l'impuissance. Elle dit sa grande horreur d'avoir vécu comme une prisonnière au beau milieu d'espaces infinis. L'océan, la banquise... Elle relate les moments de tendresse clandestins arrachés à la surveillance d'Amundssen. Comment faire comprendre à un enfant de 3 ans que sa mère doit faire semblant de le détester pendant la journée ? Comment lui faire admettre qu'il est nécessaire de se cacher pour échanger baisers et câlins ?

— Une vie de dingues, soupire-t-elle. Leif et moi étions consignés à bord dès que nous jetions l'ancre quelque part. Rolf ne voulait pas que nous puissions revoir le Danois, le supposé père du petit. J'ai cru comprendre qu'il s'était mis à harceler ce pauvre type, à lui chercher querelle dans les bars, et même qu'il l'avait fait rosser par des matelots esquimaux. Le temps passait, mais il campait sur ses positions.

Parfois, lorsque nous étions en mer, il restait des semaines sans m'adresser la parole. L'ambiance à bord devenait horrible. J'avais constamment peur qu'il ne cherche à nous supprimer, comme ça, au cours d'une crise de jalousie.

— Il buvait ? s'enquiert Peggy.

— Oui, fait Birgit. Et puis il y avait les drogues. Il a toujours pratiqué les hallucinogènes, une manie contractée en Amérique latine. Il prétendait que ça élargissait son champ de conscience, que ça lui permettait de naviguer sans boussole, sans radar. Tout un folklore dont il était très friand. Souvent, il tenait le gouvernail en état second, les pupilles affreusement dilatées. Il disait aussi que le peyotl le protégeait de la fatigue et le dispensait de dormir. Quand il se trouvait dans cet état, il me terrifiait. J'avais de plus en plus peur pour Leif. Je voyais bien que Rolf ne cessait de le dévisager.

Peggy hoche la tête. Elle devine ce que va lui dire Birgit et la devance :

— Alors, vous avez décidé de prendre la fuite avec le gosse à la première occasion.

— Oui, avoue la Suédoise. J'ai tout préparé : le canot pneumatique, les vivres. Je savais que Rolf ferait une erreur, tôt ou tard. Il devenait trop sûr de lui, de ses pseudo-pouvoirs, de son foutu instinct de super-marin. Quand il a décidé de traverser le labyrinthe des glaces, le « broyeur » comme il disait, j'ai compris que je tenais ma chance. Je savais qu'il y avait une tribu d'Esquimaux sur la banquise, et qu'ils me recueilleraient. C'était, bien sûr, une solution d'attente. Ensuite, je me serais débrouillée pour rejoindre le monde civilisé, j'en avais soupé du Pôle. Je voulais que Rolf nous croie morts, Leif et moi. J'attendais le moment propice pour mettre en scène notre disparition. À un moment, j'ai senti qu'il y avait un problème, nous courions pour ainsi dire au désastre. Rolf pilotait avec une inconscience d'adolescent. Pour donner le change, je l'ai supplié de faire demi-tour. C'était le meilleur moyen de le pousser à poursuivre. Ce que je prévoyais s'est produit : un premier iceberg nous a éperonnés, puis un second nous a pris en tenaille. Le bateau a commencé à craquer. J'ai profité que Rolf était cloué à la barre pour sortir le dinghy et y installer Leif. Sous mes vêtements, je m'étais enduite de graisse et enveloppée dans des sacs-poubelle, comme une véritable momie, pour m'isoler du froid. Puis, par-dessus, j'ai enfilé une combinaison de plongée, pour m'empêcher d'être suffoquée par la température si je tombais à l'eau. C'était terriblement risqué, je sais, mais je ne me sentais pas capable de vivre plus longtemps avec Rolf.

— Il m'a dit que vous étiez tombée à la mer quand le pont a craqué, observe Peggy.

— C'est vrai, admet Birgit. Ce n'était pas voulu, et j'ai bien failli rester prisonnière du bateau qui s'enfonçait. Par miracle, j'ai pu nager jusqu'au dinghy. Nous nous sommes éloignés aussitôt, en priant pour que Rolf ne nous aperçoive pas. Je ne savais pas s'il s'en tirerait, je ne voulais pas y penser. J'ai faufilé le canot pneumatique entre les icebergs et j'ai monté la tente de survie pour me changer. C'est là que les choses ont mal tourné, j'ai dérivé, je me suis perdue.

— Et le caporal Henriott est venu à votre secours, complète Peggy.

Birgit hoche la tête.

— Oui, lâche-t-elle. Il m'a quand même avoué après qu'il avait longuement hésité à nous sauver. Il craignait pour sa sacro-sainte solitude. Plus prosaïquement, il redoutait que nous n'entamions ses réserves alimentaires.

— Curieux bonhomme, commente Peg.

La Suédoise fait la grimace.

— Je crois plutôt qu'il a cédé à l'appel de ses hormones, crache-t-elle d'un ton amer. Il a beau se vanter de préférer rester seul, il souffrait du manque de femme.

Son visage a pris une expression dure teintée de dégoût. Peggy se défend de lui poser la moindre question à ce sujet, mais Birgit se livre spontanément :

— Dès notre installation, il m'a fait comprendre qu'il y aurait un loyer à payer, s'indigne-t-elle. Vous devinez lequel. Une fois par mois, je devais me rendre dans l'un des dortoirs, et y attendre sa visite. Pour s'excuser, il m'a expliqué qu'il était tuberculeux, et que cette maladie amplifiait l'appétit sexuel. Il n'était donc pas réellement responsable de ce qu'il me faisait subir. Il me baisait en me suppliant de le pardonner. C'était assez pathétique. Au début j'avais pensé qu'une certaine amitié s'installerait entre nous, mais ça n'a pas marché. Il nous fuyait, Leif et moi. Les cris du gosse lui faisaient horreur, il ne supportait pas son agitation.

Elle fait le récit de ses dix années de cohabitation avec le caporal sans presque jamais le rencontrer hors de ce qu'elle nomme avec dédain « le règlement du loyer ». Peggy s'imagine sans mal ce qu'elle a pu vivre, dans la base déserte, avec ce fantôme d'homme qui, toujours, se dérobait.

— C'est un malade, affirme Birgit. J'ai retrouvé son dossier médical dans les archives du major. On y parlait de désordre schizo-affectif et de paranoïa. Le médecin de la base se préparait à demander sa réforme. Selon les dires d'Henriott, il serait entré à l'armée pour fuir les gens de son village qui, tous, lui voulaient du mal. En fait, il semblerait qu'il ait tenu à s'isoler du monde parce qu'il sentait monter en lui des pulsions criminelles. Le problème, c'est qu'une fois bouclé ici, il s'est mis à détester ses compagnons et à fantasmer sur leur mort. Il n'est pas rentré aux États-Unis parce qu'il craignait de commettre des meurtres s'il se trouvait au contact des gens. Il s'est lui-même condamné en quelque sorte à la prison préventive.

— C'est bien ainsi que je l'avais perçu, atteste Peggy. A-t-il maltraité l'enfant ?

— Non, répond la Suédoise. Il n'a presque jamais eu de contact avec le petit. Il s'était réservé un territoire où nous n'avions pas le droit de mettre les pieds. C'était très clair. Il y avait des frontières à ne pas franchir. Toutes les semaines je me rendais au réfectoire, sur une table m'attendaient les provisions pour les sept jours à venir : du riz, des aliments déshydratés... du poisson fumé ou un saladier de krill quand il parvenait à en attraper, et surtout des herbes contre le scorbut, ou des citrons en poudre. Il fallait faire durer ces victuailles le plus longtemps possible. La nourriture était un problème constant. Tout seul, il avait parfaitement réussi à tenir le coup, notre présence à Leif et à moi compliquait singulièrement les choses. Nous lui ôtions le pain de la bouche. Deux poignées de riz en moins, c'est dramatique quand tout vous est compté. Il nous en voulait sournoisement d'être là. Pour économiser le carburant du groupe électrogène, il nous forçait à vivre dans l'obscurité. Il tenait tout sous clef, barricadé dans des armoires à combinaison chiffrée, là où l'on rangeait jadis les pièces de rechange ultrasecrètes. Nous n'avions accès nulle part. Je me disais souvent que, s'il mourait, nous resterions démunis, à crever de faim devant des armoires pleines qu'il nous serait impossible de forcer. Il était l'intendant du domaine, le maître des serrures. Il comptait tout chichement, et tenait une comptabilité dans un grand registre. Peu à peu, tout est devenu « payant », si vous voyez ce que je veux dire. Toutes les fournitures supplémentaires devaient se régler au dortoir. Pour trois heures de lumière, une nouvelle paire de chaussures, un morceau de savon, trente litres d'eau chaude... j'écartais les cuisses. Quand Leif était petit, ce n'était pas grave, j'en avais pris mon parti. Et puis Henriott était prudent, il ne baisait jamais sans préservatif. Il disait qu'il voulait éviter de me transmettre son mal. En réalité, je pense qu'il avait peur de me mettre enceinte. Un bébé, ç'aurait été une bouche de plus à nourrir. Je me rendais au dortoir, je serrais les dents et j'attendais qu'il ait fini sa petite affaire. Ça ne lui prenait pas bien longtemps. Pour moi, ça tenait plus de l'examen médical que de la prostitution. Les capotes, il y en a des cartons pleins, à l'usage des G.I. Je suppose qu'on les emmenait tirer leur coup une fois par mois, quelque part sur la côte d'Alaska ? Les problèmes sont nés lorsque Leif a commencé à grandir et qu'il a compris ce qui se passait. Il s'est mis à haïr Henriott. Une haine farouche...

Elle se tait brusquement, regrettant peut-être de s'être laissée aller. Elle baisse les yeux, comme si elle a honte. Mais elle relève vite la tête, et fixe Peggy avec une hargne subite.

— C'est grotesque, n'est-ce pas ? siffle-t-elle. Vous devez me mépriser.

Peg proteste doucement et lui prend la main. Alors Birgit se met à pleurer, silencieusement, tout en fixant son interlocutrice.

— Quelle merde, reprend-elle. Dix ans de bagne. J'ai fui Rolf pour me retrouver ici, bouclée avec un autre dingue. On ne peut pas dire que la chance me sourie. Mais pourquoi s'étonner, il n'y a que des dingues au Pôle Nord. Aucun être sensé n'aurait envie de vivre ici ! Je suppose que Rolf ne voit pas les choses de la même façon, bien sûr...

Peggy lui expose la version d'Amundssen. Le grand amour brisé par la malédiction du Pôle, la petite maison cachée dans les soutes du cargo, la mélancolie assaisonnée au peyotl. Birgit hausse les sourcils, incrédule.

— Mon Dieu, gémit-elle, le pire c'est qu'il est sûrement convaincu de ce qu'il dit. Il a reconstruit l'histoire à sa manière, n'en retenant que ce qui l'arrange. Il a toujours été comme ça. Il embellissait la moindre anecdote. C'est comme ça qu'il m'a eue... Avec lui, la vie semblait tellement excitante. On côtoyait le sublime 24 heures sur 24. Le voyage le plus banal prenait des aspects wagnériens. Je ne pouvais même pas l'accuser de mythomanie, il était sincère avec lui-même. Il aurait dû mettre en scène des opéras, il avait du talent, une espèce d'hypertrophie de la vision. Au début, ça fascine... et puis le sublime finit par lasser.

— Il paraît absolument anéanti par votre disparition, précise Peggy. Il ne m'a pas donné à aucun moment l'impression de jouer la comédie.

— C'est le remords qui le travaille, assure Birgit. Pour rendre tout cela supportable, il a réécrit les événements dans sa tête. Peut-être même n'a-t-il jamais eu conscience de nous avoir fait mener une vie infernale.

Elle reste silencieuse un long moment, puis se met à évoquer sa vie sur la base désaffectée à coups de petites anecdotes, tristes, insolites ou drôles. Peggy la laisse parler. Elle songe qu'il y aurait là matière à un best-seller : *Comment j'ai élevé mon fils sur un iceberg.*

Les heures s'écoulent... Peggy a l'intuition que Birgit tourne autour du pot. Elle devine un problème à propos de Leif qui doit avoir aujourd'hui 16 ou 17 ans, elle ne sait plus très bien. Elle la laisse toujours parler, sans l'interrompre, elle attend. Elle laisse venir.

— Vous n'avez pas encore rencontré mon fils, n'est-ce pas ? demande soudain la Suédoise.

— Non, avoue Peg. J'ai comme l'impression de m'être trompée de suspect... ? Ce n'est pas Henriott qui est venu nous harceler sur le bateau... Ce n'est pas lui qui a posé la vieille mine magnétique sur la coque... Ce n'est pas lui qui a exécuté les survivants du Learjet... Est-ce que je me trompe ?

Nerveusement, Birgit se lève. Lorsqu'elle bouge, son odeur de crasse s'avive. Elle ouvre la bouche à plusieurs reprises, mais les mots restent coincés dans sa gorge.

— Leif, dit-elle enfin. Il... Il n'est pas normal. C'est un adolescent difficile. Il ne s'est jamais remis de l'enfance qu'il a connue sur le bateau. Je suppose que les psychologues le qualifieraient de « caractériel ». Et, en débarquant ici, nous sommes comme tombés de Charybde en Scylla.

Peggy ne fait aucun commentaire. Elle sait que Birgit se refermera à la moindre critique.

— Il déteste les hommes, confie la Suédoise. Tous les hommes. Son père d'abord, Henriott ensuite... et tous ceux qui ont eu le malheur de débarquer sur l'iceberg, ces pauvres types sortis de l'avion, par exemple. Il s'imagine qu'ils vont me faire du mal, qu'ils m'obligeront tous à coucher avec eux. Alors, il me protège à sa manière. Il les élimine l'un après l'autre.

— Pourquoi n'a-t-il pas tué le caporal ? questionne Peggy.

Birgit esquisse un geste de lassitude.

— D'abord parce que Henriott se méfie et qu'il est armé, répond-elle. Ensuite parce qu'il est le maître des clefs et que, sans lui, nous manquerions de tout : lumière, chaleur... S'il crève, le groupe électrogène s'arrêtera. Il a tout verrouillé, non seulement la nourriture mais aussi le carburant. Il a posé des sécurités partout. N'oubliez pas que c'était une base secrète. La paranoïa y était devenue une règle de vie.

Peggy songe à l'odeur de caoutchouc, à la silhouette de l'homme-phoque... Ainsi c'était Leif.

— C'est donc Leif qui grimpait à bord du cargo, conclut Peg. C'est lui qui errait dans les coursives, la nuit...

— Oui, confirme Birgit. Il y a une vedette de l'armée, un bâtiment de patrouille, bas sur l'eau et équipé d'un moteur silencieux. C'est avec lui que le caporal est venu à notre secours, c'est également avec ce bateau que Leif se promène autour de l'iceberg. Il surveille les environs, il joue les sentinelles depuis l'âge de 12 ans. Je n'ai pas pu l'en empêcher. Je ne pouvais pas le tenir enfermé ici. Au début, c'était avec l'espoir de pêcher pour améliorer notre ordinaire, puis ces escapades sont devenues des rondes défensives. Je crois qu'il a toujours craint, plus ou moins obscurément, le retour de son père. Moi aussi. J'ai longtemps pensé que Rolf ne nous laisserait pas nous en tirer aussi facilement. C'était une peur quasi superstitieuse, j'avais la conviction qu'il retrouverait notre trace, que son instinct le guiderait vers nous. C'est en partie pour ça que je n'ai pas réellement cherché à quitter la base. J'imaginais Rolf là, à la sortie, prêt à me mettre la main au collet. Entre deux fous, j'ai choisi le moindre, ça a sûrement été une erreur.

— Leif a tué plusieurs marins, souligne Peggy. Il a assassiné les occupants de l'avion, des gens inoffensifs. Il a essayé de nous faire sauter...

— Vous étiez les complices de son père, lâche Birgit. Donc des ennemis. Quand il a repéré le cargo, il s'en est approché avec ses jumelles. C'est comme ça qu'il a vu Rolf, sur le pont. Ça a été pour lui un choc terrible. Un cauchemar devenu réalité. Quand il est revenu, il était dans un état épouvantable. Il délirait, j'ai cru qu'il avait perdu la raison. Il m'a fallu un moment pour comprendre que le destin nous faisait une terrible blague : Rolf était à la recherche de l'avion. Le hasard le ramenait droit sur nous, sans qu'il s'en doute. J'ai essayé de raisonner Leif, de lui expliquer qu'il suffirait de rester invisibles le temps que les secours ramassent les cadavres, mais rien n'y a fait. Il y a belle lurette que je ne le contrôle plus.

— Alors il est monté à bord, continue Peggy. Il s'est mis à rôder dans les coursives...

— Il voulait tuer Rolf pendant son sommeil, balbutie Birgit. Mais il n'a jamais pu trouver le courage de le faire. C'était plus fort que lui ; malgré les années, son père le terrifiait toujours autant. En sa présence, il redevenait un gamin de 5 ans. Chaque jour qui passait vous rapprochait de nous. Il a improvisé de petits sabotages sans conséquences. Il a voulu vous électrocuter dans votre sac de couchage... Un matelot a failli le surprendre, une nuit, au cours de ses déambulations, et Leif l'a poignardé.

— Pour finir, il a posé la mine.

— Oui, une vieillerie récupérée dans l'un des hangars à bateaux. Ça n'a pas fonctionné, je suppose qu'elle était désamorcée, ou hors d'usage. Je l'ai supplié de ne pas y toucher. J'étais certaine qu'il allait sauter en la manipulant. Il est ainsi, la peur le pousse à prendre des risques insensés. Il plonge au milieu des glaçons alors même qu'il ne dispose que d'une vieille combinaison de caoutchouc, celle que je portais en arrivant ici. Il a développé une étonnante résistance au froid, comme les Esquimaux.

— Où est-il en ce moment ? interroge Peggy.

— Il se cache, soupire la Suédoise. Il sait que je désapprouve son action. Il s'est mis dans la tête de vous supprimer tous. Il ne veut garder qu'une femme, « pour l'épouser », dit-il. Il a choisi cette Japonaise...

— Yuki.

— Oui, c'est ça. Vous, il ne vous aime pas. Il pense que vous obéissez à son père, que vous êtes sa femme. Il aurait bien voulu vous tuer, mais il manque de courage devant le beau sexe. Liquider les hommes ne lui pose pas de problème, les femmes en revanche l'impressionnent. Je pense qu'il les identifie à *moi*. Leur faire du mal, c'est *me* faire du mal. Tandis que supprimer un homme, c'est s'entraîner à tuer Rolf.

Charmante nature, songe Peg en essayant de ne rien laisser paraître de ses sentiments.

— Ce n'est pas sa faute, plaide Birgit. Il a des excuses, il cherche à me protéger. Quand il était petit, je pouvais essayer de le contrôler, mais il a 16 ans aujourd'hui. Il est aussi grand et fort que l'était son père à cet âge. Je ne peux plus l'effrayer avec une gifle ou une remontrance. J'essaye de le calmer en lui parlant, en vain. C'est un animal perpétuellement sur le qui-vive. Rolf en a fait un psychopathe, un demi-autiste. La plupart du temps, je suis incapable de comprendre ce qui se passe dans sa tête. J'ai essayé de le dissuader de monter à bord du cargo, il ne m'a pas écoutée. Il vit dans son monde à lui, dans ses peurs, dans ses fantasmes. C'est un sauvage. Il ne sait ni lire ni écrire. Il n'a jamais voulu apprendre. Quand il était petit, je lui lisais un vieux manuel de mécanique maritime. C'était le seul bouquin qui l'intéressait, les autres lui faisaient piquer des crises d'épilepsie. La mécanique, ça lui plaisait. La description d'un corps de chauffe... d'un appareil de désalinisation. Ne me demandez pas pourquoi.

— Il existe donc un bateau ? se hasarde Peggy. Une vedette ?

— Oui, admet Birgit. Je ne sais pas comment ça s'appelle au juste. Un truc long et effilé à très faible tirant d'eau. Ça ressemble à une pirogue de métal. Henriott dit que c'est un truc de commando, conçu pour les interventions de sabotage. Ça file vite mais ça ne peut pas emporter grand monde. Si vous envisagez de la voler, je préfère vous dire que vous n'irez pas loin avec. De toute manière, je ne sais pas où elle se trouve. C'est le trésor de Leif. Si vous essayez de vous en approcher, il vous tuera.

Les deux femmes se défient du regard. Peggy baisse les yeux la première, elle ne tient pas à indisposer Birgit. Ce serait maladroit.

— D'accord, souffle-t-elle. Si nous reprenions tout depuis le début ?

30

Peggy est restée longtemps immobile dans la « caverne » de Birgit Amundssen, à écouter le récit lancinant de cette femme égarée, victime des pièges du hasard et de la destinée. La Suédoise a trop de choses à dire, trop de souvenirs à déplier. Son récit se bouscule, bifurque, revient en arrière. Elle se répète, ajoute un détail, le peaufine jusqu'à l'obsession. Dix années de mutisme, d'isolement, crèvent soudain, libérant un flot amer qui n'en finit plus de couler. L'arrivée de Leif arrête inopinément cette loghorrée. Le garçon jette un regard méfiant dans l'entrebâillement de la porte, hésite au seuil de la pièce. C'est un rude gaillard pour ses 16 ans, bâti dans le style viking, d'une blondeur de guerrier nordique. Il ressemble de manière incroyable à son père, mais ses yeux sont fuyants et sa physionomie empreinte d'une expression chafouine. Il porte une combinaison de plongée en caoutchouc noir, très abîmée aux points de friction et rapiécée par vulcanisation artisanale. Il longe la muraille de livres de poche, comme s'il voulait éviter le plus possible de frôler Peggy, l'intruse. La jeune femme remarque qu'il a récupéré le fusil à pompe avec lequel elle avait entrepris sa ronde. Il s'y cramponne à la façon d'un gosse accroché à un objet fétiche. Son corps est celui d'un homme mais son expression celle d'un enfant grognon. Il dit quelque chose à sa mère dans une langue que Peggy ne comprend pas. La prononciation est si rudimentaire qu'elle se demande même s'il s'agit réellement d'une langue répertoriée.

— Il ne parle pas l'anglais ? s'étonne Peggy.

— Non, fait celle-ci. Pas pour la conversation courante. Il ne l'utilise que lorsqu'il est en colère, et c'est alors très mauvais signe. Il ne parle pas davantage le suédois. Nous communiquons au moyen d'un dialecte de son invention. Un langage qu'il a inventé quand il était tout petit pour ne pas être compris de Rolf. Il s'en servait pour insulter son père impunément, ou lui jeter des sorts. Il a longtemps cru à la magie, il ne faisait rien sans procéder au préalable à un cérémonial compliqué.

Leif s'est agenouillé auprès de sa mère, tournant le dos à Peggy pour l'exclure de son champ de vision. Il marmonne des choses, communiquant au moyen d'onomatopées enfantines qui résonnent bizarrement dans la bouche d'un adolescent bâti en athlète. Il a de grandes mains puissantes, sales et abîmées. Ses joues sont décorées de peintures tribales qui semblent avoir été tracées du bout de l'index par un gosse de la maternelle. La jeune femme se défend d'être émue, elle doit garder à l'esprit que ce jeune homme est un criminel multirécidiviste, un éliminateur travaillant dans le systématique, avec une totale absence de scrupules.

— Que dit-il ? demande-t-elle enfin, inquiète du babillage débile qui sort à flot continu de la bouche de Leif, avec une certaine véhémence, lui semble-t-il.

— Il pense que vous êtes mauvaise, traduit Birgit. Que j'ai tort de vous accueillir ici. Il croit que vous êtes la « femelle » de Rolf. Il soutient que vous nous trahirez.

— Dites-lui qu'il se trompe, proteste Peg, que je n'ai jamais couché avec Amundssen.

La Suédoise hausse les épaules, signifiant que cela n'a aucune importance.

— Il ne m'écoutera pas, soupire-t-elle. Son opinion est arrêtée. D'après lui, à part le chaman, vous êtes tous mauvais. Même la Japonaise qu'il comptait prendre pour compagne. Il dit qu'il l'a vue arracher la peau d'un cadavre. Il veut savoir si elle est cannibale.

Peggy fronce les sourcils, perplexe. Ainsi Leif prétend avoir surpris Yuki en train d'écorcher son père ?

C'est grotesque ! Pourquoi la jeune fille agirait-elle de cette façon ? Ça n'a aucun sens !

Il est dingue, pense-t-elle. *Il attribue sans doute à Yuki une action qui lui fait honte. On ne peut pas se fier à ce genre de détraqué.*

— Je ne pense pas que Yuki soit friande de chair humaine, dit-elle pour meubler le silence. Je crois surtout qu'elle est très perturbée par la mort de son père et qu'il vaut mieux la laisser tranquille.

Birgit se met en devoir de traduire. Elle use du même langage rudimentaire que son fils. C'est étrange de l'entendre bredouiller des onomatopées, des gazouillis de bébé. Étrange et inquiétant. On finit par se demander qui est le plus dérangé des deux. Peu à peu, Peggy sent le doute la gagner. Qui croire en définitive : Rolf ou Birgit ? Qui donne la bonne version ? Et si la Suédoise n'était qu'une psychopathe en proie à la paranoïa ? Si elle avait tout imaginé dans le désordre de sa conscience malade ?

Lequel des deux a réécrit le récit de la vie conjugale du couple Amundssen ?

Elle ne sait plus. Il y a, dans les yeux de Birgit, une lueur qui lui déplaît. Cette femme pourrait très bien avoir entraîné son fils dans sa folie, c'est courant. Les psychoses familiales par « contagion » ne sont pas rares ; les psychologues le savent. On devient vite fou à vivre avec les fous.

Peggy doit se défier du piège de la compassion. Rien ne lui prouve, après tout, que Birgit n'a pas construit à partir des événements une interprétation totalement fantaisiste.

— Vous devez faire comprendre à Leif qu'il doit cesser de nous harceler, lui suggère-t-elle. Nous allons partir. Les secours vont arriver. Je suppose que vous ne voudrez pas vous joindre à nous, mais, dès que je serai à Sanashtawa, je ferai connaître votre situation aux autorités. On enverra une équipe pour vous sortir de là.

Birgit secoue la tête.

— Non, fait-elle, c'est inutile. Ça ne marchera pas. Jamais Leif ne sera capable d'intégrer la civilisation. Trop de gens, trop de contraintes... Il ne fait pas partie de ces animaux qu'on peut acclimater. On l'enfermera dans un asile de fous, et il y dépérira. Non, je ne veux pas de ça. De toute manière, l'iceberg est en train de fondre, n'en avez-vous pas conscience ? Nous dérivons vers les eaux chaudes et sa structure se fragilise d'heure en heure. Il va se casser, c'est inévitable. Demain ou dans trois jours, on ne peut pas prévoir, mais c'est ce qui se produira.

— Que ferez-vous alors ? s'irrite Peggy. Vous vous laisserez couler ? C'est une manie chez les Amundssen.

— Non, coupe Birgit d'un ton froid, nous tenterons de nous enfuir avec la vedette. Avec un peu de chance nous atteindrons la côte. Là nous essayerons de nous faire accepter par les Inuits. C'est la seule réinsertion envisageable. Si je veux que Leif reste libre, nous sommes condamnés, lui et moi, à vivre hors la loi. D'ailleurs, rien ne dit que les Inuits veuillent de nous.

— Je comprends votre point de vue, capitule Peggy. Après ce que vous avez vécu, je crois effectivement que les contraintes d'une grande ville vous seraient insupportables. (Elle marque une pause, puis reprend :) Au moins, insistez pour que Leif ne commette plus aucun méfait jusqu'à notre départ. Je vais essayer de convaincre mes compagnons de remonter à la surface. Ce sera plus facile si je puis disposer de matériel de signalisation. Pouvez-vous obtenir cela du caporal Henriott ? Il me faudrait des fusées, des fumigènes colorés, de quoi baliser un emplacement.

— Je vous trouverai ça, accepte Birgit. Mais ne vous faites pas trop d'illusions, Leif pense que personne ne viendra vous sauver. Il est persuadé que la femme à la peau jaune ment, qu'elle ne joue pas franc jeu.

— Comment sait-il cela ? rétorque Peggy.

— Son instinct, explique la Suédoise, qui est très aiguisé. Je suppose qu'il le tient de son père... ou au fait que Rolf me forçait à prendre du peyotl quand j'étais enceinte. Le champ de conscience de Leif est beaucoup plus développé que le vôtre ou le mien. Il perçoit des choses invisibles, comme un animal. À votre place, je lui ferai confiance. S'il dit que la Japonaise ment, c'est qu'elle trame effectivement quelque chose dans votre dos.

Peg hoche la tête sans se compromettre. Elle ne tient pas à contrarier Birgit. Au demeurant, elle ne croit guère à cette histoire d'évacuation au moyen de la vedette d'infiltration utilisée par Leif. Il ne peut s'agir que d'un véhicule bas sur l'eau, incapable d'affronter la haute mer, et d'une autonomie réduite. Birgit et son fils, s'ils doivent fuir l'iceberg, seront vite condamnés à geler à bord d'un tel engin car, même par calme plat, il leur faudra plusieurs jours de navigation pour rejoindre la terre ferme. Il y a fort à parier qu'une grosse lame les aura submergés bien avant que la côte ne soit en vue. D'ailleurs, Peg n'a pas l'impression que la Suédoise mise réellement sur cette échappatoire. Dans son esprit, c'est juste une éventualité, une hypothétique porte de sortie, un alibi pour refuser l'aide qu'on lui propose...

— Je dois retourner auprès des autres, observe

Peg, sinon ils se lanceront à ma recherche, et vous risquez de voir Rolf débarquer ici.

Elle ment. Elle sait bien que les autres se fichent de sa disparition. Les histoires de solidarité entre rescapés n'existent que dans les romans.

Birgit hésite. Leif s'est remis à gazouiller ses onomatopées. Il serre très fort le fusil et en cogne même la crosse sur le sol.

— Il ne veut pas que vous partiez, traduit Birgit. Il pense que vous allez nous trahir. Il veut vous attacher ici pour faire de vous sa femelle. Excusez-le, mais c'est une notion qui l'obsède depuis quelque temps. Je pense qu'il m'a épiée lors de mes rendez-vous mensuels avec le caporal. Cela lui a donné des idées, c'est de son âge.

— Laissez-moi partir, supplie Peg. Vous ne pouvez pas le laisser m'infliger ce que vous a fait supporter Henriott pendant toutes ces années.

Birgit pose la paume de sa main droite sur la tête de Leif et lui parle doucement.

— Allez-y, dit-elle au bout de cinq minutes. Mais débrouillez-vous pour que Rolf ne vienne pas ici ou je ne réponds de rien. Leif possède un fusil maintenant, et il a très envie de s'en servir. Tuer quelqu'un de loin n'est pas aussi difficile que d'enfoncer une lame dans un corps. Il se pourrait bien que, cette fois, il décide de passer à l'acte et de supprimer son père.

Peggy se redresse lentement. Leif grogne et lui jette un œil par en dessous. Elle craint, un instant, qu'il ne l'intercepte, mais sa mère le regarde, et il renonce à bondir. Peg s'échappe. Dès qu'elle est dans le tunnel de circulation, elle se met à courir.

31

Peggy a mis longtemps à s'orienter dans le dédale des coursives. Elle a même cru, un moment, qu'elle allait tourner en rond sans jamais retrouver son point de départ. Elle a fini par se heurter à Rolf, debout au milieu d'un corridor, le fusil sous le bras. Il semble fébrile, en alerte, débarrassé des accès de fatalisme qui l'ont accablé à son arrivée sur l'iceberg.

— Bordel ! a-t-il grondé, où étiez-vous passée ? Tout le monde vous croyait morte !

— Je m'étais perdue, a menti la jeune femme. Une passerelle s'est écroulée pendant que je la traversais, je me suis assommée.

— Où est votre arme ? a sifflé le Suédois.

— Je ne sais pas, a éludé Peggy. Quand j'ai repris conscience, je ne l'avais plus.

Le capitaine a lâché une obscénité et les choses en sont restées là.

— J'ai l'impression qu'il y a là-bas quelqu'un qui me veut du mal, murmure-t-il en désignant l'étendue ténébreuse des corridors.

Peg frémit, étonnée par la justesse du propos. Rolf plisse les yeux, sondant l'obscurité.

— C'est là, répète-t-il, ça m'observe. Je ne sais pas ce que c'est, mais ça veut ma peau.

Peggy objecte que le caporal d'intendance est très malade, qu'il est dans l'incapacité de mettre un pied devant l'autre et ne représente donc pas une réelle menace pour les naufragés. Amundssen hausse les épaules, balayant l'argument.

— Ce n'est pas lui, tranche-t-il. Ça ne sent pas la maladie. C'est jeune, c'est méchant... ça a peur mais ça veut en découdre. C'est après moi. *Seulement après moi.* Je ne comprends pas pourquoi.

Il arpente le tunnel en caressant son arme, la crosse bien calée sur la hanche. On devine qu'il n'hésitera pas à faire feu à la moindre menace.

Peggy se rend auprès des autres et tente de les convaincre de remonter à la surface pour allumer un feu. Elle parle de hisser un baril de carburant à l'air libre et de l'incendier. La fumée grimpera vers le ciel, très noire, visible à des kilomètres à la ronde. Yuki est prostrée sur sa couchette, les yeux clos, détachée de tout. Peggy note qu'elle n'a pas lâché le Marinsat qui, pourtant, est désormais hors service... Pourquoi s'accroche-t-elle au cellulaire ? Par superstition ou parce qu'elle a menti sur le fonctionnement de l'appareil ? Le doute assaille Peg. Elle pense aux accusations imbéciles de Leif : Yuki écorchant la dépouille de son père... Non, elle ne doit pas tomber dans le piège de la suspicion.

À force de palabrer avec Ignouk, elle arrive à le convaincre de quitter la base. Pour ce faire, elle devra au préalable fournir aux hommes une grande tente et des fumigènes. Elle décide d'aller conclure un pacte avec Henriott.

Elle s'accorde un répit pour manger et recouvrer ses forces, puis part à l'assaut du labyrinthe. Désormais le temps presse. Si Birgit a raison, l'iceberg se cassera en deux dans les jours qui viennent. On ne peut plus se contenter d'attendre.

Elle trouve le caporal là où elle l'a laissé la veille, couché sur une paillasse qui pue la sueur, la maladie. Elle négocie la fourniture d'une tente polaire, d'un kit complet de signalisation : fusées, fumigènes, sirènes, gyrophares... Henriott l'écoute d'un air las. Elle lui promet qu'on tiendra son existence secrète, qu'on ne cherchera pas à le rapatrier contre son gré. Il transpire et ne répond pas.

— Vous avez rencontré les autres ? demande-t-il à la fin. La Suédoise et son gosse... Ce petit dingue. Méfiez-vous d'eux, ils sont cinglés. J'ai commis une terrible erreur en allant les repêcher après le naufrage de leur bateau. J'aurais dû les laisser se noyer. Merde, ils m'ont mené la vie dure. Cette fille... toujours à me provoquer. Une vraie putain. Je n'ai jamais été porté sur la chair, mais elle était perpétuellement là à me frôler, à m'exciter. Elle voulait prendre le contrôle de la base, me voler les clefs des réserves. Une diablesse. Malsaine, mauvaise. Elle faisait naître en moi des pensées honteuses. Elle s'offrait, vous comprenez ? Elle se vendait... Je ne lui ai jamais rien demandé, c'est elle qui... Bon Dieu ! j'ai honte de lui avoir cédé. Avec le temps, j'ai cru comprendre qu'elle avait essayé de tuer son mari en sabotant leur navire. Elle voulait mettre la mort du pauvre type sur le compte du naufrage, mais ça n'a pas marché comme elle voulait. Elle s'est perdue dans les glaces, elle n'avait pas le sens de la navigation. Quand je l'ai récupérée, avec son gosse, ils étaient paralysés de froid. Je me suis laissé attendrir. Je les ai soignés. Elle avait la fièvre, elle délirait. Tantôt en suédois, tantôt en anglais. C'est comme ça que j'ai compris qu'elle avait tout combiné pour assassiner son mari. À ce moment-là, j'aurais dû la tuer, j'ai été faible.

Il reprend son souffle. Sa respiration est stertoreuse. Il crache dans un mouchoir constellé de taches brunes.

— Il faut vous méfier d'elle, reprend-il. C'est une catin. Elle couche avec son fils pour le satisfaire. Je les ai surpris dans le dortoir. Il la baisait en grognant comme une bête, et elle l'encourageait. Elle a vu que je les regardais, et depuis ils me harcèlent. S'ils ne m'ont pas encore tué, c'est uniquement parce que je suis le seul à connaître les combinaisons des chambres fortes. Qu'ils crèvent ! je ne les leur donnerai jamais. Qu'ils s'entre-dévorent après ma mort...

Il s'agite, délire, son visage rouge et ruisselant. Peggy ne sait quel crédit accorder à ses révélations. Qui doit-elle croire ? Elle sort de ses poches des médicaments prélevés dans la trousse de secours d'Ignouk. Elle les lui fait absorber. Eux, au moins, ne sont pas périmés. Elle espère qu'ils feront tomber sa fièvre.

— D'accord, capitule Henriott. Je vais vous donner ce que vous réclamez. Fichez le camp, ne restez pas là. Si l'iceberg ne se brise pas, ce sera Birgit qui aura votre peau. Elle vous fera tous liquider par son fils. Ensuite ils mettront vos corps dans la glace, en conserve. Ça leur fera une provision de viande, quand je serai mort.

— Calmez-vous, murmure Peggy.

Elle a beau essayer de faire la part du délire dans les propos du caporal, elle ne peut se défendre d'un certain malaise. Elle revoit Birgit et son fils, terrés au fond de leur caverne sans lumière, sales, méchants, baragouinant une langue de leur invention. Une sorcière et son troll.

Henriott s'injecte une nouvelle dose de morphine et attend que le produit se répande dans son organisme. Ensuite il se lève, affranchi de la souffrance qui lui dévore les poumons.

Soutenu par la jeune femme, il prend la direction des réserves de la base. Une coursive les amène dans un local qui rappelle la salle des coffres d'une grande banque fédérale. Des battants métalliques se suivent, verrouillés par des serrures à combinaisons.

C'est comme un abattoir, songe Peggy, *où les congélateurs auraient des allures de coffres-forts.*

— Tout est dans ma tête, ricane Henriott, je n'ai jamais rien consigné par écrit. Quand je serai mort, personne n'aura plus accès à ces réserves. C'est là que j'ai entassé tout ce que j'ai détourné au cours de mes années de service, en trichant sur l'état des stocks. Comme je ne vendais rien, on ne m'a pas soupçonné. Il n'y a jamais eu la moindre rumeur. J'avais une réputation d'incorruptible. Les soldats me détestaient.

Il s'interrompt pour tousser. Du sang lui macule le coin de la bouche. Il fait jouer le battant qui s'entrouvre sur un fouillis digne d'un grenier. Le caporal n'hésite pas une seconde, il sait où chaque objet est rangé. Du doigt, il désigne deux paquets. Un grand, un petit. La tente pèse dans les trente kilos, Peggy la traîne sur le sol avec difficulté. Henriott lui remet une musette pleine de fusées de signalisation.

— Certaines doivent être trop humides pour fonctionner, l'informe-t-il. Vous verrez bien. Ne revenez plus ici.

Il s'éloigne sans attendre, et Peg doit se débrouiller seule pour ramener son butin au dortoir. Elle s'essouffle, jure. Bon sang ! Henriott aurait bien pu lui refiler un chariot ! Elle regarde fréquemment par-dessus son épaule. Elle devine la présence invisible de Leif. Il rôde. Il doit pointer sur elle le fusil qu'il lui a volé. Sale petit cinglé ! Elle imagine qu'il la prend dans sa ligne de mire, visant ses seins, son ventre ou ses fesses.

Quand elle est à mi-chemin, elle appelle Ignouk et Rolf à la rescousse. L'Esquimau l'aide à porter le paquetage tandis que le Suédois sonde l'obscurité du regard. De temps à autre, il renifle, tel un chasseur averti par l'odeur d'un fauve. Il n'arbore plus son air résigné, on le sent prêt à défendre chèrement sa peau. Il n'apprécie pas d'être la cible d'un prédateur inconnu, cela ne convient pas à son tempérament. Il acceptait de se donner la mort, mais refuse catégoriquement qu'on la lui impose.

Peggy se demande comment il réagira s'il se trouve soudain face à face avec Birgit. Lui en voudra-t-il de l'avoir berné ? La légende qu'il s'est racontée toutes ces dernières années s'effondrera-t-elle d'un coup, lui restituant la vérité d'une relation faite de haine et de soupçon ? Et d'ailleurs, que s'est-il réellement passé entre le mari, la femme et l'enfant ? Elle n'en sait rien. Les confidences contradictoires la troublent. Ces trois-là jouent une comédie qui la dépasse. Birgit était-elle une allumeuse, une fille facile qui trompait le Suédois avec tous les marins du port ? Rolf souffrait-il réellement d'une jalousie paranoïaque dépourvue du moindre fondement et persécutait-il sa femme en dépit de son innocence ?

Difficile de le savoir. Difficile d'émettre une quelconque hypothèse.

Elle essaye de chasser le problème de son esprit. Le plus important est de survivre et d'échapper à ce piège. Dans le dortoir, elle improvise une conférence pour convaincre ses compagnons de remonter à la surface, même si là-haut il fait froid.

— Personne ne viendra nous chercher ici, martèle-t-elle. Et l'iceberg est en train de fondre. Il va se briser en plusieurs morceaux, demain ou dans trois jours. La mer va envahir les couloirs. Le frottement de l'eau use la glace par en dessous, elle s'amincit. Quand la couche sera devenue trop fragile, le poids des installations la fera craquer. Les structures où nous nous déplaçons s'abîmeront droit dans l'océan.

C'est comme si nous nous déplacions sur une patinoire posée sur un lac d'eau chaude. Plus nous dérivons vers le sud, plus cette eau émiette l'iceberg. Le tabulaire est comme un énorme bonbon qu'on sucerait. Il devient de plus en plus petit...

Elle s'égosille devant un auditoire sourd. Ici ils sont au chaud, ils ne voient pas plus loin que cette vérité immédiate. Ignouk palabre avec les matelots, Rolf l'écoute d'une oreille distraite, toujours à l'affût, les mains sur le fusil. Peggy se dit qu'il va bien finir par tirer sur son fils, sans le savoir. Elle imagine un duel mortel entre le père et l'enfant, se fusillant l'un l'autre dans l'obscurité des tunnels. Elle voudrait prévenir Rolf, lui conseiller de ne pas se montrer trop chatouilleux de la détente, il pourrait le regretter. Mais comment le lui faire comprendre ? Si elle se dévoile trop, il va certainement s'élancer à leur recherche, et elle n'aura fait que précipiter la tragédie. Elle patauge dans l'insoluble, incapable de trouver une solution acceptable.

Au moment où Peggy croit que les matelots vont enfin se décider à grimper à la surface, un coup de feu éclate. Un projectile siffle, s'écrasant à trente centimètres de la tête de Rolf. Leif n'a pas pu résister à la tentation, l'arme a eu raison de ses velléités. Elle lui a offert le pouvoir magique d'affronter la bête à distance. Elle lui a donné le courage de défier le monstre... Par bonheur, il n'avait jamais tiré au fusil jusqu'à aujourd'hui, et le recul de l'arme lui a fait rater sa cible. Tous se jettent à terre puis commencent à répliquer au hasard, dans la confusion. L'odeur de la poudre rend l'atmosphère irrespirable. Le vacarme est atroce. Peggy se bouche les oreilles. Les couloirs métalliques amplifient les échos des déflagrations. Rolf a beau crier « Halte au feu ! », les marins continuent à fusiller les ténèbres. Quand le silence revient, Peg est à moitié sourde. Elle sent le goût de la poudre brûlée sur les lèvres.

— Bon sang ! C'est moi qu'on visait, aboie Amundssen. Cette saloperie veut ma peau.

Il est difficile de le contredire. Il se trouvait à l'écart quand le coup a été tiré. C'est bien lui, et lui seul, que le tireur a pris pour cible.

Le Suédois se redresse. Il clame qu'il faut en finir, il ordonne aux hommes de le suivre et de progresser dans le tunnel en se collant aux parois. Peggy essaye de l'en dissuader, mais ses pauvres arguments ne tiennent pas la route. Il faudrait, pour tout arrêter, qu'elle se résolve à crier : « Arrêtez, vous allez tuer votre fils... » Elle est sur le point de le faire, mais les hommes sont déjà trop loin. Des coups de feu claquent, métalliques.

— Ils ont tort, grogne Ignouk qui est le seul à être resté en arrière. Pas beaucoup cartouches dans le paquetage. Pas assez pour faire la guerre aux fantômes. Quand balles toutes usées, fusils deviennent aussi inutiles que vieux morceaux de bois.

Mais les hommes ont eu peur et la colère leur fait du bien. Ils ont besoin de se venger. Peggy décide qu'elle ne peut laisser s'accomplir ce gâchis. Elle s'élance dans le noir en se plaquant contre la paroi. Elle hurle en vain des avertissements, des supplications. Sa voix se perd au milieu des échos et des roulements. Le tunnel pue la cordite. Brusquement, une énorme gifle la renverse sur le dos tandis qu'une lueur jaune emplit l'espace. Une flamme brûlante la lèche, toute chargée d'odeurs chimiques. Une voix vocifère quelque chose à propos d'une grenade. Elle perçoit des râles, des cris de souffrance. Elle comprend que Leif, se sentant poursuivi, s'est débarrassé de la meute accrochée à ses basques en jetant une vieille grenade offensive dans le couloir. La mitraille des éclats a dû ricocher à n'en plus finir sur les cloisons d'acier. Peggy roule sur le flanc, se touche les oreilles, le visage. Un sifflement horrible lui traverse les tympans. Elle ne saigne pas, elle n'a aucune blessure. Seul le souffle de l'explosion lui a fait perdre l'équilibre. Ignouk la prend sous les aisselles et la ramène au dortoir. Yuki, sortie de sa transe, s'est dressée sur sa couchette, les yeux dilatés par la stupeur.

— Restez là, ordonne le chaman, je vais voir.

Il disparaît. Yuki prononce une phrase que Peg n'entend pas. Elle a soudain peur d'avoir les tympans crevés. Les vapeurs de l'explosion lui brûlent les yeux, la bouche. Ignouk revient enfin, il soutient Rolf qui s'avère groggy par le choc. Le Suédois se laisse tomber sur l'un des lits. Il saigne d'une multitude de coupures sans gravité. Peggy l'entend vaguement expliquer que « les autres ont tout pris à sa place ».

— Tous morts, confirme l'Esquimau avec une grimace. Déchiquetés par éclats. Pas beau à voir. Il ne faut pas rester ici.

— Merde ! tonne Amundssen, qui a fait ça ? Le type de l'intendance ? J'aurai la peau de ce salaud !

— Presque plus cartouches, intervient Ignouk. Trop dangereux continuer guerre. Il faut partir, remonter là-haut et bloquer la porte avec morceaux de glace. Empêcher tueur de nous poursuivre. C'est seul moyen intelligent.

Rolf le dévisage, pas convaincu. Il lui déplaît de battre en retraite sans avoir donné sa mesure. C'est un tempérament emporté, excessif en tout, dans l'exaltation comme dans le dégoût. Maintenant qu'il ne pense plus à mourir, il voudrait se battre, engager le corps à corps.

— Ignouk a raison, insiste Peggy. Grimpons là-haut avant que ce dingue ne revienne nous bombarder. Prenons la tente, la nourriture et les fusées. Ce terrier aura notre peau.

Amundssen se décide à bouger. Les deux hommes se chargent de la tente, Yuki et Peg s'attaquent aux vivres. Fébriles, ils se replient en direction de l'escalier qui grimpe vers la surface. Peggy a hâte d'être dehors. Elle tremble de voir Leif revenir à la charge. Où a-t-il déniché cette grenade ? Sûrement dans le hangar à bateaux, là où les commandos devaient s'équiper à chaque sortie.

Henriott n'a pas tout raflé, pense-t-elle. *Des bricoles ont dû lui échapper. Des bricoles mortelles avec lesquelles Leif va nous mettre en pièces.*

Escalader l'escalier n'est pas de tout repos, mais ils émergent enfin de la base secrète dans le vent glacé qui siffle de la mer. Des flocons de neige les accueillent. Il y a du brouillard, on n'y voit pas à dix mètres.

— Femmes monter la tente, ordonne Ignouk, hommes tailler la glace pour bloquer la porte. Vite.

Peggy doit secouer Yuki qui traîne, les bras ballants.

Pourvu qu'elle n'exige pas de retourner chercher le corps de son père ! prie-t-elle en serrant les dents. Mais la jeune Japonaise reste muette. En vingt minutes, la tente est montée et arrimée à la banquise au moyen de piquets métalliques. Ignouk et Rolf ont entassé un monceau de blocs devant le battant d'accès, dressant un mur de glace impossible à renverser. Toutefois, Peggy n'est guère rassurée. Elle sait qu'il existe un autre passage. Si l'envie lui en prend, Leif peut sortir par le hangar à bateaux qui doit s'ouvrir au ras de l'eau.

Après la chaleur relative de la base, le vent coupant de la haute mer les cisaille méchamment, et ils se bousculent pour trouver refuge à l'intérieur de la tente qui palpite dans les bourrasques. Ils restent là à grelotter, indécis sur la conduite à suivre. Ignouk exécute les gestes habituels : édification du petit poêle à graisse, estimation des rations... Il enlève le fusil des mains d'Amundssen, éjecte les munitions et les compte. Les autres armes sont restées en bas, éparpillées par l'explosion. En tout et pour tout, on dispose d'une vingtaine de cartouches. C'est peu si l'on doit chasser pour survivre. Irrité, Rolf se dépêche de recharger le magasin du Mossberg. Peggy, elle, passe en revue le contenu du sac de fusées. Elle en distribue une à chacun.

— Si vous êtes dehors et que vous entendez un bruit de moteur, recommande-t-elle, lancez-la sans prendre le temps de réfléchir. Okay ?

Elle essaye de garder le moral, de se montrer positive, mais elle pense que les recherches à leur encontre ont été abandonnées depuis longtemps. Pour tout le monde, ils ont sombré avec le cargo. Il y avait trop longtemps que le Suédois flirtait avec la mort.

Une fois la distribution achevée, ils mangent des biscuits en écoutant hurler le vent. Ils n'ont rien à se dire.

Ils décident de dormir, pelotonnés les uns contre les autres. Rolf et le chaman monteront la garde à tour de rôle.

32

Le lendemain matin, Leif commence à tourner autour du campement. C'est plus fort que lui, il n'a pas pu s'en empêcher. Peggy sent le regard de l'adolescent lui chatouiller la nuque. Elle ne dit rien, mais elle sait qu'Amundssen a perçu la menace, lui aussi. Il a l'instinct du chasseur, on ne peut l'abuser bien longtemps.

La jeune femme songe que le gosse est sorti par le hangar à bateaux dont l'orifice doit s'ouvrir quelque part au ras de l'eau, sur l'une ou l'autre face de l'iceberg. Il n'abandonnera pas l'idée d'en découdre. Maintenant qu'il a accompli le premier pas, il a envie d'en finir, d'aller jusqu'au bout, de se libérer de ce père qui l'obsède et menace sa mère. Il est là, aplati derrière les congères dans sa tenue de camouflage. Il connaît assez la géographie du tabulaire pour s'évaporer dans la nature si besoin est.

Peggy propose à ses compagnons d'explorer le fragment de banquise pour s'assurer de son état. L'inaction la rend folle, elle n'en peut plus de rester recroquevillée dans la tente, les mains tendues vers le poêle à graisse. Ils sortent tous, même Yuki qui traîne les pieds et semble incapable de fixer son attention. Ils n'ont pas besoin d'aller bien loin pour constater que de profondes crevasses sillonnent à présent l'iceberg. Certaines de ces craquelures font deux mètres de large. Quand on se penche au-dessus, on entend, tout en bas, clapoter les vagues. Au prochain grain, si la houle forcit, le tabulaire se cassera en une multitude de morceaux. C'est inévitable.

Peggy a l'impression de se promener à la surface d'une biscotte fendillée. Ils essayent de garder leur sang-froid et délimitent les zones à risque. La question est simple : quel bloc choisir ? lequel leur offrira la meilleure chance de survie ?

— C'est usé par en dessous, diagnostique le chaman. Ça fond. La base va se décrocher et couler. Elle entraînera avec elle une grande partie de la surface.

Il est si inquiet qu'il en oublie d'utiliser son sabir folklorique. Peggy scrute le sol. Elle imagine le naufrage des installations clandestines : les tunnels, les salles, les dortoirs, le réfectoire... tous ces assemblages préfabriqués qu'on a incrustés dans la glace, à l'époque où celle-ci était aussi dure que la pierre. Ils vont traverser le « plancher » qui les supporte dès qu'il sera devenu trop mou pour les soutenir. L'iceberg risque de s'effondrer sur lui-même comme une maison rongée par les termites. Dans ce cas, il est inutile d'espérer se mettre à l'abri, ils seront tous aspirés dans l'entonnoir d'affaissement.

Elle grelotte de froid et de peur. Elle n'a aucune envie de mourir ici.

Pour leur remonter le moral, Ignouk fait circuler une gourde d'alcool de riz artisanal. Ils en boivent tous une gorgée et regagnent la tente.

Ils sont à peine assis qu'un coup de feu déchire la toile et fait tomber des débris de tissu enflammé sur la tête de Peggy. C'est Leif qui joue avec leurs nerfs. Pourquoi n'a-t-il pas tiré tout à l'heure, quand Rolf constituait une cible facile, dressée au milieu du tabulaire ?

Amundssen se rue à l'extérieur et se jette dans la neige. Il riposte au hasard, sourd aux cris du chaman qui le supplie d'épargner les munitions. Peggy rampe dans le sillage du Suédois. Elle hésite encore à lui dire la vérité. Elle craint sa colère. Elle est incapable de prévoir comment il réagira. Le temps qu'elle se décide, Amundssen est déjà loin, zigzaguant dans le dédale des congères. Des détonations résonnent, se répondant. Le père et le fils se traquent à travers le labyrinthe des crevasses. Yuki ne réagit pas, elle reste indifférente au drame qui se joue.

Rolf reviendra à la tombée de la nuit, mécontent, frigorifié.

— Il m'a échappé, bredouille-t-il en essayant de maîtriser ses claquements de dents. Le salopard... Il connaît le terrain mieux que moi. Il doit y avoir d'autres accès... des failles... des cheminées qui permettent de descendre dans la base. Je le coincerai demain, à l'aube.

Il grommelle des injures. Du givre s'est formé dans sa barbe.

Yuki sort de son hébétude et s'agite soudain autour du poêle, retrouvant des gestes de bonne hôtesse. La voilà qui prépare du thé, coupe des citrons et remplit les gobelets de métal. Ils boivent avidement pour essayer de se réchauffer. Ignouk distribue des lanières de viande séchée et des biscuits de marin. Il n'y a plus qu'à dormir en attendant le jour.

D'un coup, Peggy sent la fatigue lui tomber sur les épaules. Elle ne résiste pas. Pour fuir l'angoisse, rien ne vaut le sommeil. En fermant les yeux, elle se demande si Leif viendra les assassiner pendant la nuit. Elle en a assez, l'épuisement la gagne, elle sait qu'elle est en train de perdre prise. Sa combativité naturelle s'émiette. Elle se dit qu'elle a tort de vouloir épargner Leif. Peut-être vaudrait-il mieux, au contraire, partir en guerre et lui reprendre le hangar à bateaux ? S'emparer d'une embarcation, même modeste, leur permettrait de survivre à la dislocation de l'iceberg. Elle se jure d'en parler demain à Rolf.

Il faut trancher, c'est évident, car le temps leur est chichement compté.

Elle s'endort.

*

Quelqu'un la bouscule au beau milieu d'un rêve, et elle soulève les paupières sans avoir, néanmoins, l'impression de cesser de dormir. C'est une sensation étrange, paradoxale. Elle est là, couchée dans son sac, les yeux ouverts, et pourtant elle reste persuadée d'être encore immergée au plus profond de l'inconscience. Elle ouvre la bouche, elle voudrait parler... mais rien ne sort. Ou alors des paroles si ralenties qu'elles en deviennent incompréhensibles comme la bande d'un magnétophone qui tournerait en sous-vitesse.

Je dors, dicte son cerveau. *C'est un rêve. Je suis en train de rêver que je suis réveillée, mais ce n'est qu'une illusion.*

Elle a d'ailleurs beaucoup de peine à garder les paupières levées. Sa vision s'embrume, devient floue. Elle voit Yuki qui s'agite. La Japonaise manipule le Marinsat dont les diodes, par miracle, ont récupéré assez d'énergie pour clignoter. La jeune fille glisse un long tube métallique hermétiquement bouché dans son sac. Le conteneur ressemble à une bouteille Thermos, en plus mince. Ces préparatifs achevés, elle s'empare d'une poignée de fusées de signalisation et sort de la tente. Peggy tend la main pour la retenir, la cheville de Yuki frôle ses doigts, le contact paraît terriblement réel.

Dans l'abri, Ignouk et Rolf dorment, emmitouflés dans leurs sacs de couchage. Ils ne voient rien, ne se doutent de rien.

Je rêve, se répète Peggy. *Tout cela est faux.*

Pourtant, elle reçoit le souffle du vent glacé en plein visage. Elle voudrait s'asseoir, reprendre le contrôle de son corps, mais le sommeil est là, assis sur elle, l'écrasant, la forçant à maintenir les yeux fermés. Elle rampe vers l'orifice de sortie. Sa tête est maintenant très lourde, si lourde qu'elle ne peut plus la porter. Par l'entrebâillement de la toile, elle voit Yuki se diriger vers le centre de la plaine de glace, lever le bras et tirer une fusée de détresse. Le ronronnement du moteur se fait entendre au bout d'une minute. Peggy identifie sans peine le vlouf-vlouf caractéristique d'un hélicoptère, et sa première réaction est de joie. Puis elle comprend que la Japonaise a l'intention de partir sans eux, et elle pousse un cri de protestation qui se perd dans la bourrasque.

L'appareil sort de la brume, se balançant au-dessus de l'iceberg. Yuki s'agenouille derrière une congère pour se protéger du souffle des pales. Dès que les patins de l'hélicoptère touchent la glace, elle se redresse et se précipite vers le cockpit dont le pilote vient de faire coulisser la porte de polycarbonate transparent. Elle grimpe dans la machine qui, aussitôt, décolle en chassant un tourbillon de neige. Peggy hausse les épaules et sourit. Il n'y a pas de raison de s'inquiéter puisque ce n'est qu'un rêve. Un rêve peu flatteur pour Yuki, certes, mais un rêve tout de même.

Cette fois, elle laisse ses paupières se refermer. Elle n'a pas de temps à perdre avec de telles bêtises. Il faut qu'elle dorme. Comme les autres. Comme Ignouk et Amundssen. Qu'elle dorme de ce sommeil si profond, si parfait où elle s'est abîmée après avoir bu le thé préparé par Yuki.

*

Elle se réveille tard, au début de l'après-midi. Elle a la bouche pâteuse et la cervelle remplie de coton. Elle roule sur le dos et demeure là, stupide, à fixer la déchirure ouverte dans le toit de la tente par la balle de Leif. Cette déchirure que le chaman a obturée avec un morceau de ruban adhésif. Il lui faut un moment avant de recouvrer assez de lucidité pour comprendre qu'elle a été droguée. Qu'ils ont tous été drogués... tous, sauf Yuki. Elle jure et se redresse d'un bond. Le paysage se met à tourner, elle frôle la syncope. À tâtons, elle cherche les deux hommes pour les secouer.

Yuki ? Yuki a fichu le camp. Elle les a bernés depuis le début. Le Marinsat n'était pas en panne, et jamais elle n'a appelé Sanashtawa. Ou plutôt, elle a bien appelé quelqu'un, mais pas le service des sauvetages en mer.

Elle a prévenu ses complices, raisonne Peggy. *Elle est venue ici pour récupérer quelque chose sur le cadavre de l'informaticien. Ce pauvre type n'était pas son père. Elle s'est payé ma tête.*

Rolf émerge enfin, il a le regard vitreux. La jeune femme lui explique ce qui s'est passé. Il la contemple, hagard, la bouche béante.

— Tout était prévu depuis le début, grogne Peggy. Je me suis fait rouler dans la farine.

Elle se rappelle les accusations de Leif. N'a-t-il pas affirmé que Yuki avait arraché la peau du cadavre ? Est-ce là le fin mot de l'histoire ?

Quelque chose se trouvait sans doute greffé sous l'épiderme, réfléchit-elle, *une micropuce, des données stockées sous forme de grain de beauté, ou un truc approchant. C'est cela qu'elle voulait récupérer. La clef du code qui posait tant de problèmes aux yakuzas. Saiko Onoshita la portait sur lui, cachée dans sa chair. Faute de temps et de matériel pour la localiser, Yuki a préféré emporter toute la peau du bonhomme, afin de l'examiner dans de meilleures conditions.*

Elle énonce cette hypothèse aux deux hommes qui l'observent en tâchant d'étouffer leurs bâillements.

— La garce, conclut Rolf, la foutue garce.

Il dit cela sans colère, plutôt avec lassitude. Peggy se sent stupide. Elle a honte de s'être montrée si crédule. Elle se maudit de n'avoir pas su interpréter les signaux d'alarme. Elle a focalisé son attention sur Amundssen, persuadée que le danger viendrait de lui. Elle s'est trompée.

Ils quittent la tente, titubants, pour aller examiner l'endroit où l'hélicoptère s'est posé. Il n'y a rien à voir, qu'un espace de glace nue que le souffle du rotor a débarrassé de sa couche de neige, et l'étui d'une fusée de détresse carbonisée. Yuki est loin à présent. Elle doit faire route vers l'un de ces chalutiers japonais qui écument les côtes au large de l'Alaska. On l'y déposera, puis elle reprendra le chemin de Tokyo... avec la peau de l'informaticien roulée dans son sac à main.

— Nous sommes foutus, soupire Rolf, fataliste. Cette salope n'a jamais signalé notre existence aux autorités portuaires. Elle n'a fait qu'avertir ses petits copains de l'endroit où elle se trouvait. Personne ne sait que nous sommes ici.

Il paraît près de sombrer dans la dépression la plus noire. Peggy comprend qu'elle n'a plus le choix. Si les secours ne viennent pas, il faut se débrouiller tout seuls et s'emparer du hangar à bateaux.

— Rolf, dit-elle, il est temps que je vous dise la vérité sur ce qui se passe ici. Vous aurez sûrement du mal à l'admettre, mais c'est ainsi. Le hasard nous a fait un drôle de pied de nez.

Le Suédois relève la tête et l'observe sans comprendre.

— Voilà... commence la jeune femme après s'être éclairci la gorge.

33

Elle s'attendait à une explosion de fureur, à une crise hystérique. Au lieu de ça, Amundssen a été frappé de stupeur. À aucun moment il n'a mis les propos de la jeune femme en doute, comme s'il s'était, en fait, toujours douté de quelque chose.

— C'est étrange, a-t-il murmuré, mais quand nous étions en bas, j'ai senti l'odeur de Birgit. Mon instinct me disait qu'elle était là. Une nuit, j'ai même entendu sa voix résonner dans un couloir. Elle devait supplier le gosse de faire demi-tour... J'étais en train de m'assoupir et je me suis réveillé en pensant qu'il s'agissait d'un rêve, mais c'était réel. Tout à fait réel.

Peggy croyait qu'il allait l'assommer de questions, lui demander pourquoi Birgit refusait de le voir, pourquoi son propre fils s'obstinait à vouloir le tuer, mais il s'en est abstenu, comme s'il connaissait déjà les réponses, comme si ces comportements ne l'étonnaient nullement.

Après tout, a pensé Peg, *Birgit n'a peut-être pas menti ?*

Un grand abattement s'est emparé du Suédois, et il a déchargé son fusil, ostensiblement, pour ne pas être tenté de s'en servir. Après quoi, il a ramassé les cartouches et les a glissées dans la poche d'Ignouk. Quand il a paru moins sonné, Peggy lui a révélé l'existence du hangar à bateaux.

— Il s'ouvre quelque part au ras de l'eau, a-t-elle expliqué. Il faut faire le tour de l'iceberg et le localiser. Je ne sais pas quel type d'embarcations s'y trouvent amarrées, mais ce sera toujours mieux que rien. Toujours mieux, en tout cas, que de rester les bras croisés à attendre que la glace se disloque dès que la houle forcira.

— Okay, a capitulé Amundssen. Mais personne ne tirera sur Leif, c'est bien compris ? S'il veut m'abattre, qu'il le fasse. Vous vous occuperez du bateau, je me chargerai de lui... De toute manière je ne quitterai pas la base sans ma famille. S'ils désirent rester, je resterai avec eux.

— C'est du suicide, a plaidé Peggy. Vous savez bien que le tabulaire va s'émietter. Vous voyez bien que les lézardes ne cessent de se dilater. Quand on tend l'oreille, on entend la glace craquer.

Amundssen est resté sourd à ses supplications. Après avoir rassemblé leur paquetage, ils ont commencé à longer le bord du floe, en s'approchant le plus possible de la zone de fracture qui, déjà, s'éboule dans les vagues, morceau par morceau. Une telle exploration est extrêmement dangereuse car le sol peut se dérober sous leurs semelles à chaque pas. La glace vitreuse, en pleine liquéfaction, se détache au moindre choc. Ils avancent avec lenteur, tremblants de voir surgir Leif au détour d'un promontoire. Ils sont désarmés. Ignouk a bien les cartouches, mais Rolf a conservé le fusil. Pourquoi, d'ailleurs, s'obstine-t-il à brandir le Mossberg désormais inutile, sinon pour encourager l'adolescent à lui tirer dessus ?

C'est du moins l'opinion de Peggy. La jeune femme est de plus en plus convaincue qu'ils courent droit à la catastrophe et qu'Amundssen vient d'inaugurer une nouvelle forme de suicide. Il s'offre à la colère de son fils, sans doute ira-t-il jusqu'à faire semblant de le mettre en joue lorsque le gosse surgira de derrière une congère ? Leif, se sentant menacé, pressera la détente sans hésiter. Peggy jure entre ses dents. Elle en a assez de cette famille de malades mentaux, de leur vendetta et de leur valse-hésitation avec la mort.

*

Ils ont mis deux heures pour explorer la moitié du périmètre de l'iceberg. Chaque fois qu'ils ont suspecté la présence d'une ouverture, Peggy a dû descendre au bout d'une corde, retenue par les deux hommes. Chaque fois, elle a pu constater que la glace se liquéfiait sous ses semelles. Au point de contact avec l'eau, le tabulaire a maintenant la consistance de la neige fondue. La catastrophe est imminente. Si le fond se détache, si la base coule à pic, le hangar à bateaux suivra, et ils n'auront plus aucune chance de s'en tirer.

Pour le moment, Leif n'a pas reparu.

*

Ils font une pause au bord du vide, pour reprendre des forces. Ignouk distribue des lanières de viande séchée et du chocolat. Il fait moins froid, mais cette douceur n'a rien de rassurant puisqu'elle active la fonte du tabulaire. Sitôt la collation terminée, ils reprennent leur exploration. Une heure plus tard, ils localisent l'entrée du hangar. La glace l'a occultée en partie, c'est une meurtrière horizontale dominant l'eau de deux mètres à peine. Lorsque la houle grossit, elle devient invisible. Elle est si étroite qu'une grosse embarcation ne pourrait s'y engager.

Ils descendent sur la glace pourrie, friable. Déployant des trésors d'habileté pour ne pas basculer dans la mer, Ignouk plante des crochets, y amarre un filin. Mais la paroi est molle, en cas de glissade, les pitons ne résisteront pas à la brusque traction. Il leur faut se baisser pour se glisser dans l'orifice. Au milieu, la fente s'élargit. On distingue les traces laissées par une pioche. Leif doit l'agrandir à chaque sortie. Les vagues clapotent, les aspergeant. Peggy réussit enfin à pénétrer dans la caverne. Il y règne une pénombre bleutée. C'est un débarcadère. Deux vedettes s'y trouvent amarrées. Basses, étroites, elles offrent au regard un profil de torpille. On les a soigneusement entretenues et la jeune femme repère sur leur coque des macules de peinture antirouille. Ce sont davantage des canoës de fer que des chaloupes. On ne doit guère pouvoir y embarquer plus de trois personnes. Une cabine rudimentaire, à l'avant, permet de s'abriter du froid. Aplaties, elles ont été conçues pour se jouer des radars et s'approcher impunément des gros bâtiments militaires.

Peggy pense qu'on les a probablement fabriquées à l'usage des plongeurs de combat. Dans les eaux du Pôle, où toute immersion prolongée est mortelle, ces curieuses vedettes permettaient aux hommes-grenouilles de ne se mettre à l'eau qu'à la dernière minute, une fois la cible en vue.

Quoi qu'il en soit, il sera difficile d'affronter la grosse houle dans de tels esquifs. Peggy se hisse sur le quai de débarquement. Il pleut dans la caverne. Au-dessus de sa tête, la glace fond. L'averse crépite sur les poutrelles censées soutenir la voûte. Toutes les structures métalliques sont rouillées. Il suffirait de les toucher pour les émietter. D'autres embarcations gisent sur le flanc, dans une cale sèche, rongées par l'oxydation. Les machines de levage, les chariots, ont été rongés jusqu'à la moelle. À part les deux vedettes, le hangar ne contient rien d'utilisable.

Ignouk aide Peggy à descendre dans l'un des « kayaks » de fer. La jeune femme dresse un inventaire rapide des réserves entreposées dans l'habitacle de la proue. Du matériel de survie. De la nourriture déshydratée. Un bidon rempli de neige fondue. Des sacs de couchage militaires prévus pour les très basses températures. Un poêle à pastilles combustibles qui s'enflamment spontanément au contact de l'air, même si elles sont mouillées.

— On peut partir, dit-elle en se redressant. Il y a deux canots. Prenons-en un et laissons l'autre aux... habitants de la base. On y tient à trois. Si Birgit, Leif et Henriott veulent nous suivre, ils n'auront qu'à utiliser la deuxième vedette.

En réalité, elle doute fort que le caporal accepte de quitter la taupinière. Elle ne sait pas ce qu'il convient de faire en ce qui concerne la Suédoise et son fils. Elle cherche le regard de Rolf. Le capitaine scrute la galerie qui, partant du hangar, s'enfonce au cœur de l'iceberg. En la suivant, il tombera fatalement sur le repaire de Birgit.

— Amundssen ! lance Peg. Il faut vous décider. Regardez la voûte, elle est fissurée. Si des blocs de glace se détachent, ils écraseront les bateaux.

Rolf ne l'écoute pas, bien qu'elle continue son argumentation. Le temps presse. Il lui semble entendre craquer l'iceberg. Les poutrelles sont tordues, plantées de guingois, trop rongées pour supporter la masse du plafond. La caverne va s'ébouler, c'est certain. Une avalanche intérieure la comblera d'ici peu. Il faut ficher le camp.

Amundssen se secoue, tourne la tête vers Peggy.

— Allez-y, lâche-t-il. Ne m'attendez pas. Je vais chercher ma femme et mon fils. Je ne peux pas les laisser là. Je prendrai le deuxième canot.

— Leif va vous tuer, se désole Peg. Il ne vous laissera pas approcher de la cachette de sa mère.

— C'est possible, admet Rolf. Mais je ne peux pas faire autrement, vous le savez bien.

La jeune femme baisse la tête. Elle voudrait se montrer plus éloquente, les mots lui font défaut.

— Venez avec nous, insiste-t-elle. Si vous partez, ils se décideront peut-être à sortir de la base. En allant les chercher, vous les obligez à se terrer un peu plus au fond de leur trou.

Le Suédois secoue la tête avec lassitude.

— Mais non, murmure-t-il, vous n'avez rien compris. Tant que je serai vivant ils resteront ici, de peur de me voir surgir en travers de leur chemin, où qu'ils aillent. Si je me laisse tuer, je les libère, je leur ouvre la porte. Pour qu'ils acceptent d'évacuer, je dois les débarrasser du croque-mitaine qui leur pourrit l'existence depuis des années. Je dois forcer Leif à m'abattre. Lui faire si peur qu'il se décide enfin à viser juste.

Peggy déglutit avec peine. Une boule s'est formée dans sa gorge. Elle n'est pas loin de penser qu'Amundssen a raison.

— Je suis la clef qui verrouille leur prison, dit doucement le capitaine. Je dois mourir pour les libérer. Je n'ai pas d'autre choix. C'est la logique même. Quand je serai mort, ils se précipiteront sur le canot. Essayez de les récupérer lorsqu'ils sortiront du hangar, guidez-les jusqu'à Sanashtawa. J'ai un peu d'argent. Birgit pourra refaire sa vie.

Peggy a envie de le secouer pour lui dire qu'il se grise de ses propres paroles. Elle n'est pas certaine qu'il faille compter sur la logique dans ce genre d'affaire. Leif a grandi dans le ventre de l'iceberg ; il a sûrement développé pour le monde du dehors un dégoût analogue à celui du caporal Henriott.

Merde ! songe-t-elle avec une colère mêlée de chagrin, *je ne suis pas sa directrice de conscience, qu'il fasse ce qu'il veut !*

Ignouk est resté silencieux. Il semble approuver la décision du Suédois. La voûte émet un craquement qui les ramène à la réalité.

— Allez-y, ordonne Amundssen. Ne vous mêlez pas de ça. De toute manière, j'en ai assez d'attendre. Le sursis dure depuis trop longtemps.

Sans un adieu, il marche en direction du tunnel. Peggy le regarde s'enfoncer dans l'obscurité. Elle écoute décroître le bruit de ses pas.

— Partir maintenant, décide Ignouk. Capitaine a dit pas attendre. C'est compte à régler entre lui et les fantômes.

Il pose la main sur l'épaule de Peggy et la force à s'asseoir, puis il s'installe aux commandes et lance le moteur qui tousse deux fois avant de ronronner. Le canot quitte le débarcadère. Ils doivent tous les deux baisser la tête lorsqu'ils franchissent la meurtrière. La glace râpe le capot de l'habitacle en crissant. Ça y est, ils sont dehors. Le canoë de métal danse à la crête des vagues. Ignouk manœuvre pour s'éloigner du tabulaire au plus vite.

— Il faut les attendre ! proteste Peggy. Mets en panne, bon sang, mets en panne !

— Oui, oui, fait évasivement l'Esquimau.

34

Ils ont attendu longtemps, le canot ballottant à dix encablures de l'iceberg. Peggy est restée pelotonnée à la poupe, l'oreille tendue pour essayer de détecter une éventuelle détonation. Hélas, le bruit des vagues est trop fort, il couvre tout. Elle a froid, elle grelotte. À plusieurs reprises, Ignouk lui a dit d'aller s'abriter dans le poste, mais elle a refusé. Elle a la conviction absurde qu'en fixant l'entrée du hangar elle forcera la famille Amundssen à sortir. Sa vue se brouille. Elle donnerait n'importe quoi pour savoir ce qui s'est passé à l'intérieur de la base.

— Il faut partir, insiste le chaman. La nuit va tomber. Personne ne sortira plus maintenant. Ils ont choisi leur destin.

— Bon sang ! s'emporte la jeune femme, ils ne peuvent tout de même pas choisir de mourir alors qu'ils ont la possibilité d'utiliser le second canot !

Ignouk hausse les épaules.

— Sont tous morts depuis longtemps, lâche-t-il. Capitaine, la femme et l'enfant. Tous des fantômes, depuis dix ans. Peuvent plus revenir parmi les vivants.

Alors que Peg ouvre la bouche pour riposter, un craquement sourd retentit. L'iceberg s'affaisse sur lui-même. La plaine de glace se creuse tandis que de forts remous agitent l'océan. Cramponnée au bastingage, Peggy voit quelque chose d'énorme se détacher de dessous le tabulaire pour s'enfoncer dans les abîmes. Une gigantesque structure arachnéenne, une toile d'araignée de couloirs, de tubulures, qui a l'allure d'une station orbitale, dans un film de science-fiction. Cette couronne métallique fait naufrage au milieu d'un tourbillon de bulles. C'est comme si un vaisseau spatial prisonnier de la banquise se libérait soudain de sa geôle de glace pour plonger dans les ténèbres des fonds marins. Peggy comprend que c'est la base secrète qui vient de se décoller de sa gangue. Elle coule en tournant sur elle-même. À la surface, l'iceberg, privé de ce squelette clandestin, s'est brisé en plusieurs tronçons qui s'éloignent déjà les uns des autres. Ignouk hurle un avertissement que Peggy n'entend pas. La déferlante soulève l'embarcation avec une force effrayante. La jeune femme sent l'eau glacée la recouvrir. Pendant quelques secondes, elle croit qu'elle va être emportée par le torrent d'écume et se cramponne de toutes ses forces au banc de nage sur lequel elle était assise avant que la vague ne l'en arrache.

Le canot plonge dans un creux, remonte, plonge de nouveau. Peg vomit, l'estomac chaviré. Elle a l'impression d'être emportée par un raz de marée. Elle se prépare à mourir.

35

Quand elle reprend conscience, elle est nue, dans l'un des sacs de couchage militaires, à l'intérieur de l'habitacle. Ignouk est couché contre elle. Nu, lui aussi. Elle sent son sexe contre ses reins. Il a allumé un poêle de survie et suspendu leurs vêtements mouillés le long des parois. Une fois l'écoutille fermée, le poste est parfaitement isolé du dehors, et la flamme du réchaud peut y installer une température clémente. Le réduit est étroit, et l'on doit s'y tenir recroquevillé en chien de fusil. Pas question d'allonger les jambes, ni d'essayer de se retourner pour adopter une meilleure position. Peggy n'ose bouger. La situation la gêne affreusement. Elle sait pourtant que les Esquimaux n'ont aucun tabou en ce qui concerne la nudité. Autant s'y habituer le plus vite possible puisque, de toute manière, elle devra se résoudre à faire ses besoins en présence de son compagnon, le canot étant dépourvu d'installation sanitaire.

Elle reste pelotonnée dans la pénombre, à fixer le rougeoiement du réchaud. L'embarcation danse, mais la mer est calme. Peg a l'impression d'être enfermée dans un cercueil inoxydable qui descendrait le cours d'un fleuve tumultueux. Ignouk ne dit rien. Elle décide de l'imiter et de profiter de sa chaleur. Elle ne veut penser ni à Rolf ni aux autres.

36

Ils dérivent à présent depuis trois jours. Ils ont dû se résoudre à enfiler leurs vêtements humides, ce qui les a rendus perméables au froid. Le bateau « embarque » facilement par l'arrière, et il faut écoper en permanence. Peggy a les mains crevassées par le sel, et des engelures douloureuses. L'eau douce commence à manquer. La jeune femme sent son courage s'effriter. L'épuisement la plonge dans la somnolence, elle rêve alors que Rolf, Birgit et Leif remontent des abîmes pour essayer de la faire passer par-dessus bord. Ils lui reprochent de les avoir abandonnés, ils font d'horribles gargouillis avec leurs bouches pleines d'eau, et la saisissent par les poignets pour l'entraîner sous la mer. Ils ont des mains molles et gonflées de noyés, qui ressemblent à ces gants de latex rose qu'on utilise pour la vaisselle. Peggy se débat, se réveille... et découvre qu' Ignouk est en train de la secouer.

— Faire attention aux rêves, grommelle-t-il. Les morts se servent d'eux pour donner mauvaises idées aux vivants.

Peggy se laisse couler, elle se répète qu'elle devrait résister, mais rien n'y fait. Elle a perdu tout espoir de s'en tirer. Il n'y aura bientôt plus rien à boire, et les blocs de glace flottants se font rares, si bien qu'on ne peut plus espérer en détacher de quoi boire. Elle n'a plus peur, elle s'en fiche. Elle commence à se dire qu'elle n'a plus envie de retrouver la terre ferme. Elle voudrait s'endormir là, et ne plus se réveiller. Rolf, Birgit et le caporal Henriott lui ont transmis leur maladie. Elle ne fait déjà plus vraiment partie du monde des vivants, elle est en transit. Ignouk a beau essayer de la secouer, elle se laisse aller. Il lui parle, mais elle ne l'entend pas. Elle écoute les voix des noyés qui gargouillent sous l'eau. Elle écoute les mains de Rolf et de Birgit qui cognent sous la coque, lui disant : « Viens, viens nous rejoindre. Tu n'as pas le droit de continuer sans nous. »

Par moments, même, il lui semble que sa sœur est avec eux. Sa sœur assassinée, sa sœur qu'elle n'a pas su secourir.

Peggy se dit qu'elle sauterait bien par-dessus le bastingage si l'eau n'était pas aussi froide. Jamais elle n'a été aussi déprimée de toute son existence.

— Tu dois lutter, gronde le chaman. Les morts te

rattrapent, je les vois qui nagent derrière nous. C'est mauvais, très mauvais.

*

Un soir, alors qu'elle se laisse bercer par le chuchotis des noyés, Ignouk l'empoigne par sa parka et la jette dans l'habitacle. Là, il allume le poêle de survie et arrache les vêtements de Peggy. Quand elle est nue, il la glisse d'autorité dans le sac de couchage et l'y rejoint. La jeune femme est si lasse qu'elle ne se rend pas réellement compte de ce qui lui arrive. Ce n'est qu'une fois le sexe du chaman planté en elle qu'elle réalise qu'il est en train de la violer. D'abord elle s'en moque, elle n'a plus assez d'énergie pour réagir. Ces choses ne la concernent plus, elle a déjà en grande partie quitté son enveloppe charnelle. Et puis quelque chose se produit, le plaisir lui tombe dessus par surprise, alors même qu'elle s'en croyait à jamais affranchie. Elle prend conscience qu'elle est en train de se faire besogner par un vieil Esquimau bedonnant et crasseux, à la peau enduite de graisse de phoque... et que ce clochard de la banquise est sur le point de la faire jouir.

Une flamme de révolte la fait se cabrer. Brusquement, elle veut repousser son adversaire. Elle lui griffe les reins, elle l'insulte. Toute sa combativité lui est rendue. Elle refuse qu'il se serve d'elle sans lui demander son avis. Elle le mord à l'épaule, le chaman rit très fort et dit quelque chose dans sa langue. Peggy étouffe sous son poids, jamais elle n'a connu d'amant aussi gros. Elle se sent minuscule et frêle sous cette baleine qui déborde d'énergie. Il émane de l'Esquimau une chaleur communicative, un appétit de vivre contagieux. Peg a l'impression idiote que le pénis du chaman lui injecte de pleines giclées d'espoir. C'est grotesque, elle tente une nouvelle fois de se dégager. En pure perte. Il la cloue au fond de la barque. Et le plaisir la submerge, la brûlant de la tête aux pieds. Elle a honte, mais en même temps, elle est soulagée de se retrouver vivante, de découvrir que son corps est toujours avide de sensations.

— Salaud, murmure-t-elle quand Ignouk se dégage puis roule à côté d'elle. Quand je n'aurai plus d'engelures je t'arracherai les yeux.

— C'était nécessaire, grogne le chaman. La mort était sur toi. Elle t'enveloppait. Il y avait auréole noire autour de ta tête.

Peg frissonne. Il a raison. Elle a été bien près de se laisser couler à la suite des autres. Il s'en est fallu d'un cheveu. Jamais elle n'avait connu une telle désespérance.

— Jamais écouter la voix des morts, chuchote Ignouk. Toujours ils chercheront à t'entraîner avec eux.

*

Deux jours plus tard, alors qu'ils commencent à souffrir cruellement de la pénurie d'eau douce, un ronronnement se fait entendre dans le ciel. Peggy s'empresse de tirer une fusée de détresse. Un hydravion passe au ras des vagues, amorce un virage puis se pose dans un large sillage d'écume. Quand la porte latérale coulisse, la jeune femme voit apparaître la face plissée et monstrueusement sympathique de Cachalot Tuna James.

— Tabernacle de tabernacle ! hurle le pilote, votre coquille de noix est si petite que j'ai bien failli ne pas vous voir !

Peggy éclate d'un rire trop aigu qui se transforme en crise de larmes. Cette fois ils sont sauvés.

37

En débarquant à Sanashtawa, Peggy a été immédiatement transportée au dispensaire du comptoir. Elle souffrait de déshydratation et il a fallu la placer sous perfusion. Elle a passé deux jours à dormir. Quand elle se réveille, enfin, elle trouve Tuna James à son chevet.

— Comment nous avez-vous localisés ? demande-t-elle.

Le pilote aux oreilles tranchées se dandine avec gêne.

— Tout le monde vous croyait morts, avoue-t-il. Et puis, un soir, j'ai vu débarquer cette fille qui était partie avec vous. La Japonaise. Elle m'a tendu une liasse de billets et un papier sur lequel étaient copiées des coordonnées géographiques. Elle m'a simplement dit : « S'ils sont encore en vie, ils doivent se trouver à peu près dans cette zone. Allez les chercher. »

— C'est tout ? murmure Peg.

— Ouais, confirme Cachalot. Elle a tourné les talons et s'est tirée. Je n'ai pas essayé de la retenir. Quelques jours auparavant, dans un bar, j'étais tombé sur cet article que voici, ça m'a dissuadé de poser des questions.

Il sort de sa combinaison un fragment de journal froissé et le pose sur le ventre de Peggy. C'est un article paru dans un journal de Los Angeles. Il annonce la découverte du corps de Yuki Saiko Onoshita dans une décharge publique de South Central. La fille du célèbre informaticien (dont on est toujours sans nouvelles) a été étranglée. La photo en regard du compte rendu montre une Nippone boulotte, aux dents en avant, le visage à demi masqué par d'énormes lunettes à monture d'écaille.

— C'est pas la même, grogne Tuna James. C'est pas celle qui vous accompagnait, n'est-ce pas ?

— Non, confirme Peg. Je pense que « notre » Yuki travaillait pour les yakuzas. J'ai été manipulée, voilà tout.

— C'est moche, observe le pilote. Mais elle a eu un beau geste. Après tout, elle aurait pu vous laisser où vous étiez, non ?

38

Ignouk n'est pas venu la voir. Quand elle a cherché à se renseigner, les infirmières lui ont appris que l'Esquimau avait refusé de se laisser examiner. Il ne croit pas en la médecine des Blancs. Il a regagné la baraque délabrée qu'il occupe sur les quais entre deux traversées. Il cherche déjà un nouvel embarquement. Peggy, à sa sortie du dispensaire, lui a rendu visite. Le chaman a regardé autour de sa tête pour vérifier la couleur de son aura.

— C'est bien, a-t-il conclu, la mort n'est plus sur toi. Mais tu devras toujours éviter le contact de l'eau désormais. Rolf et les autres, ils t'en veulent de t'en être sortie. C'est toujours comme ça avec les fantômes. Ils sont jaloux. Quand je ne serai plus là pour te protéger, tu devras faire attention.

Il lui a donné un collier magique dont elle ne devra pas se séparer. Il n'a eu aucun geste déplacé, il semble avoir oublié ce qui s'est passé sur le bateau. Il a demandé à Peggy de l'accompagner sur la plage pour accomplir un rite funéraire à l'intention de la famille Amundssen. Elle l'a suivi. Il a emporté d'étranges objets dans un chiffon crasseux. Une fois sur place, il a chanté, dansé, et jeté des poudres dans les flots.

— Ils sont là, a-t-il murmuré, le visage assombri. Ils n'ont pas renoncé. Ils te guettent. Ils t'accompagneront partout où tu iras. Ils essayeront de te noyer. Ne mets plus jamais les pieds dans l'eau, tu entends ? Même pas dans une piscine ou dans une baignoire. Ils seront là, tout le temps, à attendre l'occasion de t'attraper.

— Je suis plongeuse, a protesté la jeune femme. C'est mon métier.

— Alors fais autre chose, a grogné le chaman. Va vivre au milieu du désert. Ignouk ne sera pas toujours là pour tenir la mort à distance. Tu dois apprendre à te protéger.

Ils se sont séparés sans se toucher.

Un peu triste, Peggy a regagné son motel. Elle n'a aucune idée de ce qu'elle va faire à présent.

Alors qu'elle allait se mettre au lit, le type de la réception l'a appelée. Un livreur du Federal Express venait d'apporter un paquet à son intention.

À présent, le colis est sur le lit, dépouillé de son emballage. C'est une mallette d'aluminium, comme en utilisent les photographes pour transporter leur matériel. Elle contient 100.000 dollars en coupures usagées.

Sur les liasses, Peggy a trouvé une courte lettre, pliée à la manière japonaise, et qui dit :

Sans vous je n'y serais pas arrivée. Toute peine mérite salaire. Je ne pouvais pas vous emmener avec moi, les yakuzas vous auraient tuée. Vous vous demandez sûrement pourquoi j'ai emporté la peau de ce pauvre informaticien ? Il avait un tatouage sur le torse, un magnifique dragon. Le dessin des écailles formait en réalité un code-barres donnant la clef du code qui préoccupe tant mes employeurs, ce code qui les empêche de franchir le barrage des systèmes de sécurité bancaires. C'était ce code que j'étais chargée de récupérer. Je regrette de vous avoir un peu menti. Ce n'était pas une mission de sauvetage. Si nous avions trouvé Onoshita en vie, j'aurais été forcée de le tuer car je doute fort qu'il ait accepté de bon cœur de se laisser écorcher vif. Nous avions saboté son avion pour le contraindre à se poser en un lieu désolé où nous n'aurions aucun mal à le récupérer. Une balise, dissimulée à bord, nous signalait sa position, où qu'il se trouve. Cet atterrissage devait normalement avoir lieu au nord de Sanashtawa, dans une toundra particulièrement propice à ce type d'incident. Nous ne pouvions pas prévoir que ce vieux dingue d'Onoshita allait brusquement prendre les commandes sur un coup de tête, et dérouter l'appareil pour aller se promener aux abords du Pôle, sans respecter le plan de vol déposé lors du décollage. C'est cette fantaisie de dernière minute qui a tout compliqué. J'en suis désolée. Sans doute faut-il l'attribuer à un excès de saké... ou à la fascination que la neige exerce sur tout Japonais qui se respecte. Notez bien que le blanc est chez nous la couleur de la mort. Quant à la fille d'Onoshita, elle s'appelait Yuki, ce qui, dans notre langue, signifie neige. Je ne peux m'empêcher de penser qu'il y a dans tout cela une logique mystérieuse, pas vous ?

Sans rancune, j'espère.

« Votre » Yuki.

Du même auteur :

DANS LA MÊME COLLECTION

Avis de tempête
Sécurité absolue
Bunker
Baignade accompagnée
Les Emmurés

Composition réalisée par NORD COMPO

Imprimé en France sur Presse Offset par

BRODARD & TAUPIN

GROUPE CPI

La Flèche (Sarthe).
N° d'imprimeur : 10571 – Dépôt légal Édit. 17632-01/2002
LIBRAIRIE GÉNÉRALE FRANÇAISE - 43, quai de Grenelle - 75015 Paris.

ISBN : 2 - 253 - 17213 - 8 31/7213/7